LA CAÍDA DEL REY

MARIE NIEHOFF

LA CAÍDA DEL REY

CROSS BOOKS

Obra editada en colaboración con Editorial Planeta – España

Título original: *When The King Falls (Vampire Royals Band 1)*

Bajo el sello editorial CROSSBOOKS M.R.
Avenida Presidente Masarik núm. 111,
Piso 2, Polanco V Sección, Miguel Hidalgo
C.P. 11560, Ciudad de México
www.planetadelibros.com.mx

Primera edición impresa en España: enero de 2025
ISBN: 978-84-08-29783-3

Primera edición impresa en México: febrero de 2025
ISBN: 978-607-39-2367-5

Impreso en los talleres de Litográfica Ingramex, S.A. de C.V.
Centeno núm. 162-1, colonia Granjas Esmeralda, Ciudad de México
Impreso en México - *Printed in Mexico*

El infierno está vacío y todos los demonios se hallan aquí.

William Shakespeare
La tempestad

Para Sarah
Por todo y para siempre

Lista de reproducción

Blood In The Wine, Aurora
Play The Part, Two Feet
Scary People, Georgi Kay
Use Me, PVRIS ft. 070 Shake
Monsters, Lucy Daydream
See You Bleed, Ramsey
How Villains Are Made, Madalen Duke
Destroy Destroy Destroy, Transviolet
Tell Me The Truth, Two Feet
Drawn To You, Woodkid
Good Grief, Hayley Williams
Watch Me Now, The Crystal Method ft. Koda & VAAAL
Run Towards The Monster, Transviolet
Drowning, BANKS
Fantasies, Llynks
Green Eyes, Elias
Goliath, Woodkid
No Time To Die, Billie Eilish
Become The Beast, Karliene
You?, Two Feet

CAPÍTULO UNO

BLOOD IN THE WINE

—Parece contenta —susurro por encima del murmullo de la multitud y me gano una mirada de desaprobación de Valerian.

—Claro que sí —murmura él, en voz todavía más baja para que nadie lo oiga—. De lo contrario, lo más probable es que el rey ordene que la maten.

Lo dice sin siquiera pestañear. Mi hermano está inmóvil a mi lado, con un elegante traje negro que hace que su piel parezca aún más pálida de lo habitual. Tiene las manos cruzadas en la espalda y observa la escalera de mármol al frente de la sala. Allí está la novia de sangre del rey; es fácil de reconocer por sus aretes de rubí en forma de lágrima. Lleva el cabello negro azabache peinado en un elaborado chongo. Bajo los focos, su piel morena es casi dorada y su sari rojo oscuro parece fundirse con la alfombra que baja por la escalera entre la multitud. Está hermosa. Y a pesar de todo lo que probablemente haya sufrido durante el último año, mantiene la frente en alto.

—Pero parece estar bien —lo intento de nuevo, con otras palabras. No quiero su pesimismo, sino su consuelo.

Esta vez, cuando Val me mira, la desaprobación se ha

convertido en pena. Me pone la mano un segundo entre los omóplatos, como si quisiera tranquilizarme con el leve contacto, y me dedica una sonrisa casi imperceptible.

—Sí, goza de una salud excelente.

Sé lo que piensa. Si bien puede parecer que esta joven está ilesa, es probable que tenga heridas más profundas que las marcas de mordedura o las cicatrices. Aunque trato de convencerme de que está bien, no soy tan ingenua como para creerlo. Ha pasado un año entero en el castillo del rey, que lleva doce meses bebiendo de ella. No quiero ni imaginarme qué más le puede haber exigido.

A pesar de todo, mi objetivo es ser yo la que termine ahí arriba.

A veces me pregunto si estoy bien de la cabeza. Solo un loco elegiría ese destino. Las demás candidatas pueden estar tan cegadas por la perspectiva de una vida mejor que no se dan cuenta de la verdad, pero yo no.

Por desgracia, es demasiado tarde para cambiar de opinión. Nerviosa, me aliso el vestido blanco crema y busco el brazo de Valerian para aferrarme a él.

Me lo permite con un suspiro.

—Creía que ya habíamos hablado de esto, Flo —me susurra.

—Seguro que todavía tengo permiso para tocar a mi hermano —me quejo en voz baja.

—Colgarte de mí como una niña no da una buena primera impresión. Mamá te ha dicho cientos de veces que parece infantil. Le estás dando razones para descartarte.

A regañadientes lo suelto y, en lugar de aferrarme a él, pongo las manos en mi regazo. Nuestra madre me enseñó esta postura. Según ella, indica fertilidad, algo que el rey Benedict debe de valorar.

Un escalofrío me recorre la espalda.

Ninguna de sus novias de sangre ha quedado embarazada. Pero eso no quiere decir que no lo haya intentado. Y, desde luego, no quiere decir que no lo vaya a intentar conmigo.

Al fin y al cabo, necesita un heredero al trono, y los niños son una rareza entre los vampiros. Aprovechará todas las oportunidades que se le presenten para tener descendencia.

En un intento desesperado por distraerme, observo a la gente a mi alrededor. Las candidatas y sus acompañantes son los únicos invitados humanos a la celebración. El resto son monstruos sedientos de sangre. Intento que no se me note lo nerviosa que me ponen. Val está acostumbrado a exponerse a este peligro a diario, pero yo he crecido más protegida.

Mi mirada se vuelve a deslizar hacia delante cuando la luz se atenúa. La parte superior de la escalera es lo único que sigue iluminado por dos grandes focos. De repente, el silencio se apodera de la sala y se me eriza la piel de los brazos. La novia de sangre se pone rígida y casi parece como si quisiera hacerse invisible. No estoy segura de si respira de lo inmóvil que está, parece un cervatillo que de golpe se enfrenta a un lobo.

Solo puede significar una cosa.

Se oyen pasos lentos y sordos, pero es imposible distinguir exactamente de dónde vienen. Con curiosidad, estiro el cuello y dejo que mi mirada recorra las balaustradas que hay a nuestra izquierda y derecha, con la esperanza de encontrar al rey en la oscuridad. Quiero saber quién es el hombre en cuyas manos voy a poner mi vida. Quiero ver su cara y poder imaginar por fin cómo se verá cuando muera.

Los pasos se acercan, pero sigo sin verlo. A nuestro alrededor se oye el susurro de cientos de trajes y algo hace que toda la multitud se mueva a la vez. ¿Lo han localizado?

Por el rabillo del ojo veo cómo la gente de mi alrededor da un paso atrás. Confusa, miro hacia los lados. Ya no están mirando hacia delante, hacia la escalera, sino hacia atrás. Y justo en el momento en el que al final me volteo, Valerian me agarra del brazo y me atrae hacia él.

Alguien me roza el hombro. Un aroma fuerte y cautivador me envuelve, unos ojos verdes se encuentran con los míos. Es solo un momento fugaz y, sin embargo, me fijo en su piel pálida y los rizos oscuros que le caen sueltos por la frente. Sus labios carnosos. La cuidada barba de tres días.

Cuesta creer lo hermoso que es. No encuentro otra palabra para describirlo. Pero antes de darme la oportunidad de observar su rostro más tiempo, ya ha pasado de largo y solo me queda la visión de su ancha espalda y su traje negro.

De los nervios, el estómago me da un vuelco. Se oyen de nuevo susurros a mi alrededor y solo entonces comprendo por qué se ha producido ese movimiento entre la multitud. Se ha abierto un pasillo que va desde la entrada al vestíbulo hasta la escalera. Un pasillo para él.

El rey Benedict I.

Y yo era la única que se encontraba en su camino.

El pasillo se vuelve a cerrar y Valerian se acerca a mí, inclinándose.

—Contrólate —me dice al oído.

Trago saliva con dificultad.

—¿Por qué no lleva corona? —Es todo lo que consigo decir.

Val resopla.

—¿Te parece que la necesita?

No se me ocurre una respuesta. Observo al rey mientras sube la escalera con pasos constantes y lentos hacia su novia de sangre y le ofrece una mano. Le toma los dedos temblorosos y le besa el dorso de la mano; las comisuras de sus labios se alzan hasta formar una sonrisa fría y cruel.

Aunque sé lo que es, sigo encontrándolo atractivo. Aparenta tener entre veinte y treinta años, pero lo más probable es que se vea así hace tiempo y que no cambie su apariencia por algún tiempo más. Me parece oler su aroma otra vez y me estremezco. Cuanto más miro a este hombre, más siento una extraña mezcla de fascinación, atracción y miedo. Sin embargo, no puedo permitirme ninguno de esos sentimientos.

El rey atrae a la joven hacia sí y ella inclina voluntariamente la cabeza hacia atrás. Contengo la respiración, sin saber dónde posar mi mirada. La imagen que pintan es grotesca, pero apartar los ojos sería un error. Y ya he cometido demasiados.

La novia de sangre cierra los puños y el rey le pone los dedos en el brazo y la sujeta. Su agarre no parece brusco, pero estoy segura de que es de hierro. Los vampiros son físicamente superiores a los humanos en todos los sentidos. Y cuanto más largas son las noches, más fuertes se vuelven.

Ya no se oye nada. Ni un susurro, ni un cuchicheo. Solo el fuerte latir de mi corazón cuando el rey baja la cabeza y le roza el cuello a su novia de sangre con la punta de la nariz.

Durante una fracción de segundo veo los colmillos del rey brillar antes de clavarse en su cuello. La novia de sangre suelta un sonido de dolor apenas audible.

El rey cierra los ojos mientras bebe de ella. Es una escena sensual y, a la vez, es lo más espantoso que he visto en mi vida.

Durante media eternidad observamos todos inmóviles cómo el rey bebe su sangre y ella parece ir desmoronándose. Cuando por fin el rey la suelta y se endereza, vuelvo a tomar aire, temblorosa.

Sigue sin mirar a la multitud. Mira a su novia de sangre y la examina pensativo, como si primero tuviera que meditar si está satisfecho con ella. Por fin, le dedica un asentimiento de cabeza casi imperceptible y ella se quita los aretes de rubí con movimientos erráticos y los deja caer en la mano extendida del rey.

Este señala con la barbilla hacia la escalera.

—Aquí termina tu servicio.

Por un momento, lo único que se oye en la habitación es su voz profunda. Entonces resuena un estruendoso aplauso.

La antigua novia de sangre da un paso atrás, hace una reverencia y baja corriendo la escalera. Las luces se vuelven a encender y, antes de que pueda vislumbrar al rey, Valerian aparece en mi campo de visión con una expresión sombría en su rostro.

—¿Preparada? —me pregunta, con voz queda, y yo solo consigo asentir con esfuerzo. Su semblante es sombrío e imagino que se debe a que se siente como yo. Ver lo que el rey ha hecho con la novia de sangre, lo que va a hacer conmigo, lo ha vuelto todo más real.

Mi mirada se detiene sin poder evitarlo en el cuello de Val. En la cicatriz que parte roja y blanca desde su oreja y desaparece bajo el cuello de su camisa. Me recuerda por qué lucho y al mismo tiempo me hace sentir que estoy cometiendo el peor error de mi vida.

—Piensa en todo lo que te hemos enseñado. Solo tenemos una oportunidad, Florence. Tiene que funcionar.

Clavo los dedos en la tela de mi vestido para que no se me note el temblor.

—Lo sé —digo con la voz más segura.

Me mantiene la mirada.

¿Teme por mí? ¿Se arrepiente de todos los planes y decisiones que nos han traído hasta aquí? No voy a dar marcha atrás. Mi destino es desempeñar este papel. Seré yo la que destruya este reino. Pero si Val ha cambiado de opinión...

—Bien —dice de repente. Me toma del codo para girarme y que volvamos a mirar hacia la escalera.

El rey ya se encuentra rodeado de candidatas vestidas de blanco.

—No perdamos más tiempo. Ha empezado el juego.

Parece imposible alcanzar al rey. Se mueve entre la multitud como un fantasma y rara vez permanece en un lugar el tiempo suficiente para seguirlo hasta allí. Cuando una de las candidatas lo atrapa, se deshace de ella más rápidamente de lo que esta podría tardar en presentarse. Y cada vez que veo la decepción en las caras de las candidatas, siento un poco más de miedo.

Nada parece requerirle esfuerzo. Cómo se comporta, cómo habla, cómo se mueve. Y dondequiera que esté, los que lo rodean parecen contener la respiración. Valerian tenía razón. No necesita una corona para que lo reconozcamos como el rey de este país. Yo, por otro lado, siento que estoy participando en una extraña búsqueda del tesoro diseñada para humillarme.

¿Por qué nos pone tan difícil llegar hasta él? ¿Cómo pretende elegir una novia de sangre al final de la velada si no nos concede ni diez segundos de su atención?

Quizá sí que es un juego para él. Se presenta inalcanzable y cuando permanece en el mismo sitio mucho tiempo, habla con los otros vampiros para que no nos atrevamos a molestarlo. Pero ¿para qué estamos aquí si pretende ignorarnos a toda costa? A menos que...

Quizá solo espera a que una de nosotras se atreva a acercarse de todos modos.

¿Y si nos está retando? ¿Y si quiere ver cuál de nosotras es suficientemente valiente como para enfrentarse a él?

Por desgracia, no es más que una suposición y no puedo arriesgarme. No con la imagen que hemos creado, y menos cuando todo por lo que llevamos trabajando durante veinte años depende de este encuentro.

—Le vas a hacer un agujero en el cráneo si sigues mirándolo así —suena la voz de Valerian en mi oído.

Suelto un resoplido.

—Solucionaría el problema.

El rey Benedict está a unos diez metros de distancia en un círculo con tres hombres y agita con indiferencia su copa de vino. O, al menos, creo que es vino. Cuando aparto la mirada de su rostro, me doy cuenta de que el líquido de color rojo intenso deja gruesas manchas en el cristal. Creo que voy a vomitar.

Mi hermano me tiende una copa de champán. La tomo, me doy la vuelta y doy un largo trago.

—Todavía no te he visto hablar con él. —No se me escapa el ligero reproche en su voz.

—¡Intenta atraparlo tú! —siseo—. Es como una sombra. —Me giro de nuevo y, como para darme la razón, los tres hombres ahora están solos—. ¡¿Dónde...?!

—Junto a la escalera —me avisa Val con tranquilidad mientras me señala el lugar con la barbilla. El rey Benedict está cruzando la sala en este momento y dos candidatas le pisan los talones. Se libra de ellas tan rápido como de todas las que lo han intentado hasta ahora.

—No habla con ninguna de nosotras —digo frustrada.

—Pues haz que te hable.

—¿Y consejos útiles no tienes?

Me dedica una sonrisa torcida tan encantadora como desagradable.

—Las fiestas son cosa tuya. Yo me encargo del trabajo sucio, ¿te acuerdas? Y ahora, si me disculpas, voy a intentar sabotear a la competencia.

Valerian pasa por mi lado y se dirige directamente hacia

una de las mujeres, a la que reconoce como obvia candidata por su vestido blanco. El código de vestimenta nos beneficia. El blanco se destaca entre la multitud vestida de negro y hace que Val pueda localizar con facilidad a las otras nueve mujeres. Ahora solo nos queda esperar que su cara bonita sea suficiente para distraerlas de su objetivo. No lo va a ser su personalidad, al menos si es tan fanfarrón con ellas como conmigo.

«Haz que te hable».

¡Como si pudiera chasquear los dedos y conseguir que el rey de Inglaterra me prestara atención! Por desgracia, Val tiene razón. Es mi misión. Y no debería distraerlo a él de la suya. Al fin y al cabo, es esencial para nuestro plan que recabe tanta información como sea posible durante esta velada. Preferiría salir con vida del castillo al acabar esta misión, aunque no estoy muy segura de cuán realista es esa posibilidad.

Le lanzo una mirada fugaz al rey Benedict. Está cruzando la sala a pocos metros de mí. Al parecer, ha ignorado a todas las candidatas, al menos por el momento, porque la única que parece estar a la vista aparte de mí es la chica con la que Valerian acaba de entablar conversación.

Es mi oportunidad de llamar su atención, pero tengo que hacerlo con más maña que las que me han precedido.

Decidida, me pongo en movimiento. En vez de dirigirme directamente al rey, hago como si fuera en otra dirección. Nuestros caminos se cruzan aparentemente por casualidad detrás de un pequeño grupo de vampiros. Espero el momento oportuno en que rodea al grupo y justo en sus brazos. Mi copa de champán se desborda. Un poco del líquido burbujeante me cae por los dedos y gotea hasta el suelo.

—¡Ah! —dejo escapar, intentando mantener la calma por dentro. El rey se ha quedado quieto de golpe. Mantengo la vista fija en el suelo y le limpio a toda prisa la manga del traje, en la que ni siquiera ha caído nada—. ¡Perdóneme, señor! Qué torpe de mi parte, no... —Y entonces lo miro a la cara por primera vez. Ni siquiera tengo que fingir mi sorpresa. Aunque ya sé quién es, verlo tan de cerca sigue haciendo que se me hiele la sangre en las venas.

El rey Benedict ha inclinado ligeramente la cabeza y me examina con sus ojos verdes como miraría un depredador a su presa. Contengo un escalofrío. Su mirada es tan penetrante que me parece que puede leer todos y cada uno de mis pensamientos. Y al mismo tiempo vuelve la extraña fascinación que ya he sentido antes. ¿Cómo puede ser tan atractivo un monstruo tan cruel? Su aroma llega a mi nariz y tengo que pasar saliva. ¿Sus labios sabrán todavía a sangre?

Cielos, ¿en qué estoy pensando?

—Ay —digo—. Majestad... —Hago una reverencia a toda prisa e inclino la cabeza—. Lo lamento muchísimo y le pido mil disculpas. Es evidente que hoy no soy yo misma.

Resopla por lo bajo.

—Es evidente —confirma, seco, y hace ademán de pasar de largo.

¡No! Así no es como lo había planeado.

—¿Lo manché? —pregunto, bloqueando su camino sutilmente—. Con el champán, quiero decir.

Hace una pausa. Nos miramos a los ojos y me late tan fuerte el corazón que lo noto en la garganta.

—¿Cómo te llamas? —pregunta. Su tono gélido hace que la piel de los brazos desnudos se me ponga de gallina.

—Florence Hawthorne, majestad. —Intento esbozar una sonrisa cautelosa.

El rey ni siquiera pestañea.

—Bueno, Florence. Parece que el año que viene tendré que pedir al servicio que ponga a prueba el sentido del equilibrio de las candidatas. Buenas noches.

Me aparta a un lado con la mano y desaparece entre la multitud. Estoy tan perpleja que no puedo hacer otra cosa que mirarlo fijamente con incredulidad.

No... No puede hablar en serio, ¿no?

Miro a mi alrededor, parpadeando. Algunos invitados se han volteado hacia nosotros y han visto el espectáculo. No se me pasa cómo cuchichean sobre mí.

Genial. No solo me ha insultado, sino que encima me ha puesto en ridículo en público. Tendría que haber tenido en cuenta la posibilidad de que me saliera el tiro por la culata. ¡Pero mi torpeza debería resultar simpática, no ponerme en evidencia!

Enojada, me sacudo el champán de los dedos, pero los noto pegajosos, así que me dirijo al baño. Dejo el vaso medio lleno en la bandeja de un mesero y poco después entro en el pequeño servicio.

Las puertas de madera de los dos baños están entreabiertas, así que por suerte estoy sola. Me paro frente a uno de los lavabos, medio cegada por las brillantes luces led del espejo de maquillaje, y me permito dejar caer la máscara por un momento. La velada está siendo demasiado frustrante.

—¡Imbécil arrogante! —siseo, echándome jabón rojo en la palma de la mano. Por supuesto que es rojo. Dios, qué dramáticos son los vampiros. Me pregunto si les seguiría gustando tanto el color si fuera su sangre la que se sirviera en el *buffet*—. «Es evidente» —imito al rey, pero inmediatamente me muerdo el labio. Tengo que controlarme. Ahí fuera no puede darse cuenta nadie de lo poco que lo aguanto. ¡Pero estoy tan enojada! Si no quisiera matar a ese monstruo, no le dedicaría ni un segundo más de mi tiempo. Sin embargo, tengo que seguir cortejándolo como si fuera una adolescente enamorada. ¡Qué mierda!

—¿A quién estamos criticando?

Me sobresalto al oír una voz. En el espejo veo cómo se abre del todo una de las puertas entreabiertas de los baños a mi espalda y sale una mujer con rizos castaño oscuro, piel clara y pecas. Parece tener un par de años menos que yo, quizá unos veinte. Sin embargo, lleva un vestido blanco como la nieve, de estilo anticuado y con mangas de holanes. Competencia. No puedo permitir ni siquiera que su sonrisa amable haga que se me olvide.

—Lo siento. Pensaba que estaba sola —contesto evitando deliberadamente la pregunta. Lanzo una mirada confusa al baño que tiene detrás. ¿Qué estaría haciendo allí con la puerta abierta?

Se coloca a mi lado, se inclina y mete un libro viejo debajo del lavabo hasta que ya no se ve. Me quedo boquiabierta. ¿En serio se ha traído un libro a la celebración del solsticio y lo ha escondido en el baño para leerlo? Pero ¿sabe por qué está aquí o no?

—Me estaba escondiendo de mi hermano —me explica con una sonrisa.

No puedo evitar sonreírle en respuesta.

—Lo entiendo perfectamente.

—¿También tienes uno así? —pregunta, poniendo los ojos en blanco y enderezándose de nuevo.

—Sí. Son horribles, ¿verdad?

—Insoportables —confirma—. ¿Tu hermano es el imbécil del que hablabas o es que llegaste a conocer al rey?

Un resoplido revelador se me escapa antes de pararme a pensar si es prudente ser tan sincera.

—Ah —dice, y su sonrisa se hace todavía más amplia—. Lo segundo, entonces. Toma. —Me da una toalla para que me seque las manos.

—Gracias. ¿Tú también tuviste el honor? —pregunto con cautela. Que parezca estar tan molesta con el rey como yo me produce una agradable satisfacción. No confío en ella, pero como ya no he podido ocultar mi opinión, seguro que esta conversación no puede ponerse peor.

—Mmm. Hoy está mostrando su lado bueno, ¿no? Muy regio. Será un milagro si al final de la velada queda alguna candidata dispuesta a ocupar el lugar de la novia de sangre. Seguro que todas huyen antes de la proclamación. Por lo menos, yo no pasaría un año con él por voluntad propia.

—Comprensible —admito. De verdad parece no importarle que la elijan o no esta noche. Que esté leyendo en secreto en el baño en vez de perseguir al rey como el resto de nosotras lo demuestra. Pero, entonces, ¿por qué molestarse con todo el esfuerzo que implica presentar la candidatura? ¿Todos los cuestionarios, conversaciones y exámenes solo para tener la inmensa suerte de llegar al baile y luego esconderse?

¿O la ha obligado su hermano a participar?

Sería horrible. Se diga lo que se diga de Valerian, al menos no me ha obligado a entregarme a desconocidos. Estoy aquí por voluntad propia. Y así seguirá hasta que me manden a casa.

—Seguro que queda alguien. Al fin y al cabo, no se trata solo del rey.

—¿Y de qué se trata? —pregunta con interés—. ¿Poder? ¿Influencia? ¿Dinero?

Como si tuviera que preguntarlo. Diría que el noventa por ciento de las candidatas se presentan por estos motivos. Al fin y al cabo, la corona nos atrae justo con esas promesas: una vida mejor y más segura. Y cuando vives en una sociedad que nos bloquea tantos caminos hacia la cima a los humanos, aprovechas incluso la más mínima oportunidad para conseguir un poco de riqueza.

—Quizá. Creo que cada una de nosotras tiene motivaciones diferentes.

Me mira con curiosidad. Bajo la luz brillante, el color de sus ojos es indefinible. Podrían ser tanto azules como verdes.

—¿Y por qué lo haces tú? —me pregunta.

Vacilo. ¿Podría ser peligrosa? Lo más probable es que no. Tal vez tenerla de mi lado me beneficie al final, aunque solo sea porque así se le quitarán todavía más las ganas de convertirse en la próxima novia de sangre. Entonces le doy una respuesta sincera. O, al menos, la respuesta sincera para la Florence Hawthorne oficial.

—Me presento por los necesitados —le explico—. Por los huérfanos y los padres desempleados o sin hogar. Creo que podría hacer mucho con el dinero y la atención que recibiría aquí. Valdrá la pena tener que lidiar con ese imbécil durante un año.

—¡Ah! —dice con una sonrisa—. Eres Florence, ¿verdad? ¡He oído hablar de ti!

Resulta... inusual. El escándalo de hace cuarenta años, cuando mi familia perdió todo, pasó hace tanto tiempo que en realidad ya nadie habla de nosotros en Londres.

Pero no parece tener una impresión negativa de mí; al contrario. Entonces, ¿ha oído otra cosa de mí?

—Sí —admito—. ¿Y tú? ¿Por qué participas?

—Ah, yo no quiero participar —me asegura, sonriendo—. No te preocupes, no soy ninguna competencia.

—Por desgracia, yo tampoco —murmuro—. Me odia incluso más que a las demás.

Frunce el ceño, confusa.

—¿Y eso?

No puedo evitar ponerme un poco roja.

—Me tropecé con él.

—Ups.

—Mmm. Dos veces, a decir verdad. —Me tapo la cara con las manos.

—Bueno. —Hace un gesto con la mano—. ¡Sobrevivirá! Y tal vez tengas una tercera oportunidad para demostrarle que tropezarte no es tu única cualidad. Pero quizá no deberías llamarlo idiota. Eso seguro que no termina bien. —Con un guiño, se da la vuelta para marcharse—. Me tengo que ir, creo que mi hermano me estará buscando. Cuando no me encuentra, siempre hace drama y no es algo que quiera ver nadie. ¡Hasta luego, Florence! ¡Buena suerte!

Sale del baño y yo me quedo mirando la puerta inmóvil.

Suerte voy a necesitar. A montones.

CAPÍTULO DOS

PLAY THE PART

Por desgracia, las palabras de ánimo de una desconocida no me ayudan. Después de mi última interacción con el rey, me he quedado sin ideas. Lo más probable es que sea la diez de diez en su lista de posibles novias de sangre, y eso contando a la candidata que prefiere leer en el baño a intentar conquistarlo. Si no se me ocurre una forma de llegar hasta él, y deprisa, esta misión habrá fracasado.

Encuentro a Valerian en el *buffet*. Sobre una mesa de roble de un metro de largo se encuentran incontables platos y bebidas, cada uno mejor presentado que el anterior. En el centro hay enormes ramos de rosas rojas y blancas, y un camino de mesa rojo sangre que se extiende de un extremo a otro. Los meseros sirven comida a los invitados para que ningún vampiro tenga que mover un dedo de más.

A mi hermano ya le han servido la comida. Sin embargo, no parece haber tocado su plato. En vez de comer, hace lo que mejor se le da: espiar.

Aunque ha centrado toda su atención en un grupo de hombres a unos pasos de distancia, se da cuenta de mi presencia antes de que llegue a él. Se voltea hacia mí y me mira con indiferencia.

—¿Qué? —pregunta—. Toma, que todavía no has comido nada.

Me pone en la mano su plato con varios aperitivos.

—Me alegro de que mamá no viniera conmigo —le explico con frialdad—. No es necesario que intentes ser ella.

Acepto la comida, la examino un segundo y, finalmente, le doy un mordisco a un trozo de salmón.

—Mmm —digo. Está divino. Supongo que podría acostumbrarme a la comida del castillo.

—Se llama apoyo moral, hermanita —responde Valerian—. ¿Qué tal ha ido tu conversación con el rey?

Desde luego, ha visto lo que ha pasado. Val lo ve todo, se las arregla para que así sea.

—Regular —murmuro.

—Regular. —Su tono revela que mi respuesta ni le gusta ni es suficiente—. En cuanto te has despedido, el rey parecía a punto de exigir tu cabeza. ¿Era necesario que tropezaras con él? No recuerdo haber visto algo así en el libro de estrategias de mamá.

—Las fiestas son lo mío, ¿te acuerdas? —siseo, manteniendo una leve sonrisa en los labios a pesar de mi enojo—. ¡Ya has visto que no sirve de nada hablarle directamente!

—Al menos así no habrías dado una mala impresión —susurra, con su rostro igual de neutro.

—Por lo menos me estoy haciendo notar. ¡La velada aún no ha terminado y al fin y al cabo ahora se acuerda de mí!

Val resopla.

—Solo espero que tengas razón, Flo.

—Si no, por mí la próxima vez puedes intentar seducirlo tú.

—Si él me dejara, encantado.

—Eres insoportable.

Mis palabras hacen que me gane una sonrisa sincera.

—Le dijo la cabra al chivo...

Pongo los ojos en blanco, pero sonrío de todas formas. Vuelvo a morder a toda prisa un trozo de salmón para ocultarlo. Es una frase que se inventaron mis padres. Cuando éramos niños siempre lo oíamos cuando nos peleábamos, cosa bastante habitual. A día de hoy todavía nos recuerda que nos parecemos, aunque tengamos nuestras diferencias. Valerian y yo formamos un buen equipo a pesar de esas diferencias, o quizá precisamente gracias a ellas. Un equipo que podría destruir este reino...

Aunque me gustaría abrazar a Val en este momento, esta vez cumplo con nuestro acuerdo de no tocarlo durante el baile. Bueno, casi. Le doy un pequeño empujón con el hombro y él me devuelve el gesto con la misma delicadeza. Una expresión silenciosa de nuestro afecto.

—Bueno, ¿y qué viene ahora? —me pregunta en voz baja—. ¿Necesitas que haga de celestina?

Lo medito un momento. No sabemos mucho sobre el rey Benedict. Hay un mundo de distancia entre el Distrito Interior, la ciudad vampírica de Londres, y los barrios de la población humana. Por no hablar del palacio, el Corazón Carmesí. Por eso es difícil obtener información sobre todo lo que sucede aquí y, a menudo, cuesta distinguir entre lo que es verdad y lo que solo quieren hacernos creer. Ningún humano confía en un periódico escrito por vampiros y todavía no hemos logrado ganarnos a ninguno de los sirvientes humanos del castillo para nuestra causa, así que solo podemos especular sobre el comportamiento del rey. Sin embargo, sí parece el tipo de imbécil machista que prefiere confiar en la opinión de un hombre sobre una mujer que en la propia mujer.

Sin embargo...

Yo me presento como la defensora de los débiles y necesitados, mientras que Val se mueve en las sombras de la sociedad. Es taxista de la sociedad vampírica del Distrito Interior y arriesga su vida todos los días para conseguir información. Es uno de los trabajos más peligrosos de la ciudad. La cicatriz en su cuello lo demuestra y eso que salió bastante bien parado. El crimen quedó sin resolver porque, al final, a nadie le importa qué vampiro en concreto ha infringido la ley y bebido sangre directamente de la vena. Pero Val sobrevivió. En muchos otros casos, la gente simplemente desaparece sin dejar rastro. Daños colaterales de una sociedad para la que somos más una mercancía que seres vivos.

Sin embargo, mi hermano sigue adelante. Se comporta como si nada, como si no odiara a muerte a estos monstruos. Cuanta más discreción muestra, menos preguntas suscita. Aquí en el castillo también debería mantener un perfil bajo y quedarse en un segundo plano. Pero si intenta hablarle bien al rey de mí, será difícil. Se convertiría en el centro de atención.

Otro riesgo. Esta vez uno que no estoy dispuesta a asumir. No es casualidad que nuestras funciones estén divididas de forma tan estricta.

—Lo voy a volver a intentar sola —decido—. Por ahora. Recurriré a ti en caso de emergencia.

No tengo idea de cómo voy a arreglar el papelón de antes, pero lo voy a conseguir. Quizá con un poco de humor y una sincera disculpa. O pidiéndole ayuda a mi compañera del baño. Me pareció que le caigo bien y no tiene ningún interés en que la elijan a ella. A no ser que me mintiera. También podría darme una puñalada trapera...

Maldita sea, ¿por qué es todo tan complicado? Odio estas intrigas constantes. No puedes escapar de ellas. Sales de una y te metes en otra.

De repente, el aire en la sala se pone tenso, como si hubiera caído un rayo cerca. Las conversaciones se van apagando, los gestos se vuelven nerviosos. Miro a mi alrededor desconcertada. Valerian me toca el codo y dirige mi mirada hacia la causa del cambio.

Un conjunto ha colocado sus instrumentos en el descanso donde se despidió a la última novia de sangre. El rey Benedict, delante del grupo, mira sombrío a la multitud, como si estuviera buscando a alguien. Da golpecitos con el pie derecho en la alfombra, la única muestra de impaciencia.

Se oyen murmullos silenciosos y el susurrar de las telas cuando alguien se abre paso entre los invitados. Una mujer con un vestido blanco y mangas de holanes llega a la escalera y sube a toda prisa los escalones hasta el rey. El cabello oscuro le cae en rizos sueltos hasta los omóplatos y, de repente, el corazón me da un vuelco.

Es la chica del baño. ¿Por qué la llamó? No puede haberse decidido ya, ¿no? El anuncio de la nueva novia de sangre está previsto para medianoche y no pueden ser más de las nueve.

—¿Qué está pasando? —le susurro a Valerian.

Tiene el ceño fruncido y observa lo que sucede con escepticismo. Volteo hacia el rey y la mujer, que se coloca a su lado y se gira hacia el público, radiante de alegría. En ese momento me fijo en la tiara dorada con rubíes rojos que ahora reposa sobre su cabeza. Se me corta el aliento. ¿Por qué lleva algo así? Si no me equivoco, son las joyas de la corona. No es algo que le fueran a dar a la novia de sangre.

—Ah —dice Valerian a mi lado—. Debe de ser su hermana.

Me quedo helada.

—Su hermana —repito con la voz apagada.

No.

¡No, no, no!

«Me estoy escondiendo de mi hermano».

Ay, Dios, no puede ser verdad.

—Lyra Tudor —me explica Val—. La descripción coincide. Lo único que me pregunto es por qué va de blanco.

Yo sí sé por qué. Es para espiar a las candidatas para su hermano. Y yo voy y lo insulto varias veces delante de ella. Mierda, caí de cabeza en su trampa. Seguro que ya le contó todo sobre mí. Fin de la velada. Nuestra misión termina aquí. Lo he arruinado todo.

—Bienvenida.

Se oye la voz del rey Benedict y de inmediato se hace un silencio penetrante. A pesar del tamaño de la sala, no necesita un micrófono para hacerse oír. La acústica y su presencia garantizan que se le pueda entender con total claridad. Es la primera vez en toda la noche que se dirige a sus invitados y, por alguna razón, parece que me habla a mí directamente.

Se me pone la piel de gallina en los brazos. Dejo el plato en una mesa cercana y me abrazo el cuerpo.

—Hoy tenemos dos cosas que celebrar —anuncia el rey Benedict—. Por un lado, el solsticio de invierno, la noche más larga del año. Por otro lado, elegiré a mi nueva novia de sangre a medianoche. Hasta entonces, les recomiendo que disfruten de la velada al máximo. Que se abra la pista de baile.

Le hace una señal al conjunto y las primeras notas de un lento vals suenan para llenar el silencio previo. El rey abandona el descanso con su hermana y vuelve a mezclarse entre sus invitados.

Incluso su discurso ha sido solo lo esencial. Su interés por esta celebración parece ser muy limitado. Es probable que vaya a elegir a la mujer que menos lo haya acosado. Quizá la que le resulte más atractiva. Pero no a mí. Eso seguro que no.

Miro hacia el sitio en el que estaba el rey hace un momento y trato de ordenar mis pensamientos. Apenas oigo la melodía del conjunto, pero es muy raro poder escuchar música en vivo en lugar de a través de un altavoz de sonido metálico. Me da vueltas la cabeza y noto una sensación de angustia similar a las náuseas en el estómago.

—¿Qué pasa? —me pregunta Valerian, y me da un golpecito en el brazo.

Lo miro vacilante. Es obvio que lleva un tiempo observándome, porque frunce el ceño con sospecha. Trago saliva. No tiene sentido suavizarlo o permanecer optimista. Tiene que saber en qué situación nos encontramos.

—Lo siento mucho, Val —consigo decir—. He fallado.

—¿De qué estás hablando?

No consigo hacer otra cosa que negar con la cabeza mientras la dura realidad se vuelve cada vez más evidente, hasta tal punto que duele.

Habíamos tenido tanta suerte de que nos eligieran para este baile. Era nuestra oportunidad. La primera y posiblemente la última. Y la he echado a perder.

Generaciones de Hawthorne han trabajado para liberar a la humanidad del control de los vampiros. Yo podría haber logrado ese objetivo. Podría haber sido yo la que nos acercara por fin lo suficiente a la familia real para darles justo donde son más vulnerables.

Pero lo he arruinado todo. Es imposible contar las personas que van a seguir sufriendo, seguir sangrando... por mi culpa.

—Dime algo —me exige Val, poniéndome las manos con fuerza sobre los hombros—. Florence. ¿Qué pasó?

¿Cómo podría explicárselo? Y lo que es más importante, ¿cómo podría compensarlo? Mis padres van a estar devastados. Sabíamos que nuestro plan podría fracasar esta misma noche, pero nadie, en especial yo, esperaba que podría echar a perder esta oportunidad única con un descuido así.

—Pues...

—¿Señorita Hawthorne?

El sonido de esa profunda voz hace que me pare en seco.

Valerian se pone rígido. Dirige la mirada hacia mi espalda, con la boca temblorosa. Lentamente, aparta las manos de mí y hace una reverencia.

—Majestad.

Siento un escalofrío. Me doy la vuelta y miro directamente a los ojos verdes del rey Benedict. No consigo leer nada en su rostro indescifrable, ni enfado ni ninguna otra emoción. Pero no me hago ilusiones. Sabe lo que he dicho sobre él y ahora voy a enfrentarme a las consecuencias de mis palabras impulsivas. Con un poco de suerte, me expulsará del castillo. Sin suerte...

Seguro que ha encerrado a gente en la Torre de Londres por mucho menos. Pero si esa fuera su intención, habría enviado a los guardias directamente, ¿no? ¿Por qué lo tengo ante mí en persona?

Hago una reverencia y trato de mantener la respiración tranquila. Noto que de repente mi vestido de fiesta me aprieta demasiado.

—¿Sí, majestad?

El rey Benedict me observa un buen rato. Y entonces... sonríe. No mucho. No de verdad. Pero tampoco con crueldad.

—¿Me concedería este baile? —me pregunta, y su voz suena como la seda negra, oscura y suave.

Lo miro, perpleja. ¿Qué...? ¿Preguntó eso de verdad?

—Mi hermana es toda suya —anuncia Valerian, antes de desaparecer de mi lado más rápido de lo que yo consigo recuperar la voz.

El rey no le hace caso. Su mirada está fija en mí y estoy segura de que no se le escapa nada. Sin respirar, sin parpadear, sin vacilar ni dudar. Contrólate, Florence.

—Desde luego —consigo decir—. Será un honor.

Me ofrece una mano y la tomo. Sus dedos están más calientes que los míos y me sirven de recordatorio de qué tipo de monstruo es. Aunque cuando el rey Benedict me guía unos metros hasta un espacio libre en la pista de baile y me pone la mano en la cintura, un agradable escalofrío recorre mi cuerpo traicionero.

Vuelvo a notar ese aroma suyo que me envuelve y me impide pensar. Huele a madera, tal vez a pino o abeto. Me recuerda a las excursiones al bosque, poco habituales, y a las veladas frente a la chimenea.

—Espero que esta vez tenga los pies bajo control —murmura antes de empezar a bailar.

La concisa indirecta hace que pierda el compás un segundo y a pesar de que me encantaría devolverle la burla de inmediato, recuerdo mi papel y levantando un poco la barbilla, le lanzo una sonrisa de disculpa.

—De verdad que lamento muchísimo nuestro encontronazo, majestad.

—Encontronazos —me corrige, y detecto un atisbo de sonrisilla en sus labios. Puede que sea sarcástica, pero hace resaltar un hoyuelo en su mejilla derecha y no puedo evitar imaginar cómo sería verlo sonreír de verdad.

—Lo lamento todavía más —bromeo algo vacilante.

La media sonrisa permanece un momento, pero el rey no añade nada más. En cambio, me estudia en silencio. Hay algo en su mirada que me lleva a querer hacerme más pequeña de lo que soy. Toda su presencia irradia autoridad. Me recuerda que él es el vampiro más poderoso del país y yo no soy más que una humana.

Intento no pensar en ello. Al reparar en el tipo de monstruo con el que estoy bailando, pierdo la poca calma que me quedaba. Es una tortura. Si bien mi mente no quiere hacer otra cosa que escapar de esta sala, tanto mi cuerpo como mi misión me empujan en la dirección opuesta. Es como si me estuviera desgarrando por dentro.

—No parece que lo esté pasando particularmente bien —comento cuando el rey no dice nada más.

No mueve ni un músculo de la cara mientras me hace girar.

—Estoy aquí porque es mi obligación, no porque disfrute haciendo de anfitrión.

—¿Hubiera preferido elegir a su novia de sangre en un contexto más íntimo? —Tal vez me estoy pasando con las preguntas. Son demasiado personales para hacérselas a él en concreto, pero esta celebración y su mal humor son los únicos puntos de referencia que tengo del rey. Me parece la mejor manera de iniciar una conversación que sea vacía y superficial. En todos nuestros años de preparación, nunca se nos ocurrió que pudiera mostrar tanta aversión por las candidatas.

—Si por mí fuera, no habría ninguna elección —responde con frialdad.

¿Qué quiere decir? ¿No quiere una novia de sangre? ¿O ya se ha comprometido con otra mujer? Pero en ese caso, ¿por qué baila conmigo?

Abro la boca para hacer otra pregunta, pero él se me adelanta.

—Me han dicho que usted es activista.

Sus palabras me sorprenden.

—Yo no lo llamaría así —replico, y me gano una interrogante ceja enarcada.

—¿Por qué no?

—Ese nombre hace que mis esfuerzos parezcan mayores de lo que son.

—¿Y qué hace exactamente? —pregunta.

—Suelo planificar campañas de recaudación o me encargo

de distribuir fondos entre los necesitados. De vez en cuando, también ayudo a los trabajadores de los orfanatos.

—Suena bastante a activismo.

—Podría hacer más. —Y lo digo en serio. Estar aquí es un medio para conseguir un fin, porque las organizaciones humanitarias y sus objetivos me importan de verdad. Si no hubiera tenido que dedicar tanto tiempo a planificar y entrenar para esta misión, habría pasado allí cada minuto libre. Me duele en el alma tener que abandonar a estas personas si me eligen como novia de sangre, pero, por desgracia, no tengo alternativa. Y, al fin y al cabo, este plan no se trata de mí, sino del bienestar de todos nosotros.

—¿De dónde saca el tiempo? —me pregunta el rey Benedict—. También trabaja, ¿no? Hasta donde yo sé, la familia Hawthorne no es lo suficientemente rica como para tener a su única hija dedicada a obras de caridad las veinticuatro horas del día.

Su mirada mantiene cautiva la mía. Me estudia con tanto cuidado que siento que solo tendría que parpadear de forma incorrecta para que me descubriera.

—Trabajo como costurera. Pero no nos va mal —respondo. Eso último no es cierto. Por supuesto que nos va mal, pero en lo que al dinero se refiere, siempre llegamos a fin de mes, incluso después del escándalo. En este sentido tenemos menos preocupaciones que otras familias, pero nadie en este país puede afirmar que le vaya bien. En esta sociedad estamos en la parte inferior de la cadena alimenticia y solo podemos perseguir nuestros sueños hasta donde los vampiros nos lo permiten.

Me pregunto si el rey está tratando de engatusarme con su declaración. No puedo evitar sentir las acusaciones en la punta de la lengua. Estoy segura de que él sabe tan bien como yo que mi familia antes era rica y por qué ya no lo es. Queríamos justicia y retribución por el asesinato de mi abuela, pero cuando mi abuelo acusó a un vampiro de matarla, no se llegó a juicio. Al contrario, mi abuelo fue declarado culpable de difamación e incitación a la desobediencia, y la finca y los negocios de los Hawthorne fueron confiscados. Nos quitaron todo lo que teníamos y una de las familias nobles más antiguas de la ciudad quedó arruinada.

—Pero usted quiere más. —Lo hace sonar como una acusación, e inmediatamente niego con la cabeza.

No quiero que piense que me importa el dinero o el estatus que conlleva este puesto. No es mi objetivo restaurar el estatus de mi familia, que ya no valdrá nada una vez que del reino solo queden ruinas.

—No hago esto por mí —digo con sinceridad. Solo tendría que mentir si me preguntara por quién lo estoy haciendo. Pero supone, como esperaba, que me refiero a las organizaciones humanitarias.

—Parece que le ha caído muy bien a mi hermana —dice antes de hacerme girar de nuevo. Luego vuelve a poner su mano justo en el mismo lugar en el que estaba. No la deja vagar ni se acerca más a mí. Mantenemos la misma distancia educada con la que empezamos a bailar, que me resulta demasiado lejos y demasiado cerca al mismo tiempo.

—Me alegro —respondo con cautela. Es imposible saber qué le ha contado exactamente. Y no voy a confesarle por error los insultos si él no sabe nada del tema todavía.

—Dijo que usted fue «refrescantemente sincera». Lo que sea que signifique eso.

¿Lo que veo en sus ojos es una chispa de curiosidad?

—A eso no tengo respuesta, pero me siento honrada. En realidad ni siquiera sabía quién era hasta que la vi junto a usted en la escalera.

Mueve la cabeza levemente.

—No me sorprende. Lyra disfruta causando el caos. Es lo

que le da vida y algún día me va a matar de un disgusto, de eso estoy seguro.

—Conozco esa sensación. A veces mi hermano me saca de quicio. Pero al final no hay nada más importante que la familia y el amor, ¿no creéis?

—Una idea romántica, pero no muy realista.

Levanto las cejas.

—¿No está de acuerdo?

Se ríe con frialdad.

—Siempre hay cosas más importantes que el amor, señorita Hawthorne. Espero que nunca tenga que lidiar con ellas.

La canción termina y el rey Benedict me suelta despacio. Se lleva mi mano a la boca y me da un beso delicado en los nudillos. No es más que la esencia de un roce, pero me hace arder como si tuviera llamas bailando por mis venas.

—Fue un honor —susurra, y no consigo más que balbucear un agradecimiento antes de que desaparezca entre la multitud.

El beso me arde en la piel y solo entonces me doy cuenta de lo rápido que me late el corazón. ¿Qué significó este baile? ¿Fue una buena conversación o lo eché todo a perder? Este hombre es tan inescrutable que ahora me veo incluso menos capaz que antes de valorar mis posibilidades de convertirme en su novia de sangre.

«Siempre hay cosas más importantes que el amor».

Si supiera que estoy totalmente de acuerdo y lo bien que entiendo el significado de esas palabras...

En la familia Hawthorne, el amor lleva generaciones quedando en segundo plano.

En el primero está la muerte del rey.

No vuelvo a cruzarme con el rey Benedict. Paso el resto de la velada buscándolo en la pista de baile, pero parece haber desaparecido de la faz de la Tierra.

Tampoco hay rastro de su hermana, y Valerian está demasiado ocupado espiando para distraerme de mis pensamientos frenéticos, así que hablo con las demás candidatas. Me parece más seguro que acercarme a los invitados vampiros y meterme en el nido de víboras de la sociedad del Distrito Interior. Soy demasiado consciente de que estoy rodeada de monstruos. Y aunque no se les permite morder a la gente, aquí no me siento para nada segura.

Las diez candidatas no podríamos ser más diferentes. Ya solo en el aspecto somos tan dispares que parece que hubieran querido darle al rey tantas opciones como fuera posible, en vez de centrarse en un tipo concreto. Y mirando a sus novias de sangre anteriores, no parece que tenga preferencias específicas.

Sin embargo, cada año se invita solo a diez mujeres a la selección de la nueva novia de sangre. Nadie sabe exactamente cómo se eligen, pero está claro que no es casualidad cuáles de los cientos de candidatas llegan hasta aquí. En los cinco años que he presentado mi solicitud en vano, a veces me ha parecido todo arbitrario, pero los numerosos cuestionarios y formularios que he tenido que rellenar cada vez indican lo contrario.

Después de mi encuentro con Lyra, me he vuelto más cautelosa. Nuestras conversaciones no son más que plática insustancial y me aburren a morir, pero al menos me distraigo un poco de la espera. Estar aquí sin poder hacer nada más para influir en la elección del rey Benedict me está matando.

¿Qué imagen tendrá de mí? Pensándolo bien, el baile parecía una prueba. Quizá era la tercera oportunidad de la que hablaba Lyra. Pero ¿la superé o no?

Poco antes de medianoche me acerco a la escalera con Valerian. Todas las candidatas y sus acompañantes deberán estar en primera fila cuando se anuncie la decisión.

—¿Qué opinas? —me susurra Val.

—No lo sé —confieso también en un susurro mientras el conjunto termina la última canción, las luces se atenúan y el resto de los invitados deja de hablar.

Mi hermano guarda silencio. ¿Se siente optimista? ¿O está pensando en cómo explicarles a nuestros padres que fracasé? ¿Está planeando ya el próximo intento de asesinato? ¿Uno que no dependa de tantas variables? Aunque nunca lo han dicho, sé que si fracaso hoy, mi familia recurrirá a otros métodos. Métodos más desesperados.

Una mujer con un enterizo negro se acerca al descanso de la escalera. Lleva el cabello oscuro corto y los ojos maquillados pero discretos. Unos brazaletes de oro resaltan contra su piel bronceada. Se hace un silencio inmediato y dudo que sea solo por el hecho de que se haya quedado allí de pie. Tiene un aura tan dominante como la del propio rey. Debe de ser importante. Una mujer con todo el Distrito Interior a sus pies.

—¿Esa es Eris Hyll? —susurro. Aunque me resulta familiar por los artículos periodísticos que a veces nos dan información sobre el círculo de consejeros del rey, no estoy segura. Valerian es el que se aprende de memoria los rostros de todos los vampiros, como si llevara el expediente policial de un caso de asesinato.

—Sí —murmura, apenas audible.

—¿Su mano derecha dirige la ceremonia?

—Eso parece.

Hyll recorre la habitación con una mirada de desprecio antes de comenzar a hablar. Su voz resuena clara y, al parecer, natural por la sala.

—Gracias a todos por asistir hoy a uno de nuestros rituales

más importantes. Durante siglos, la donación de sangre ha asegurado la cohesión de nuestra sociedad. Conecta a humanos y vampiros y alimenta el poder de nuestro soberano. El rey Benedict ha elegido a su nueva novia de sangre y es un honor para mí sellar el pacto. Todos ustedes son testigos de este juramento, que durará hasta el próximo solsticio de invierno.

Hace una pausa y se oye un aplauso. Cuando Hyll asiente con la cabeza, el aplauso se corta tan de golpe como comenzó.

—Es el momento de anunciar quién tendrá el honor de alimentar al rey Benedict.

Contengo la respiración y parece como si toda la sala estuviera haciendo lo mismo. Todos esperamos oír ese nombre que tanto significa. Para ella. Para mí. Para nuestro futuro. Soy la única que no quiere oírlo porque da igual que sea el mío o el de otra persona. Si es el mío, lo pagaré con mi vida, de una manera o de otra. Si es el de otra, he fracasado.

—La nueva novia de sangre de Inglaterra es Florence Hawthorne.

Todo en mi interior se estremece de pánico. Valerian me agarra el codo por detrás y me aprieta el brazo. Lo escucho murmurar una palabrota que resuena en mis propios pensamientos.

¿Acaba de pasar lo que creo que acaba de pasar?

No estoy lista.

Cambié de opinión.

No fue más que un terrible error.

—¿Señorita Hawthorne? —La mirada de Hyll encuentra la mía con aterradora certeza. Parece haber sabido dónde estaba todo el tiempo a pesar de no haber mirado hacia aquí en ningún momento. Alza la barbilla, un gesto apenas perceptible, pero es señal suficiente. Sé lo que pasa ahora. Todas las candidatas tuvimos que ensayar la ceremonia para que pudiera transcurrir sin problemas. Y puede que eso sea lo único que me mantiene íntegra en este momento y me ayuda a echarle lo que me queda de valor.

Valerian me suelta el brazo y doy un paso tembloroso hacia la escalera. La alfombra se difumina hasta convertirse en una cascada de color rojo sangre ante mis ojos y se me corta el aliento en el pecho.

No.

Tengo que hacerlo. Tengo que conseguirlo.

Subo la escalera mientras el corazón me late con fuerza. El camino hasta el descanso se me hace interminable, como si cada paso se extendiera más de un kilómetro. Sin embargo, llego a la cima.

Me detengo frente a la mano derecha del rey, la miro directamente a la cara y hago una reverencia.

—Arrodíllese —ordena con voz tranquila, y mientras obedezco, noto que toda la sala hace lo propio a mi espalda. Cientos de personas que se arrodillan con veneración.

Hyll se hace a un lado y el silencio se vuelve tan intenso que noto el latir de mi propia sangre en mis oídos. No se oye ni una respiración. Ni murmullos, ni susurros. Y en ese silencio resuenan pasos firmes y seguros.

Siento un hormigueo por todo el cuerpo.

Escucho mi corazón palpitar.

Me sudan las manos.

No me atrevo a alzar la mirada cuando el rey Benedict baja de una de las tribunas, pero sus pasos se acercan hasta que sus brillantes zapatos negros aparecen ante mis ojos.

—Florence Hawthorne —suena de nuevo la voz de la mano derecha, y el nudo de mi estómago se aprieta todavía más, me tenso con tanta fuerza que creo que no voy a poder moverme de esta posición nunca más—. Juras servir al rey Benedict Tudor I hasta que la noche más larga los separe?

Respiro hondo.

—Lo juro —digo alto y claro.

Por el rabillo del ojo veo que el rey apenas se mueve, pero no me atrevo a seguir el movimiento con la mirada. No sé qué pasaría si lo mirara a la cara en este momento.

—¿Le juras lealtad y discreción hasta el final de sus días?

—Lo juro —consigo decir, y la mentira me quema la lengua.

—Mírame —susurra el rey Benedict, apenas audible, y un temblor me recorre todo el cuerpo. Levanto la mirada en contra de mi voluntad.

Sus ojos verdes se clavan en los míos y por un segundo estoy convencida de que me puede leer la mente.

Lo sabe.

Me lee como un libro abierto.

Me voy a morir.

—¿Juras honrar tus obligaciones, así como a tu rey?

—Lo juro —digo sin aliento.

El rey Benedict no se mueve. Por un momento que parece durar una eternidad, el silencio se extiende por la sala.

—¿Qué me estás jurando? —pregunta finalmente con voz áspera, y tengo que obligarme a sostenerle la mirada. Ya no hay seda negra. Sus palabras suenan crueles e impredecibles, como si algo hirviera bajo la superficie.

—Le juro —continúo, rígida— que soy suya en sangre y alma.

Deja que el juramento permanezca en el aire antes de liberarme por fin.

—Así te tomo como mía. —Extiende la mano y la abre ante mí. En su interior se encuentran los dos aretes de oro. Dos grandes rubíes refulgen bajo la luz como sangre líquida.

Para mi sorpresa, consigo evitar que me tiemblen los dedos. Tomo los aretes, con cuidado de tocarlo lo menos posible, y me los pongo. Son más pesados de lo que imaginé. Los noto como un compromiso. Como mi perdición.

Pero soy yo la que va a ser su perdición. No al revés. Es el único final que aceptaré para esta historia.

—Levántense —ordena el rey Benedict, pero esta vez soy la única que le obedece. Incluso su mano derecha sigue arrodillada ante nosotros.

Me toca el codo, tan ligero como una pluma que apenas lo noto, y me hace girar hacia la sala. Miro a la multitud arrodillada, sin estar segura de si estoy soñando.

—Esta vez puedes dar la orden tú —me susurra el rey al oído. Siento su aliento cálido contra la mejilla y me estremezco. Luego se da la vuelta y sube despacio a la galería.

Espero hasta que sus pasos se desvanecen; mi pecho es demasiado pequeño para mi corazón acelerado, tengo los pulmones a punto de estallar porque apenas me atrevo a respirar. Y solo cuando el silencio se vuelve tan estruendoso que ya no puedo soportarlo más le pido a la multitud que se ponga de pie.

La siguiente hora pasa como un torbellino. Me sacan del salón y me llevan hacia lo más profundo del castillo. Me extraen sangre aunque no sé para qué; ya que me hicieron pruebas cuando aceptaron mi solicitud, luego me vuelven a llevar por largos pasillos hasta que por fin me encuentro en un dormitorio espacioso. Una cama con dosel y sábanas de color crema ocupa un lado de la habitación. En la chimenea arde el fuego y, frente a ella, hay una acogedora zona de estar con un sillón cubierto de cojines florales de estilo antiguo. Veo un pequeño escritorio frente a una de las ventanas que va del suelo al techo. Las cortinas semitransparentes están cerradas y detrás solo se ve la oscura noche. Lo más probable es que haya una sala de baño detrás de una puerta de madera y ya tengo las maletas frente al tocador y el clóset.

Todas las candidatas tuvimos que traer nuestro equipaje esta mañana. Cuando llegamos lo registraron minuciosamente en nuestra presencia y se nos confiscaron algunos objetos. Navajas de afeitar. Joyas de plata. Teléfonos. Algunas de ellas estaban muy enojadas por tener que renunciar a sus teléfonos celulares mientras estaban en el castillo. Al menos eso a mí no me afecta, porque yo no tengo celular. La mayoría de la gente es demasiado pobre para la tecnología que los vampiros dan por sentada. Nos damos por bien servidos cuando tenemos electricidad. Incluso en la sastrería solo tenemos una vieja computadora portátil para la contabilidad que casi nadie sabe utilizar. También analizaron el porcentaje de plata de un pasador del cabello. Hojearon mi diario para asegurarse de que no hubiera nada oculto entre las páginas. Inspeccionaron todas y cada una de mis prendas de ropa, pero no encontraron nada.

Gracias a Dios.

Menos mal que decidimos no intentar meter de contrabando un arma en el castillo. Por desgracia, ahora me siento por completo a su merced. Mientras esté aquí, estaré prácticamente indefensa. Y si bien era parte del plan, me da mala espina poner mi vida y mi seguridad en manos de estos monstruos de forma voluntaria.

Alguien llama a la puerta y una sirvienta pálida y con rizos castaños asoma la cabeza. Antes había venido a presentarse y a explicarme en la menor cantidad de palabras posibles cómo utilizar el interfón que hay junto a la puerta para llamarla si necesito algo. Sin embargo, su tono despectivo me dejó claro que sería mejor no llamarla si puedo evitarlo.

—Su hermano, señorita Hawthorne —anuncia con frialdad y yo asiento. Sigo tan angustiada que ni siquiera consigo darle las gracias.

La mujer desaparece y Valerian entra en mi habitación en su lugar. El alivio me inunda al verlo, pero sus palabras acallan ese sentimiento antes de que pueda empezar a disfrutarlo.

—Solo tenemos cinco minutos —me informa, y en lugar de mirarme, sus ojos inmediatamente empiezan a deambular, como si no pudiera evitar fijarse en cada detalle.

Corro hacia él y me lanzo a sus brazos. Ni siquiera se tambalea. Mi hermano me atrapa con su inquebrantable fiabilidad de siempre y me abraza con fuerza.

—Ay, Dios —susurro, con la cara apretada contra su fuerte pecho. Hemos hablado de este escenario miles de veces, pero la imaginación no le hacía justicia a lo aterrador que es en realidad. Me metí en la boca del lobo. Y ahora tengo que esperar que no me coma viva.

—Tranquilízate —dice en voz baja Val, aunque sé que significa otra cosa.

Es un código que hemos preparado para cuando esté en el castillo. «Nos pueden oír».

Asiento tensa y él me acaricia la nuca con la mano para reconfortarme.

—Ya no hay vuelta atrás, Flo. Ahora tienes que seguir adelante.

—Sí —digo.

—Solo tienes que respirar hondo.

«Sigue el plan».

—Mmm.

—¿Tienes tus medicamentos?

Me da un escalofrío. Mis «medicamentos».

—Sí —digo. Pasé por seguridad un paquete de antihistamínicos, pero Val no se refiere a eso. Habla de las otras pastillas. Las que mamá y yo nos pasamos noches escondiendo en los dobladillos de mi ropa de tal manera que no se notaran al tacto. Pastillas anticonceptivas normales y pastillas de plata que se dice que previenen el embarazo vampírico como si fueran la píldora del día después. Sin embargo, las de plata podrían afectar al sabor de mi sangre, por lo que espero no tener que usarlas.

—¿Y si no funcionan? —susurro, y Val me abraza con más fuerza contra su pecho.

—Entonces... te conseguiremos otras.

Quiero vomitar.

—Puedes con esto —me susurra—. Si alguien puede, eres tú. —Me da un beso en la sien y permanece allí el tiempo suficiente para susurrarme al oído—: Sigue interpretando el papel de la florecilla indefensa, Florence. No notará tus espinas hasta que sangre.

Trago con fuerza y me separo de él.

—Los quiero —digo, y Val sonríe suavemente.

—Nosotros a ti también. Cuentas con nuestro apoyo, ¿de acuerdo? Haznos sentir orgullosos, Flo.

Vuelve a apretarme la mano y luego sale de la habitación.

Miro fijamente la puerta cerrada, anhelando su calidez, y respiro hondo. Enderezo los hombros casi desafiante y levanto la barbilla. Puedo con esto.

Reacia, me preparo para irme a la cama y apago la luz. Me apoyo contra la cabecera, con la manta subida hasta la nariz, y miro la puerta. El rey podría venir a buscarme en cualquier momento. Ni me atrevo a desear que me dé al menos esta noche para hacerme a la idea. No esperará. Tomará posesión de lo que ahora es suyo, esté yo preparada o no.

Pero Val tiene razón. Lo único que tengo que hacer es seguir el plan. Sé por qué estoy aquí y qué debo hacer. Incluso las peores horas con este hombre pasarán.

Puede que me haya prometido a él durante todo un año, pero solo tengo que desempeñar este papel durante seis meses. Seis meses para cumplir mi misión. Fracasar no es una opción.

La noche del solsticio de verano, el rey estará muerto. Porque cuando note mis espinas, será demasiado tarde.

CAPÍTULO TRES

SCARY PEOPLE

Una ráfaga de aire me roza la piel y me hace temblar. La oscuridad es impenetrable. Me mantiene cautiva y me aplasta como una manta de plomo. Un crujido rompe el silencio. Un aroma intenso a madera me envuelve. Una voz como seda negra me susurra al oído.

—Pobre florecilla. —Siento el aliento de Benedict cálido en la mejilla y giro la cara.

—No, no...

—Hiciste un juramento —me recuerda, y siento un nudo en el estómago. Sus manos recorren mi cuerpo, su tacto se vuelve más fuerte, cada vez más, hasta que sus dedos se convierten en garras que se me clavan en la piel, la seda se convierte en colmillos, su agradable aroma se convierte en olor a hierro.

Noto la piel pegajosa por mi propia sangre y me resisto, desesperada. Tengo que salir de aquí, tengo que escapar de él, pero sus uñas me desgarran y me arrastran. Un grito se me atasca en la garganta, impidiéndome respirar. El monstruo me acaricia el cuello con la cara y estoy segura, sin lugar a dudas, de que me va a destruir, de que ni siquiera mis espinas me salvarán. No puedo escapar. No puedo defenderme. No veo nada, no oigo nada. Estoy...

Un golpe resuena en la habitación. Luego otro.

Suena insistente, casi a exigencia.

El rey Benedict. Está aquí. Me requiere. Me...

Me despierto presa del pánico. Se me acelera el pulso, mi respiración es irregular y por un momento no tengo idea de dónde estoy. Poco a poco, me fijo en el dosel de seda que cubre mi cama y en el suave colchón en el que estoy acostada, en diagonal, con almohadas esparcidas a mi lado y por el suelo. El edredón se ha movido hacia mis pies y se me ha enredado en las piernas. Me apresuro a desenredarme para deshacerme de la sensación de que alguien me está reteniendo. Me froto el cuello por si acaso y me tranquilizo al ver que no tengo sangre en las manos. Solo estoy sudando tanto que la más mínima bocanada de aire me hace temblar, a pesar de que el ambiente de la habitación está templado y las ventanas están cerradas para protegerme del frío invernal. La tenue luz de la mañana brilla a través de las cortinas. Debí de haberme quedado dormida ayer mientras esperaba al rey. Impresionante, teniendo en cuenta que tuve el estómago revuelto de los nervios todo el tiempo.

Suena por tercera vez. Si es él de verdad... No puedo enfrentarme a él así. De ninguna manera. No estoy preparada. Necesito más tiempo, necesito...

—¿Señorita Hawthorne? —suena una voz femenina y suelto un suspiro de alivio.

Me aliso el cabello a toda prisa, agarro el edredón y me lo subo hasta las axilas.

—¿Sí? —digo con voz ronca.

La puerta se abre y una mujer de unos treinta y tantos años asoma la cabeza en la habitación. Su rostro pálido está enmarcado por rizos castaños y su mirada recorre la habitación con escepticismo antes de fijarse en mí.

Si no me equivoco, es la misma que me explicó ayer cómo funciona el interfón, pero todavía no me sé su nombre. En mi estado de agitación, es probable que no consiguiera siquiera preguntárselo. Qué grosero de mi parte. Los sirvientes son los únicos humanos en el Corazón Carmesí sin contarme a mí y, por lo tanto, son mis únicos aliados. Sé que no debería alienarla con descuidos así, pero cada vez me doy más cuenta de lo difícil que será mi estancia en el castillo. Y por muy bien que se me dé normalmente hacer contactos, aquí me resultará más difícil de lo habitual.

La mujer arruga la nariz delicadamente.

—Buenos días. Le traigo el desayuno.

—Ah —balbuceo—. Gracias.

Entra en la habitación cargando una bandeja grande. La deja sobre la mesa de café con total confianza y abre las cortinas y una de las ventanas. El aire frío de diciembre entra con fuerza. Huele a hojas y a escarcha, y por primera vez me fijo en la nueva vista.

Desde mi dormitorio tengo vistas al Jardín Rojo que rodea el palacio y al muro con constante vigilancia que separa el Corazón Carmesí del Distrito Interior y el resto de la ciudad. Lo que le da el nombre al jardín se hace evidente en los meses de verano. Después de que Enrique VII se convirtiera en el primer vampiro en ascender al trono inglés hace más de quinientos años, hizo construir el castillo y plantar arces reales carmesíes y rosas rojas a su alrededor. Ahora dominan el jardín y, durante los meses más cálidos, hacen que parezca como si hubiera llovido sangre y teñido las copas de los árboles más altos. Al menos eso dicen.

Ayer fue la primera vez que vi el corazón de la ciudad con mis propios ojos y a pesar de que ahora mismo las ramas están desnudas y las rosas hace tiempo que se marchitaron, la vista sigue siendo surrealista. Pocos humanos llegan a vislumbrar el mundo de los vampiros y mi mera presencia en este castillo me resulta extraña. Desde que me subí a la limusina real que nos trajo a Val y a mí aquí hace unas veinte horas, mi vida parece haber dado un giro de ciento ochenta grados.

Al menos reconozco la niebla que aparece entre los arbustos y cubre los caminos. Ni siquiera el rey Benedict puede evitar que el clima londinense llegue a su jardín y siembre melancolía.

Delante de los ventanales hay un pequeño balcón con dos sillas y una mesa. Seguro que en verano es muy agradable sentarse allí con el aroma a las rosas y el canto de los pájaros. Ahora, sin embargo, me da frío tan solo mirarlo. Tiemblo ante el aire helado de la mañana y me tapo los hombros con el edredón.

—¿Durmió bien, señorita? —pregunta la sirvienta, que se ha detenido frente a las puertas del balcón y ahora me mira con desprecio.

—Sí —miento—. Gracias. ¿Cómo te llamas? Lo siento, debería haberte preguntado ayer.

Se fuerza a sonreír.

—Bonnie, señorita.

—Encantada de conocerte, Bonnie. Puedes llamarme Florence.

—Discúlpeme, pero no puedo aceptar su oferta —dice sin dudarlo—. ¿Le preparo un baño? ¿O preferiría desayunar antes? Puedo cambiarle las sábanas mientras tanto.

—Mmm... —Su reacción me agobia. ¿Por qué no quiere llamarme por mi nombre? ¿Y cómo voy a decidir qué quiero hacer si todavía ni siquiera he podido interiorizar del todo dónde estoy?—. ¿Hay té? —pregunto desorientada.

—Por supuesto, señorita.

Salgo del edredón y me levanto. Mientras tanto, Bonnie

entra a toda prisa en el baño y me trae una bata color crema. Me la pongo vacilante y me siento en el sillón frente a la chimenea. Ojalá no quiera ayudarme a vestirme ni a bañarme. Pero Bonnie simplemente me sirve té en una fina taza de porcelana y enciende la chimenea. Luego, cierra la ventana y se pone a cambiar las sábanas.

La miro un rato sin saber bien cómo debería comportarme. Nunca me han servido así. Mi madre también tiene poca experiencia en este sentido y es probable que por eso no me explicara la etiqueta para tales situaciones. Siento que estoy arruinándolo todo otra vez. Al parecer, pedirle que me llamara por mi nombre ha sido inapropiado porque a Bonnie se le nota irritada.

Recoge la ropa de cama, desaparece un momento por el pasillo y regresa con un montón de sábanas limpias. Hace la cama a una velocidad impresionante y luego se voltea hacia mí. Seguro que ahora sí que le molesta que esté sentada mirándola sin decir una palabra.

—¿Algo más que pueda hacer por usted? —me pregunta, y de nuevo aparece esa sonrisa que es de todo menos sincera. Parece una máscara forzada.

—Mmm... —No se me ocurre nada. Solo una pregunta que me arde en la punta de la lengua desde ayer, cuando me puse los aretes de rubí, que ahora mismo reposan, inocentes, en mi mesita de noche. Como si no fueran un símbolo de mi nuevo papel, el que me costará todo. Trago saliva.

—¿Sabes cuándo vendrá el rey Benedict?

Solo de pensarlo se me acelera el corazón de miedo. Para evitar que se dé cuenta, bajo la mirada a toda prisa hacia mi té, que es de color caramelo claro. Según mi madre, siempre lo bebo con demasiada crema y no es correcto hacerlo así, pero es una preferencia que no me ha podido quitar.

Tal vez sea mi imaginación, pero me parece oír a Bonnie resoplar.

—El rey bebió ayer, señorita. Tardará unos días en visitarla.

Levanto la cabeza, confundida. ¿Tanto? Sabía que no necesitaría sangre de inmediato, pero... No solo estoy aquí para eso, ¿no? Mi mirada se dirige sin poder evitarlo a la cama antes de volver a toda prisa a mi interesantísimo té. Tal vez quiera reservar la primera vez para el primer bocado. Me tiemblan las manos por los nervios y tomo la taza con más fuerza.

—¿Y qué voy a hacer yo todo este tiempo? —pregunto.

—Esperarlo, señorita. ¿Qué pensaba hacer, si no? Tiene la biblioteca y los jardines a su disposición. Si desea salir de la habitación, los guardias estarán encantados de acompañarla.

Vuelvo a levantar la mirada.

—¿Guardias?

Creo que Bonnie mantiene su expresión neutra a propósito. Me encantaría saber qué emociones me oculta.

—Frente a la puerta, señorita. Si necesita cualquier cosa, puede llamarme. De lo contrario, volveré a la hora de la comida. Provecho.

Bonnie se va, dejándome sin palabras. No sé exactamente qué esperaba. Por supuesto, sabía que mi estancia en el castillo no sería agradable. Que probablemente tendría que lidiar con dolor y violencia. Pero nunca esperé que las palabras de otro humano me fueran a hacer sentir tan sola y perdida. ¿Debo esperar aquí? ¿Sola? ¿Cuánto tiempo? ¿Y con qué frecuencia vendrá? ¿Me quedaré aquí todo el año como si no fuera más que un juguete que el rey Benedict recoge de vez en cuando si se aburre?

«Podría ser mucho peor», me recuerda la voz en mi cabeza. Es fácil olvidarse porque las anteriores novias de sangre siempre han sido discretas en lo que a declaraciones sobre su estancia en el castillo respecta. Es probable que tengan que serlo si no quieren correr el riesgo de perder de inmediato su nuevo estatus social. Por supuesto, no dicen nada malo sobre el rey, pero tampoco nada bueno. Los pocos informes publicados en el periódico parecen pura propaganda o son tan imprecisos y están tan llenos de especulaciones que resultan completamente inútiles. Ojalá tuviéramos mejor información, pero debemos conformarnos con lo que descubren espías como Val. Y no es mucho.

De mala gana, miro el desayuno. Hay panecillos recién hechos con jamón, mantequilla, mermelada y miel, además de uvas rojas, manzanas y peras. Me muero de hambre, pero tengo el estómago revuelto y es probable que no pueda comer nada. Ni siquiera he podido terminarme el té. Vuelvo a dejar la taza en la bandeja y decido empezar por lavarme el sudor nocturno del cuerpo. Estoy segura de que Bonnie se habría mantenido igual de distante y profesional si le hubiera pedido que me ayudara. ¿Se metería en problemas si tuviera una conversación normal conmigo? ¿O simplemente no confía en mí? No podría echárselo en cara.

El cuarto de baño es tan bonito como la habitación. El suelo es de mármol gris oscuro y las paredes de azulejos blancos, con una ventana que va del suelo al techo. Hay lámparas brillantes encima del espejo que sin duda serán ideales para maquillarme, pero mi piel pálida hace que parezca como si no hubiera dormido en tres días. En la esquina hay una regadera totalmente acristalada con cabezal de efecto lluvia y en el amplio tocador, toallas. Lo único que rompe con el resto del mobiliario moderno es la tina de cobre con patas frente a la ventana.

Cierro la puerta, agradecida de que tenga seguro, y luego

dejo correr un poco de agua caliente. Encuentro varias sales de baño en uno de los armarios y vierto un buen puñado de las que huelen a lavanda en la tina. La lavanda calma. Al menos eso espero, porque aunque el recuerdo de mi pesadilla se va desvaneciendo poco a poco, cada vez soy más consciente de la realidad. Y estoy a punto de perder los nervios.

Solo llevo aquí cuatro días y lo único que quiero es volver a casa. A estas alturas casi creo que me están castigando, solo que no sé por qué. Intento decirme a mí misma una y otra vez que podría ser mucho peor, pero mi estancia en el castillo se está convirtiendo poco a poco en mi infierno personal. Lo único que hago es esperar en esta habitación y morirme de aburrimiento.

Quedarme sentada nunca ha sido mi fuerte. No es que haya tenido muchas oportunidades de practicar. Entre mi trabajo como costurera, el voluntariado, el entrenamiento con mi hermano o mi padre y las lecciones de mi madre, rara vez había tiempo para holgazanear. He estado en movimiento toda mi vida y se me da bien gestionar mi apretada agenda. Pero ahora me tengo que quedar quieta por obligación.

No tengo nada que hacer. Ni dentro ni fuera de mi habitación. Bonnie sigue distante e intento no entablar conversación con los guardias que rotan frente a mi puerta. Estoy segura de que son vampiros, porque sería difícil que los humanos pudieran protegerme como debe ser de los peligros que acechan en este castillo. Claro que no se trata de protegerme, sino de vigilarme.

Sea como sea, no ayudan contra la soledad que me devora hora tras hora. Mis paseos por el castillo y el jardín tampoco me alivian en absoluto. De vez en cuando me topo con sirvientes o vampiros, pero todos se limitan a saludarme brevemente. Mis preguntas reciben una respuesta igual de corta. Nadie parece siquiera pensar en entablar una conversación conmigo. O tal vez lo tengan prohibido. Bonnie me trae todas las comidas a mi habitación, así que tengo tiempo ilimitado para leer o imaginar qué pasará cuando el rey Benedict requiera mi presencia.

Mientras tanto, el miedo a nuestro próximo encuentro me está consumiendo por dentro. Cuanto más me hace esperar, peor es. No solo me atormenta cuando estoy despierta, sino también en mis sueños, que noche tras noche me ocupan más horas de descanso.

Ojalá pasara por fin. Quiero terminar con esto de una vez en lugar de quedarme sentada impotente en esta habitación, esperando lo inevitable como un cordero de camino al matadero.

Hoy, al igual que ha hecho los últimos cuatro días, Bonnie me deja la bandeja del desayuno en la mesa. La selección cambia cada mañana y puedo por lo menos dar gracias de que no me tengan a pan y agua como a un prisionero. Pero a estas alturas he perdido todo el apetito. Mientras Bonnie airea la habitación y me hace la cama como de costumbre, me siento en silencio con las manos cruzadas en el regazo, mirando los panecillos de semilla recién hechos y luchando contra la desesperación.

Si al menos pudiera descubrir algo sobre el rey o los vampiros, podría convencerme de que estoy haciendo algo útil. Al fin y al cabo, no solo estoy en el castillo como asesina, sino también como espía. Pero creo que ahora sé menos que antes de llegar, por lo que todo esto me parece incluso más inútil.

—¿Bonnie? —pregunto con voz vacilante.

Termina de alisar la última arruga de las sábanas de color rojo oscuro antes de enderezarse.

—¿Sí, señorita?

¿Cuándo dejará de hablarme cortante como un cuchillo? Pensaba que al final se ablandaría conmigo, pero parece todo lo contrario.

—También eres humana, ¿no? —le pregunto.

Se pone rígida automáticamente.

—Correcto.

Titubeo. No hemos hablado mucho hasta ahora, por lo que me resulta extraño hacerle preguntas personales. Pero tal vez ese haya sido mi error. Quizá debería haberme dirigido yo más a ella. Al fin y al cabo, es ella la que trabaja para mí. Tengo que dar el primer paso.

—¿Y desde cuándo trabajas en el castillo?

Aunque ahora me sonríe, parece más bien una mueca.

—Nací aquí, señorita.

—Ah, ¿cómo funciona lo de crecer en el castillo? ¿Tuviste la opción de decidir si querías quedarte aquí o trabajar en la ciudad? —Sé que los sirvientes suelen estar empleados en el castillo de por vida, pero también tienen que vivir aquí. ¿Están a salvo? E incluso si las cosas les van mejor en el Corazón Carmesí que en los barrios humanos, me imagino que querrán ver algo más en la vida que los mismos viejos muros de piedra siempre.

—Sí, tuve esa opción. Disculpe, señorita Hawthorne, pero ahora debo volver al trabajo. —Empieza a darse la vuelta.

—¿No puedes quedarte un poco más? —pregunto esperanzada—. Y de verdad preferiría que me llamaras Florence.

Bonnie hace una pausa y aprieta los labios, molesta, con lo que le salen pequeñas arrugas alrededor de la boca. Haga lo que haga, parece incapaz de simpatizar conmigo. O de querer ablandarse un poco.

—Debo denegarle ambas peticiones, señorita.

—Pero ¿por qué? —Sueno como una niña llorona, pero ya me da igual. Haría cualquier cosa por algo de compañía. Un poco de distracción.

—Lo siento —dice simplemente. Pero por algún motivo, no la creo.

—¿Es que no puedes? —le pregunto, frustrada—. ¿Es eso? ¿Ha prohibido el rey que haga amigos?

Se le escapa un resoplido.

—Puede hacerse amiga de quien quiera, pero no mía. Si me disculpa... —Camina a paso rápido hacia la puerta y me quedo sin palabras por un momento. ¿Qué quiere decir con eso? ¿Es porque ella es mi sirvienta? ¿O es que de verdad no le caigo bien?

—¡Espera! —le ordeno.

Bonnie se queda quieta con la mano en la manija de la puerta y vuelve la cabeza para mirarme.

—¿Sí?

Por un momento juego con la idea de simplemente preguntarle por qué no le caigo bien. Pero luego cambio de opinión. Quién sabe si podría vivir con la respuesta en este momento. Y después de todo, hay otras personas en este castillo con las que puedo trabar amistad. Personas que probablemente podrían darme más información. Si es que consigo llegar hasta ellas.

—Por favor, me gustaría ver a la princesa.

Bonnie parpadea.

—No recibe visitas.

—Entonces dile que solicito audiencia, o lo que sea.

—Dudo que...

—Bonnie, por favor —la interrumpo—. Lyra me conoce. Seguro que me recibirá.

Con total seguridad las dos sabemos que estoy exagerando. Es más probable que la hermana del rey Benedict se ría de buena gana de mí y me deje tan a mi suerte como Bonnie. Pero vale la pena intentarlo. No tengo nada que perder.

—Por favor —repito.

—De acuerdo —dice Bonnie, aunque sacude la cabeza, confusa—. Daré el recado.

Suspiro de alivio.

—¡Gracias!

—No se haga ilusiones —me advierte—. Provecho.

Sale a toda prisa de la habitación y me deja otra vez sola en mi carrusel de preocupaciones.

Una media hora después de la comida, alguien llama de nuevo a mi puerta. Supongo que es Bonnie para recoger los platos, pero es Lyra Tudor la que entra en mi habitación. Lleva un vestido digno de una princesa, aunque quizá no de una que se alimenta de sangre humana...

La falda de tul rosa claro con volantes le llega hasta el suelo mientras que la parte de arriba está decorada con delicados bordados dorados que brillan con cada movimiento. El cabello le cae en ondas oscuras sobre los hombros y el brillo de su rostro parece querer ahuyentar la niebla que se ve por las ventanas.

A la luz del día es imposible no reconocer el parecido con su hermano. Tienen los mismos ojos verdes, las mismas pestañas espesas y oscuras. Su nariz también es la viva imagen de la del rey.

¿Qué dice de mí que ya casi había olvidado el aspecto de Lyra mientras el de Benedict está grabado en mi memoria con todo lujo de detalles?

Con Lyra entra en la habitación un suave aroma a jazmín. Me levanto a toda prisa del sillón y hago una reverencia.

—Princesa —consigo decir—. Es un honor.

Lyra sonríe, divertida, y hace un gesto negativo con la mano.

—No seas tan formal, Florence. Me puedes llamar Lyra sin problemas. Estaba esperando a que me pidieras que viniera por fin.

Cierra la puerta a su espalda y recorre la habitación con la mirada con gran interés.

Frunzo el ceño.

—¿Ha... esperado que la llamara?

—Sip. Necesito satisfacer mi necesidad de escuchar insultos. Pero Benedict me prohibió que «interfiera». —Su tono al decirlo indica que no se toma en serio la orden de su hermano y sonríe con aire de suficiencia.

—¿Interferir? ¿Con qué? —pregunto. Será mejor que no entre en el tema de los insultos, no puedo salir bien parada.

—Bueno. Con lo tuyo. O lo de ustedes. Lo convencí de que te eligiera, pero me puso la condición de que no te molestara. Pero ahora me has «molestado» tú a mí y sobre eso no dijo nada. Así que tengo vía libre.

Observo, un poco abrumada, cómo cruza la habitación, se sienta en el sillón y me saluda con la mano.

La verdad es que no me sorprende que Lyra haya tenido algo que ver en la elección. Al fin y al cabo, el rey me dijo mientras bailaba lo impresionada que estaba conmigo. Aun así, no entiendo por qué lo hizo. Es decir, lo hice enojar. ¿Querrá Lyra jugarle una mala pasada? ¿Quizá tenga sus propios planes? Me siento a su lado y decido profundizar en el asunto.

—Cuando te vi junto al rey, pensé que todo había terminado —confieso.

—¿Por qué? —Parece interesada de verdad.

Levanto los hombros con cierta impotencia.

—Lo que te dije sobre él no es que fuera muy agradable.

—Reconozco que eso no se lo conté —me dice guiñándome el ojo—. Y si yo fuera tú, tampoco se lo diría. Suele ser un poco sensible.

Se me escapa un resoplido.

—Si alguna vez consigo tenerlo cara a cara, intentaré acordarme.

—Ah, no te preocupes. Seguro que el laboratorio ya ha terminado de analizar tu sangre en busca de cada pequeño detalle, por irrelevante que sea. Y Ben no es de los que practican la abstinencia. Lo tendrás en tus manos pasado mañana a más tardar. Lo más probable es que antes.

—¿Por qué me sacaron sangre después del baile? —pregunto confundida—. Ya la analizaron cuando presenté la solicitud.

Me siento como un niño pequeño al que hay que explicarle cómo funciona el mundo. Pero aparte de Lyra, nadie se digna responder a mis preguntas.

—La primera vez solo prestan atención a enfermedades o anomalías. Son mucho más minuciosos la segunda vez. Por si acaso intentas meter de contrabando algún tipo de veneno en tu sangre o algo así. Para eso está el guardia en tu puerta. Podrías ser peligrosa.

Hago una mueca. Al parecer los vampiros son incluso más cautelosos de lo que pensábamos. Es un milagro que haya podido meter mis píldoras anticonceptivas de contrabando en el castillo sin que nadie se diera cuenta. Saco una del dobladillo todos los días para tomármela y rezo para que no las encuentre nadie por accidente.

—¿Y por qué no me lo dijo nadie? —pregunto—. Llevo días esperando para ver al rey.

Lyra hace una mueca de disculpa.

—No es típico de Ben poner al día a las novias de sangre. Pero para eso me tienes ahora a mí. Y a Briana.

—¿Quién es Briana?

—Mi mejor amiga. Debería llegar en cualquier momento. Bueno, cuéntame, ¿cómo estás?

Me río sin alegría y me doy cuenta demasiado tarde de que mi fachada de calma ha desaparecido por completo.

—A las mil maravillas —afirmo de todas formas.

Lyra enarca las cejas, un gesto cargado de significado, y me mira con una mezcla de compasión y preocupación.

—Así que todavía no te sientes como en casa en nuestro lindo castillito, ¿eh? —bromea.

Niego con la cabeza.

—Puede que me lleve un tiempo más.

—Mejorará —me promete—. Enseguida te aclimatarás.

—Mmm —digo para darle la razón, pero sus palabras me dan pocas esperanzas. En cambio, siento de nuevo esa sensación desagradable en la boca del estómago mientras pienso en todo lo que me espera. Tengo que acercarme al rey más de lo que he querido jamás. Y también hacerle pensar que lo disfruto.

De nuevo tocan a la puerta y Lyra se levanta de un brinco.

—¡Debe de ser Brie!

Corre hacia la puerta y la abre. Pero, para mi sorpresa, no entra una señora elegantemente vestida, sino una sirvienta. Entra en la habitación cargando con un perchero de pie con toneladas de vestidos. La siguen una mujer y dos hombres igual de cargados. Siguiendo las instrucciones de Lyra, dejan todo frente a mi cama, hacen una reverencia y se van. Los sustituye una joven de pelo negro y liso, piel clara y penetrantes ojos azules que entra en la habitación. Lleva un vestido con bordados tan elaborados como Lyra, pero de un azul índigo intenso, y se comporta con la majestuosidad de una reina.

Lyra sonríe radiante.

—Florence, esta es Briana Farrell. Hija del tesorero real y mi mejor amiga.

La mirada de la desconocida se encuentra con la mía. Ella me sonríe con calidez y hace una reverencia.

—Encantada.

Entonces me levanto yo y le devuelvo el gesto muy confundida. Esta mujer es claramente una vampira y, sin embargo, ¿me muestra respeto a mí?

—Igualmente —respondo, y miro mi habitación, que ahora me recuerda tanto a la zona de ventas de nuestra sastrería que me incomoda. Allí solo acaban las piezas de material barato. La ropa buena y cara se entrega directamente al Distrito Interior y es probable que algo llegue al Corazón Carmesí.

Lyra se acerca a los percheros y saca un suéter de punto granate de uno de los ganchos. Lo levanta entre nosotras, como si estuviera imaginando cómo me quedaría.

—He pensado que tal vez necesites un poco más de ropa —dice—. Y quizá también un pequeño consejo... —Me recorre con la mirada y me aliso la falda, avergonzada. Es verdad, mi armario no está bien surtido, pero es que la ropa es cara. Además, casi todo lo que contiene lo eligió mi madre por mí. Nunca me ha importado vestirme especialmente bien. En el mejor de los casos, era un medio para lograr un fin.

—Este combina con tus ojos y tu cabello —anuncia Lyra, ofreciéndome el suéter.

Vacilante, me acerco a ella y lo tomo.

—¿Café con café y más café? —bromea Briana, sacando un suéter verde oscuro de la pila de ropa.

—Se llama tono sobre tono —se defiende Lyra—. Queda armonioso.

—Mmm... —digo, y ambas vuelven la cabeza hacia mí

con curiosidad—. ¿Qué...? Bueno, ¿qué tengo permitido llevar en el castillo?

Lyra se ríe. Briana simplemente sonríe para sí.

—Lo que sea, por supuesto. Bueno... con algunas excepciones. Pero si no es un evento formal, puedes simplemente ir cómoda.

—Entonces, ¿tienen que ir a un evento formal hoy? —pregunto, mirando sus elegantes vestidos.

—Es el solsticio de invierno. Habrá una gran fiesta al atardecer.

—Pero pensaba que ya lo habían celebrado en el baile.

—Bueno... En realidad el baile es más bien una obligación. Siempre lo celebramos unos días antes para que no sea todo tan agobiante, con las fiestas navideñas y la nueva novia de sangre. Y luego, en el solsticio de verdad, volvemos a invitar a cenar a las personas más importantes. Por favor, no me preguntes a quién se le ocurrió esto. Cuando era pequeña, sacaba a Ben de sus casillas todos los años con la preguntita de por qué teníamos que celebrar una festividad tan aburrida dos veces.

Pensar en la Navidad me deja todavía más el corazón encogido. Por primera vez en mi vida no pasaré las fiestas con mi familia. En vez de eso, me sentaré aquí, sola en esta habitación. Dudo mucho que el rey o la princesa tengan tiempo para mí en Navidad. Lo del rey me alivia, pero lo de Lyra es una pena. Es obvio que le gusta charlar, lo que podría ayudarme a obtener información. Además, sorprendentemente es agradable estar con ella.

—Ya veo —digo, pero al mismo tiempo noto algo que hasta ahora se me había pasado por alto por completo. El baile de invierno tiene lugar antes del solsticio de verdad.

¿Qué pasa si la celebración de verano también es antes? ¿Por qué no hemos pensado en esto? ¿Afectará a nuestro plan?

Por lo que sabemos, los vampiros son más fuertes en invierno y más débiles en verano. La luz del sol no les afecta mucho, pero cuanto más cortas son las noches, más se parecen a los humanos en términos de fuerza y velocidad. Sin embargo, no sabemos bien qué diferencia hay. Quizá sea tan pequeña que unos días más o menos den igual. Quizá nos cueste la vida.

—¿Estás bien? —pregunta Briana, devolviéndome al presente. Se ha acercado a mí y, además del suéter verde, ahora tiene en sus manos un pantalón café oscuro. Me sorprende lo alentadora que resulta su sonrisa. Que encuentre a estas dos vampiras tan simpáticas debería perturbarme, porque sé que se beberían mi sangre si pudieran, pero estoy tan feliz de ya no estar sola que es fácil olvidarlo.

—Sí —miento y acepto las prendas con gratitud.

—¿Quieres probártelo? Todavía tenemos una hora antes de que comience la cena.

—Claro.

Con lo agradecida que estoy por la distracción, lo más probable es que me hubiera probado cualquier cosa que me dieran. Al final, con la ayuda de Briana y Lyra, consigo elegir algunos conjuntos bonitos.

Nunca había tenido tantas cosas nuevas a la vez. Y cada vez que intento decidirme entre dos prendas preciosas, me convencen de elegir ambas.

Es un sentimiento extraño, a medio camino entre la felicidad y la culpa. Durante años he cosido en la sastrería prendas para las que era demasiado pobre y ahora lo tengo todo a mi alcance.

Al final, llenamos un perchero entero con mi ropa nueva, desde vestidos cómodos e informales hasta trajes de noche elegantes que no tienen nada que envidiar a los de Lyra y Briana. Mañana por la mañana me va a llevar una eternidad decidir qué ponerme, eso lo tengo claro.

A medida que va oscureciendo en el exterior, alguien llama a la puerta. El atardecer de hoy es exactamente a las 17:53, me ha explicado Lyra con un tono engreído y amenazándome con el dedo. Si dice la verdad, el rey Benedict insiste en empezar la cena al segundo exacto. No me sorprende. Ya me imagino que su hermano valora el protocolo, por su mala reacción cuando me tropecé con él. Lo más probable es que hoy solo esté aquí gracias a Lyra. Me parece un milagro que lo convenciera de que no soy una causa perdida.

—¿Florence? —pregunta Lyra.

—¿Mmm? —digo distraída. Una vez más mis pensamientos se han quedado trancados en su hermano. No tengo ni la menor idea de qué puedo esperar de él. Y eso, en cierto modo, me asusta incluso más que el rey en sí. ¿Cómo será nuestra relación? Soy incapaz de imaginarme cómo se comportará si le gusto. Y no quiero ni imaginar lo que me hará si me odia.

—Tocaron.

—Ah. —No sé por qué, he pensado que Lyra haría pasar al visitante, como antes. Al fin y al cabo, como princesa de este país, está claramente por encima de mí. Pero al parecer opina que pesa más que estemos en mi habitación—. ¡Adelante! —grito, y Bonnie entra en la habitación. Observa la imagen que tiene ante ella durante un momento fugaz y entonces frunce el ceño en señal de desaprobación.

—Alteza —saluda con rigidez y hace una reverencia—. Señorita Farrell. La cena empezará dentro de quince minutos.

Lyra suspira y vuelve a colgar una blusa en el perchero.

—Me muero por pasar las próximas dos horas escuchando a vejestorios agobiarme la cabeza hablando de política.

Se me escapa un pequeño resoplido.

—¿Señorita Hawthorne? —La voz de Bonnie se vuelve

aún más fría, si es posible. La miro con curiosidad. Ella me fulmina por completo con la mirada—. El rey desea verla esta noche.

Se me hielan las entrañas. El aliento que estaba a punto de tomar se me queda atrapado en la garganta.

—De acuerdo —digo.

Bonnie asiente.

—Le traeré la cena más tarde y mandaré recoger el resto de su ropa.

Antes de que pueda siquiera contestar, Bonnie ya ha salido de la habitación.

—Vaya —comenta Lyra el intercambio—. Una vez más, Bonnie es la amabilidad en persona.

—No te preocupes, Florence —dice Briana, poniéndome una mano en el hombro—. Es así con todo el mundo.

Sus palabras no surgen ningún efecto. Se me hace difícil respirar. «Esta noche». Dios, no puedo hacerlo. Quiero esconderme a llorar en algún rincón en el que el rey Benedict no pueda encontrarme nunca. En vez de eso, les pregunto:

—¿Qué debería ponerme?

—El vestido de sangre —responde Lyra sin dudarlo.

—¿Cómo? —¿Por qué me cuesta tanto que me llegue oxígeno a los pulmones? ¿Y cómo diablos se supone que voy a cumplir mi misión si ya estoy entrando en pánico?

Mierda...

Lyra va decidida a mi armario, lo abre y saca un vestido rojo intenso. Mientras guardaba mis cosas, me pregunté en qué ocasión me pondría algo así.

—Es para los rituales de sangre. El primer mordisco, por ejemplo. Las celebraciones del solsticio también. Si no te gusta, te dan otro; por ejemplo, tu predecesora pidió un sari. Podemos prepararte lo que quieras, lo único que importa es que sea rojo y festivo. Y no te olvides de los aretes. —Lyra ya ha encontrado los aretes en mi buró y me los trae con el vestido.

—Ya veo. —Los quiero agarrar, pero me tiemblan tanto los dedos que dejo caer uno en la palma de Lyra.

—Quédate quieta —me ordena, aunque con dulzura.

Deja el vestido en la cama y ella misma me pone los aretes de rubí. Entonces, de repente, me abraza. Le devuelvo el abrazo sin pensar. O más bien, me aferro a ella. Este gesto reconfortante, la comprensión y la compasión de Lyra van en contra de todo lo que me han inculcado durante los últimos veinticuatro años. No entiendo nada. Estoy tan desorientada que me mareo, aunque puede que sea más por lo superficial de mi respiración. Cuando pienso en lo que otro vampiro me va a exigir esta noche, el comportamiento incomprensible de Lyra se convierte en el menor de mis problemas.

—No te preocupes —me dice al oído—. Lo harás genial. Y mi hermano podrá ser un cascarrabias, pero siempre es respetuoso, ¡lo prometo!

Estoy a punto de reírme, pero consigo contenerme. Lyra me suelta y me sonríe.

—Tenemos que irnos sin falta, pero volveremos a venir a verte mañana, ¿de acuerdo?

—Estaría genial —reconozco. Intento devolverle la sonrisa. En vano.

—Mucha suerte, Florence —me desea también Briana, antes de darme un leve apretón en los dedos al pasar por mi lado.

Siento un nudo en la garganta, así que me limito a asentir y observar sin poder hacer nada cómo las dos salen de la habitación.

CAPÍTULO CUATRO

USE ME

El golpe en la puerta me hace saltar del sillón del susto. Estoy aquí desde que Lyra y Briana se fueron, me he cambiado de ropa y he estado aquí sentada, en ascuas, esperando a que el rey me llame. Mi cabeza es un torbellino. Dudo entre la convicción de que no voy a poder hacerlo y el deseo de quitármelo de encima. Una discrepancia que me deja en un desequilibrio peligroso.

—Adelante —digo con voz ronca. Vuelvo a alisar el vestido de sangre y me pongo las manos cruzadas en el estómago para calmarme un poco. Funciona durante exactamente tres segundos. El tiempo necesario para que se abra la puerta y, en vez de un sirviente, el mismo rey entre en mi cuarto.

Me quedo helada y por un momento soy incapaz de hablar. Pensaba que sería él quien me convocaría a su habitación. Es poco probable que solo haya venido a recogerme en persona. Así que... ¿quiere hacerlo aquí? No, por favor. No sé si podré soportar dormir en esta cama después. Con los recuerdos de su tacto en mi piel y su aroma en mi nariz. Sé que lo seguiría notando, incluso habiendo cambiado las sábanas y mucho después de que tuviera que haber desaparecido.

El rey Benedict lleva pantalones de traje negros y una camisa blanca recién planchada. No veo saco o corbata por ningún lado. Lleva abiertos los dos botones de arriba de la camisa y se ha arremangado hasta encima de los codos, con lo que destacan sus antebrazos definidos y sus hombros anchos y su piel clara parece un poco más bronceada. Lleva el pelo oscuro un poco despeinado, aunque casi no se nota, y su barba de tres días está perfectamente recortada. Está guapo, no lo puedo negar. Es probable que me pareciera atractivo en este momento si no me encontrara tan sumamente mal.

Me inmoviliza con la mirada y cierra la puerta a su espalda sin decir una palabra. No entra nadie más. Estamos solos, y eso hace que me tiemblen los dedos de los nervios.

Demasiado tarde, me acuerdo de mis modales.

—Majestad —digo, y hago una profunda reverencia.

El rey examina en silencio mi vestido y la habitación antes de mirarme a la cara y sus ojos hacen que me quede clavada en el suelo. Dos sirvientes han venido antes a guardar la ropa, por lo que ahora todo vuelve a estar en perfecto orden. Yo estoy... presentable. Perfecta sería decir demasiado, pero he ido corriendo al espejo varias veces mientras esperaba para comprobar que tanto mi vestido como mi pelo están tal y como deberían. Incluso con la inquietud que reina en mi interior, que hace que me sienta como si me hubiera puesto el vestido al revés como mínimo, espero que no se me note por fuera.

—Señorita Hawthorne. —Se le mueve la comisura de los labios, pero no sé si está reprimiendo una sonrisa o una mueca. El sonido de su voz se me mete bajo la piel, envolviéndome de nuevo en una seda negra que me pone de gallina la piel de los brazos.

No sé cómo reaccionar. Tengo la cabeza demasiado llena y demasiado vacía al mismo tiempo, pero algo tengo que decir. No puedo soportar otro segundo de silencio entre nosotros. El aire está demasiado cargado.

—¿Como estuvo su cena? —le pregunto con voz temblorosa.

Inclina la cabeza en un gesto casi imperceptible y se acerca un paso más.

—Ha hablado con mi hermana —afirma.

Trago saliva.

—¿No debería haberlo hecho?

—Dudo que tuviera la opción de negarse. Lyra es terca.

—Pero usted no quería que nos encontráramos. —No sé por qué lo menciono. Resulta descortés, pero haría cualquier cosa para retrasar lo inevitable.

—No quería que pidiera irse a los pocos días de estar aquí.

O está ocultando su verdadera motivación o es del todo incapaz de entender a las personas, porque no puede creer de verdad que yo, o cualquier otra persona, prefiera la soledad y el aburrimiento constantes a la compañía de su hermana.

—No era consciente de que irme fuera una opción —digo bruscamente, lo que hace que el rey suelte un resoplido. Me muerdo la mejilla, pero la fugaz sonrisa en los labios de Benedict me da esperanzas de que mis palabras irreflexivas ya no sean tan graves.

—¿Se ha adaptado bien a la vida aquí? —pregunta, limitándose a ignorar mi comentario inapropiado.

«Si a esto se le puede llamar vida», casi respondo. ¡Dios, Florence! Contrólate.

—Sí —miento.

Durante una fracción de segundo frunce el ceño, como si se cuestionara mi respuesta.

—¿Quiere sentarse? —pregunta, su tono es una mezcla confusa de dulzura e impaciencia.

—¿Es obligatorio? —se me escapa.

—Si lo fuera, no lo habría preguntado.

«Lo habría ordenado». La continuación está tan presente entre nosotros como si la hubiera dicho. Un estremecimiento me sube por los hombros y me llega hasta el cuello.

—Preferiría quedarme de pie —decido. Me hace sentir más segura. Como si al menos tuviera una oportunidad de huir. Aunque sé que nunca podría escaparme del rey.

—De acuerdo. —Se acerca a mí, lenta y deliberadamente, como un depredador a punto de abalanzarse sobre su presa. Y ahora sí que quiero salir corriendo.

Bajo las manos y cierro los puños. No dar un paso atrás requiere todas mis fuerzas, pero no puedo detener el temblor que se ha apoderado de mi cuerpo.

El rey se detiene a un metro de mí y frunce el ceño con recelo. Su expresión facial cambia. De la calma personificada a algo que casi parece enfado.

Contengo la respiración y espero a ver qué hace. Pero se limita a mirarme un segundo más y al final niega con la cabeza.

—¿Qué pasa? —le pregunto, sin aliento. ¿Está jugando conmigo? ¿Me quiere torturar? Que lo haga ya, Dios, no aguanto más.

Pero el rey Benedict no parece estar disfrutando lo más mínimo. Solo parece enfadado.

—¿A esto llaman los humanos una víctima voluntaria? —dice con un gruñido.

La confusión se me mezcla con mi miedo.

—¿Y eso qué quiere decir? —pregunto.

—Quiere decir que buscamos específicamente a una novia de sangre que haga esto por su propia voluntad. No porque la obligue nadie.

El corazón me late tan rápido que creo que en cualquier momento va a ser demasiado y no va a dar más de sí. Mierda, ¿por qué me tiene que salir todo, absolutamente todo, tan mal?

—A mí nadie me obliga —le aseguro, intentando que mi voz suene más firme. Me temo que no lo consigo.

—Florence.

Florence. Me estremezco cuando su voz resuena con fuerza en mi cabeza. Dice mi nombre casi con reproche y con inconfundible amargura. Que me llame por mi nombre solo consigue que pierda más el hilo. ¿No puede hacer lo que ha venido a hacer y ya? ¿Por qué tiene que hacerlo todavía más difícil?

—¿Crees de verdad que no me doy cuenta del miedo que me tienes?

No estoy segura de si es una pregunta retórica. Así que me quedo callada. Aunque parece ser la reacción equivocada. Solo consigo que se enoje más.

—¡Hiciste un juramento, carajo! —se le escapa.

Trago para aliviar mi garganta seca y levanto la barbilla desafiante.

—Del cual soy consciente. Y el simple hecho de tener miedo no quiere decir que no esté preparada para cumplirlo.

Se ríe sin alegría.

—¿Ah, sí? —El rey Benedict da un paso hacia mí y de repente estamos el uno frente al otro. Apenas nos separan unos centímetros de aire.

No me lo esperaba. Por reflejo, retrocedo, cambio de postura y me preparo para pelear. En el último momento consigo evitar que mis manos completen la postura de lucha. Pero la mirada del rey me dice que ya es demasiado tarde.

¿En qué pensará ahora? ¿Culpa al miedo de mi reacción o sospecha que estoy entrenada en el combate cuerpo a cuerpo? Si es lo segundo, puedo dar nuestro plan por muerto. Y es posible que a mí también.

Estudia mi cara. Al parecer aún no está seguro de cómo interpretar mi reacción.

Reacciono de la única manera que se me ocurre. Lo provoco con la esperanza de distraerlo.

—¿Se trata de mi bienestar o del suyo? —le espeto y casi me parece oír a mi madre suspirar de profunda decepción en la otra punta de Londres. Da igual—. Me parece que usted es el único aquí al que le frena el miedo.

Se le forma una profunda arruga en el ceño.

—Disculpa si prefiero abstenerme de atacar a jóvenes indefensas que solo están aquí para que sus padres puedan saldar sus deudas de juego.

—Mis padres no tienen deudas, así que puede estar tranquilo. —La frase me sale con mucho más descaro de lo que pretendía, pero la comisura de la boca del rey Benedict se mueve divertida.

—Entonces, ¿por qué está aquí, señorita Hawthorne? —No se me escapa que me vuelve a tratar de usted.

Lo más probable es que sea buena señal. Ahora siento que estoy en terreno más seguro.

—Para ayudar a la gente —le explico.

—Ya veo. Debe de ser una verdadera samaritana si se atreve a venir aquí incluso convencida de que voy a hacerle daño.

—¡Gracias! —exclamo—. ¿En serio quiere esperar mucho más? Me gustaría poder irme a la cama en algún momento.

Dios. Esta conversación se me ha ido de las manos ¿Para qué se ha pasado mi familia años inculcándome la prudencia si mi temperamento vuelve a tomar el control a la menor provocación? ¿Han encerrado en la Torre alguna vez a una novia de sangre por insultar al rey? Si no lo han hecho todavía, puede que yo sea la primera.

Sin embargo, el rey Benedict parece divertirse con mi respuesta, porque por fin ha perdido la batalla contra las comisuras de sus labios. Veo claramente una sonrisa que tarda demasiado en ocultar. Cuando su expresión vuelve a ser neutra, niega con la cabeza.

—¿Qué cree que soy? —me pregunta.

Frunzo el ceño confusa. No tengo idea de qué quiere que le diga. Pero Benedict levanta las cejas a modo de invitación.

—¿Un vampiro? —sugiero.

Me mira sin pestañear.

—¿Y un vampiro es lo mismo que un monstruo para usted?

Tengo que tragar saliva. Mentir no tendría ningún sentido. Se daría cuenta. Lo más probable es que mi cara sea suficiente.

—No se preocupe —me responde—. Lo he oído demasiadas veces como para que me ofenda.

—Entonces, ¿por qué lo pregunta? —digo.

—Porque es evidente que no es del todo consciente de su situación. ¿Está preparada de verdad? El juramento no será legalmente vinculante hasta que haya bebido de usted. Es su última oportunidad de dar marcha atrás y abandonar el castillo.

Por un momento, la tentación de dejarlo todo y volver a casa me abruma. Quiero volver con mi familia. Quiero sentarme a la mesa con ellos en Navidad y luego acostarme en el sillón con una taza de chocolate y el fuego en la chimenea. Quiero apoyarme en el cálido pecho de Val mientras él y mis padres discuten de política por enésima vez. Quiero dormir en mi cama de siempre. Tengo tantas ganas de salir de aquí que me duele.

Pero no puedo. Porque si me rindo ahora, nunca más volverán a mirarme de la misma manera. Mi familia nunca se vengará de lo que le pasó a mi abuela. Nunca seremos libres, sino que seguiremos viviendo oprimidos. Val seguirá arriesgando su vida en su trabajo. Los vampiros seguirán mintiéndonos y los humanos nos quedaremos donde estamos para siempre: al margen de una sociedad a la que solo le interesa hacernos sangrar.

—Estoy segura —confirmo y, al menos esta vez, mi tono subraya mis palabras.

El rey Benedict respira hondo, como si tuviera que obligarse a aceptar esta decisión.

—De acuerdo —dice con brusquedad, señalando a mi espalda con la barbilla—. Péguese a la pared.

—¿Qué? —se me escapa.

—No quiere sentarse y la pared me ayudará a sujetarla si se desmaya.

—¡No me voy a desmayar! —replico, indignada.

—Eso dicen todas —susurra, y da un paso hacia mí.

A regañadientes, dejo que me empuje contra la pared. Espero que me atrape entre su cuerpo y la fría piedra, pero se mantiene a unos centímetros de distancia, con solo las manos apoyadas en la pared a mis lados.

Aun así, su proximidad es suficiente para hacer que sienta calor en todo el cuerpo. Y cuando empieza a bajar la cabeza, despacio, el corazón me da un vuelco.

El rey Benedict me acaricia con cuidado el pelo por encima del hombro. No me llega a tocar, pero noto su aliento caliente en el cuello y me estremezco. Es inevitable que su aroma a bosque llegue a mi nariz, y ya sé que se va a quedar grabado en mi memoria para siempre.

—¿Duele? —pregunto con voz ahogada.

No quiero saber la respuesta.

—Solo un poco. —Su voz es apenas un murmullo y me llega tan cerca de los oídos que casi me ceden las rodillas.

—De acuerdo —digo.

Vuelvo a sentir su respiración profunda contra mi piel. Luego sus labios suaves y cálidos. Su áspera barba incipiente. Sus dientes afilados.

El dolor es tan sutil que apenas lo noto. La boca de Benedict en mi cuello lo eclipsa.

Su contacto es suave y, sin embargo, me abruma. Noto cómo la sangre empieza a salir de mi cuerpo poco a poco. Es como un susurro en la boca del estómago, una presión en el corazón. Un sentimiento imperioso y anhelante que inevitablemente me exige que me acerque más a este hombre.

El rey bebe de mi cuello y por una fracción de segundo me flaquean las piernas. Se me escapa un grito ahogado y lo tomo de la tela de la camisa para aferrarme a algo. Su olor hace que me cueste pensar. Sus rizos me hacen cosquillas en la mejilla. Su aliento sobre la piel me roba lo último que me queda de cordura.

Debería odiar todo esto. Debería parecerme repugnante e imperdonable que se bebiera mi sangre y me utilizara de esta manera tan miserable. Sin embargo, me derrito bajo su tacto y me limito a aferrarme con más fuerza a su camisa.

Benedict coloca su mano sobre la mía. Me estremezco y trato de apartarla, pero él aprieta con fuerza. Su piel es áspera y caliente, recordándome lo que es, mientras separa mis dedos de la tela de su camisa con una dulzura casi embriagadora. Lo más probable es que solo quiera evitar que le destroce la camisa, pero ese pensamiento se hace añicos cuando Benedict aprieta mi mano contra su pecho y siento el latir de su corazón.

Se me pone la piel de gallina. Poso también la otra mano sobre su pecho, notando su torso definido con los dedos. Él se acerca más a mí al sentir ese contacto, apenas perceptible, bebe un poco más fuerte de mi cuello; el anhelo, lento pero seguro, me quema desde dentro.

Disfruto de su mordisco.

Demasiado.

Y es precisamente ese pensamiento imperdonable el que se me queda grabado en la cabeza mientras el rey retira sus labios de mi cuello. Pasa la lengua por la herida y mis rodillas ceden un poco más. Se inclina despacio hacia atrás y yo dejo caer las manos a toda prisa.

«¿Qué acabas de hacer, Florence?».

Intento deshacerme de las emociones y concentrarme en mi cuello. Me gustaría tocar la zona del mordisco de inmediato, pero lo más probable es que no sea una buena idea. Sigo teniendo un ligero dolor punzante, pero no noto sangre. Tiene que haber cerrado la herida de alguna forma.

El rey Benedict da un paso atrás y se lleva el pulgar a la boca. Un afilado colmillo de vampiro que estoy segura de que no estaba ahí antes aparece detrás de sus labios y el rey se corta la piel con él. Se forma una gota de sangre en la punta del dedo, que extiende hacia mí, expectante.

Le miro fijamente el pulgar y subo la vista hacia él. Es imposible leer su rostro, pero veo sus ojos verdes oscurecidos por el deseo, lo que provoca que otro escalofrío recorra mi cuerpo traicionero. ¿Por qué esperaba que tuviera la boca cubierta de sangre? Ni siquiera en sus labios carnosos queda rastro de lo que me acaba de hacer.

—Tienes que beber —me explica con tranquilidad—. Cura la mordida.

La mordida que me ha hecho perder el norte y se ha encargado de que me olvide de todos mis principios. La mordedura que me ha robado la razón unos pocos segundos, porque no hay otra manera de explicar mi reacción. ¿Será quizá algo más que una simple herida? ¿Es posible que el rey tenga control sobre mí en cuanto hunde sus dientes en mi piel?

Observo la pequeña gota de sangre con creciente sospecha. ¿Por qué debería importarle que la herida sane si va a seguir abriéndola de todas formas? Puede que tenga otras intenciones. Quién sabe qué más hace su sangre. Es poco probable que me convierta en vampiro (no es que hayamos conseguido descubrir cómo funciona el proceso), pero podría crear adicción. Despojarme de mi propia voluntad. No puedo arriesgarme. Lo que he sentido mientras bebía de mí ya es bastante preocupante.

Niego con la cabeza con decisión.

El rey Benedict frunce el ceño irritado.

—Cura la herida —repite impaciente—. Además, te ayuda a recuperar la sangre más rápido.

—No, gracias —digo, rodeándome con los brazos. Con el vestido sin mangas y al haberse alejado el rey, de repente estoy helada—. No pasa nada.

—Sí pasa —me replica inclemente—. Eres humana, tu cuerpo necesita mucho tiempo para regenerarse.

Por supuesto que intenta persuadirme. Debe de ser importante para él. Es probable que me obligue. No es como si pudiera defenderme de él, pero si es necesario, lo intentaré. No voy a ceder voluntariamente. El riesgo para nuestra misión es demasiado grande y mi familia depende de mí.

—No quiero —digo ahora con más firmeza.

Le tiembla la comisura de los labios. ¿Está enfadado? ¿O le divierte que sea tan ingenua para pensar que puedo desafiar su voluntad?

—Con total seguridad sabrás el honor que es que te ofrezcan sangre real —dice casi como una pregunta.

—No —respondo—. Discúlpeme, pero los humanos no le damos mucha importancia a algo así.

Para variar, mi descarada respuesta no consigue arrancarle una sonrisa.

Su boca se convierte en una mueca seria.

—¿Es por principios? ¿O qué esperas conseguir con tu rechazo?

—No espero conseguir nada. Es solo que no quiero beber —repito necia.

Me temo que lo estoy haciendo todo mal. Durante la celebración del solsticio cometí un error tras otro. Ahora, primero discuto con él, luego caigo rendida a sus pies y después insulto su honor vampírico real. Como un elefante en una cristalería, lo dejo todo en ruinas. Cualquier otra estaría mejor preparada que yo para esta misión.

Benedict me mira fijamente como si entendiera tan poco mi comportamiento como yo misma. Espero que me tome por la barbilla en cualquier momento y simplemente me meta la sangre en la boca. Sin poder evitarlo, mis pies buscan un punto de apoyo más seguro, por inútil que sea.

Pero el rey no hace nada por el estilo. En cambio, niega con la cabeza casi sin que se note, saca un pañuelo del bolsillo con cara de pocos amigos y se seca la gota de sangre del pulgar. Observo con incredulidad cómo se extiende una mancha roja por la prístina tela blanca.

—Haré que llamen a la doctora —dice con un gruñido, antes de acercarse con grandes pasos al interfón que hay junto a la puerta. Solo cuando lo ha alcanzado me calan sus palabras. ¿Ha aceptado? ¿No me va a obligar? Siento un inmenso alivio.

—Gracias —susurro.

El rey se limita a lanzarme una mirada indescifrable casi sin girarse y activa el panel táctil.

La doctora es una mujer de ojos oscuros y cabello negro rizado recogido en un chongo apretado. Tanto su rostro como sus manos y muñecas están tatuados. Lleva nueve puntos en la sien derecha y varias pequeñas marcas en el labio inferior y la barbilla. Estrellas, círculos, cruces.

La tinta está descolorida, lo que confirma mi sospecha de que es mayor de lo que parece. Además, la elevada temperatura de su piel café claro y su mirada crítica dicen mucho sobre lo que es.

Estoy sentada en el sillón, con una manta sobre los hombros que el rey me ha obligado a ponerme, mientras la doctora Demenan me unta el cuello con un ungüento. Benedict espera en el sillón de enfrente y observa todo con mirada sombría. Sus dedos siguen tamborileando sobre el descansabrazos, tensos. Parece que no le hace mucha gracia que haya rechazado su sangre. Lo único que no entiendo es por qué me deja salirme con la mía. Evito mirarlo. En cambio, me concentro en el dorso de la mano de la doctora y trato de averiguar qué se supone que representan las líneas que lleva.

—¿Cuánto tiempo tardará en sanar? —pregunta el rey Benedict cuando la doctora Demenan termina por fin y se levanta.

—No podría decirlo exactamente, majestad. Pero con total seguridad no será antes de que vuelva a beber. Antes volveré a echarle un vistazo para decidir si tiene sentido dejar las cosas como están por un mordisco o si vale la pena cambiarlas. —Me lanza una mirada desdeñosa de reojo.

—Fantástico —murmura Benedict con sarcasmo—. Gracias, Hêlîn.

—Ha sido un honor. —Hace una reverencia y nos vuelve a dejar a solas.

Benedict me mira con disgusto evidente, pero no dice nada. Se levanta del sillón y no puedo evitar ponerme rígida. La velada aún no ha terminado, soy muy consciente de ello, solo estoy retrasando lo inevitable. Al fin y al cabo, hasta ahora me ha tratado con cuidado. Quizá tenga suerte y siga siendo tan dulce...

—¿Duele mucho? —pregunta con suavidad, y yo me estremezco.

Cuando me habla así, casi se podría pensar que es capaz de sentir algo como compasión.

—Apenas, majestad —susurro, tratando de tragarme mi nerviosismo.

Sostiene mi mirada durante unos segundos. Ojalá el rey Benedict no fuera tan atractivo. Ojalá pareciera más el monstruo que es.

—¿Necesita algo más? —pregunta.

Niego con la cabeza.

—Bien. —Apenas se nota que levanta la comisura de la boca—. Al menos no se ha desmayado. Eso se lo tengo que reconocer.

¿Es diversión lo que noto en su voz? ¿De verdad se ha puesto a bromear?

—Mantengo mi palabra —digo.

—Ya, eso parece. Lo aprecio, de verdad. Buenas noches, Florence.

—¿Buenas noches? —repito, confusa, pero o no lo registra como pregunta o me ignora adrede.

Sin ni siquiera mirar atrás, sale de mi habitación y cierra la puerta a su espalda.

Me siento en el sillón, petrificada, mirando la puerta. ¿Qué...? ¿Por qué se va? ¿Qué pasa con... lo demás?

¿Lo hice enojar tanto que ya no quiere acostarse conmigo? ¿La visita de la doctora Demenan ha disipado su deseo? ¿O es solo que quiere darme algo de tiempo para procesar lo que acaba de pasar?

No, seguro que no. No lo creo tan considerado. Por otro lado...

Si soy sincera, no me esperaba nada de lo que ha hecho el rey Benedict hasta ahora. Parece haberse propuesto confundirme todo lo que pueda.

Me quedo ahí sentada un rato, mirando impotente hacia la puerta y tratando de encontrarle sentido a su comportamiento. Va a volver. Seguro que va a volver. ¿No...?

Pero cuando llaman a la puerta media hora después, no es él. En su lugar, Bonnie entra en la habitación con una bandeja con una taza de té y un pequeño recipiente en el que sospecho que hay más medicamentos. No suele venir a estas horas. Deben de haberla enviado. Yo ya me he quitado el vestido de sangre y me he metido en la cama con un libro de la biblioteca. Sin embargo, apenas ha conseguido distraerme de mi bucle de pensamientos.

—El rey quiere que se lo tome —me informa, y no se me escapa su tono irritado.

—¿Qué es? —pregunto, esforzándome por permanecer tranquila. Me gustaría refunfuñarle tanto como ella me refunfuña a mí porque no estoy para aguantar su actitud hostil ahora mismo. Tengo la cabeza ocupada en otras cosas.

—Hierro, ácido fólico y vitamina B12 para compensar su pérdida de sangre. Felicidades, su plan parece estar funcionando. El rey ya está preocupado por su salud.

Hay mucho asco en su voz y no consigo entender por qué.

—¿Mi plan? —repito, irritada.

Bonnie se ríe, aunque sin alegría, y deja las pastillas en mi mesita de noche.

—Buenas noches. —Se gira para irse.

—¿Se puede saber qué mierda te pasa conmigo? —le espeto.

Me fulmina con la mirada.

—Quizá debería preguntarse por qué no tiene un problema con usted misma. Las novias de sangre son una vergüenza para la raza humana.

Me quedo boquiabierta.

—¿Cómo dices?

—Hay que ser ignorante para traicionar a la especie en beneficio propio. Dinero e influencia... ¿para qué?

—Yo no he traicionado a nadie —replico enojada—.

Y no se trata de mi propio beneficio, porque de lo contrario no dejaría que un desconocido me mordiera la yugular.

La mujer resopla con desprecio.

—Si decirlo le deja la conciencia tranquila...

Su arrogancia me saca de quicio.

—Entonces, ¿me odias porque crees que estoy aquí para ganar algo? ¿Es eso? ¡Ni siquiera me conoces!

—Te conozco lo suficiente —replica con una mueca de disgusto—. Eres igualita a todas las que te han precedido.

—¿Ah, sí? Entonces, ¿sabes que estoy aquí porque quiero ayudar a los demás? ¿Que llevo años haciéndolo?

—No vas a hacerme cambiar de opinión porque me cuentes cuatro patrañas sobre tu supuesta bondad.

—No tienes ni idea —no puedo evitar decir—. ¡Estamos en el mismo bando, Bonnie!

El disgusto en sus ojos lo dice todo. Sin embargo, vuelve a expresarlo con palabras.

—Eso te aseguro que no —me espeta, se gira sobre sus talones y sale furiosa de la habitación.

Tomo un cojín y se lo lanzo, pero para mi frustración ni siquiera llega a la puerta. No sé por qué estoy tan enojada. No es nada nuevo que los demás no me vean como soy de verdad. De hecho, ese era nuestro objetivo. Esconderme detrás de una fachada es parte de mi vida cotidiana. Pero esto nunca me había ganado enemigos. Y menos aún enemigos que en realidad están de mi lado.

Me cuesta soportar que Bonnie crea que yo simpatizaría o incluso cooperaría con los vampiros de alguna manera. Parece odiar a estos monstruos tanto como yo. Y, sin embargo, no puedo contarle que eso es exactamente lo que tenemos en común. Mi misión es demasiado importante. Así que continuaré desempeñando mi papel, incluso si ahora me parece una traición por su culpa.

CAPÍTULO CINCO

MONSTERS

Los guardias de mi puerta han desaparecido. Desde que el rey Benedict bebió de mí por primera vez, mi período de vigilancia, o como quieran llamarlo, parece haber llegado a su fin. Han descubierto que mi sangre es inofensiva y eso les parece suficiente para creer que cualquier peligro que yo pudiera suponer ha desaparecido por arte de magia. Y es probable que sea cierto. Al menos, de momento.

Sin un arma hecha de plata pura, algo que desde luego no voy a encontrar en el castillo, no puedo hacer nada. Y tampoco es que tenga que hacer nada, porque alterar los planes de Valerian sería una sentencia de muerte para nosotros. Así que no me queda más remedio que esperar y, en mi aburrimiento sin fin, imaginar cómo mataré al rey la noche del solsticio de verano. Tal vez imaginarlo me facilite la tarea cuando tenga que hacerlo de verdad en seis meses. Si tengo la oportunidad. Porque para eso tendría que llegar a su habitación mientras él duerme. Y me preocupa el poco interés que parece tener por llevarme a la cama.

Ya ha bebido de mí tres veces. Apenas me habla y me toca siempre con el mismo cuidado que la primera vez. Que rechace su sangre todavía parece molestarle, y que la herida en mi cuello empeore un poco después de cada mordisco no ayuda a limar asperezas. Aunque siempre se cura en poco tiempo, con lo que al día siguiente apenas se ve más que una zona enrojecida, cada vez noto más el dolor y la pérdida de sangre me deja agotada.

La doctora Demenan recomendó que se limite a morderme siempre en el mismo sitio para que mi cuerpo no tenga que gastar su energía en curar múltiples heridas. La dosis de pastillas se ha duplicado en tres tomas.

Por desgracia, ni siquiera eso ayuda a contrarrestar la falta de fuerzas que siento últimamente y que me dificulta pensar. Llevo ya dos semanas en el castillo. La verdad es que debería haber urdido un plan para acercarme al rey hace mucho tiempo, pero como lo conozco tan poco, me resulta difícil sopesar cuál es la mejor opción de entre las que tengo. Sobre todo, evito la más obvia: ofrecerme a él cuando debería estar contenta con que me dejara en paz.

Todavía sigo medio dormida cuando alguien llama un segundo a mi puerta y la abre. Bonnie ya me ha traído el desayuno hace diez minutos, me ha mirado con disgusto y se ha vuelto a ir sin decir una palabra. Ahora es Lyra la que entra corriendo en mi habitación, su estado de ánimo es exactamente opuesto al de Bonnie. Derrocha alegría de vivir. Cómo puede tener tanta energía tan pronto por la mañana es un misterio para mí.

Levantarme en mi estado se me hace cada día más difícil, así que normalmente me quedo mirando por la ventana un rato antes de sacar fuerzas para salir de la cama. El clima de hoy tampoco ayuda. El cielo está cubierto de nubes grises que vaticinan lluvia, bajo las cuales veo pasar cuervos.

—¡Dios mío, Florence! —se queja Lyra demasiado fuerte, y yo hago una mueca—. ¿Sigues en la cama?

—Vaya decepción, ya lo sé —bromeo con poco entusiasmo.

—¡Pues sí! ¡Es Nochevieja! ¡Todavía tengo que cumplir al menos tres de mis propósitos de este año y necesito ayuda!

—A buena hora —comento mientras miro su modelito. Lleva un suéter de cuello alto azul oscuro y pantalones negros de pierna ancha. Le queda bien, resulta elegante y a la vez cómodo.

—Puedo conseguirlo —afirma, sentándose en el borde de la cama—. Quiero hacer pasteles. ¿Me ayudas?

—Hacer pasteles —repito, enderezándome con un gemido—. ¿Ese es tu propósito?

Levanta las cejas.

—¿Algún problema?

No puedo evitar que se me escape una sonrisilla.

—Ninguno. ¿Qué podría proponerse si no una princesa?

—Exacto. Entonces, ¿qué? ¿Serás mi cómplice cuando asalte la cocina?

—Pero ¿sabes hacer pasteles? —le pregunto con sospecha.

—No, esperaba que tú sí supieras. —Sonríe con esa dulce sonrisa tan suya que tiene a todo el castillo comiendo de su mano. Lo he visto muy a menudo. Nadie está a salvo de ella. Ni los guardias, ni los sirvientes, ni, menos aún, su hermano. Al menos eso es lo que supongo cuando la oigo hablar de él.

—Algo sé —admito. Y como la alternativa sería otro día solitario en mi habitación, me rindo—. Vamos, te ayudo.

—¡Gracias! —Su sonrisa es deslumbrante y casi hace que se me ablande el corazón.

Lyra y Briana evitan que pierda la cabeza en el castillo. Son las únicas que me hacen compañía, porque Bonnie ya ni siquiera me habla y no he recibido ninguna señal de vida de mi familia. Pensaba que me escribirían. Pero la verdad es que o no lo han hecho o las cartas están siendo retenidas a propósito. Intento no pensar demasiado en ello.

Así que en Navidad Lyra y Briana fueron mi único consuelo. Incluso me trajeron un regalo, un pequeño juego de acuarelas, que por desgracia he destrozado ya por completo, y jugaron a las cartas conmigo a pesar de que tenían suficientes obligaciones propias.

Me preocupa, porque apoyarme tanto en dos vampiras debería hacerme reflexionar, pero durante la semana pasada dejé de cuestionar mi naturalidad con Lyra y Briana. De momento, no puedo darme el lujo de poner en juego su amistad. Ya me ocuparé de todo esto cuando me sienta capaz de soportar estar todo el tiempo sola en el castillo. Hasta entonces, me aferraré a un clavo ardiendo, aunque esté lleno de sangre.

A pesar de todo eso, no dejó de ser la Navidad más solitaria de mi vida. Porque incluso aunque fueran humanas y no me causaran ningún reparo, sería imposible que dos mujeres a las que en ese momento apenas conocía desde hacía una semana remplazaran a mi familia.

Sin embargo, he sobrevivido a las fiestas con la cabeza bien alta y los hombros erguidos. Y tal vez consiga llegar así al Año Nuevo.

Lyra espera pacientemente hasta que me arreglo, me visto y desayuno, y más o menos una hora después entramos a la cocina del castillo. Está situada en la planta baja y los grandes ventanales dan al huerto, que parece bastante yermo en esta época del año.

Aunque el castillo sigue contando con un invernadero con climatización, en la actualidad la mayor parte de las frutas y verduras se importan. El rey puede permitírselo. Y a mí me viene bien, porque me encantan los arándanos y en casa casi siempre optamos por fruta más barata.

Se respira una mezcla agobiante de diferentes aromas. Canela, asado, pasteles. Combinado con el murmullo de voces de los muchos sirvientes, hace que entrar en la cocina me dé dolor de cabeza en cuestión de segundos.

—¡Buenos días! —saluda Lyra, y de inmediato se hace el silencio.

La gente que nos rodea nos mira como si estuvieran viendo fantasmas y tengo la certera sospecha de que Lyra rara vez visita la cocina. Al silencio le sigue un caos de saludos, reverencias y genuflexiones mientras todos parecen intentar alejarse lo más rápidamente posible.

Ojalá pudiera culpar de este comportamiento a la presencia de Lyra, pero los sirvientes me tratan con tanta desconfianza como a ella. Recibo algunas miradas confusas e incluso escépticas a medida que la cocina se va vaciando. Estoy segura de que todos piensan lo mismo que Bonnie. Que apoyo a estos monstruos y dejo que me utilicen por propia voluntad. Y que aparezca aquí con la princesa confirma sus sospechas.

—Está bien, ¿qué necesitamos para hacer pasteles? —pregunta Lyra, y me lleva de la mano a la despensa.

No se me escapa que algunos de los sirvientes se sobresaltan alarmados al oír esas palabras.

—Depende de lo que quieras preparar. ¿Harina, huevos, azúcar? —Lo más básico lo sé, pero recitar una lista exacta de ingredientes como por encargo sobrepasa mis habilidades culinarias. Val podría hacerlo. Al menos para una receta concreta. Cada vez que estoy un poco de bajón, me hace rollitos de canela. No recuerdo cuándo ni por qué empezó, pero lleva haciéndolo desde que tengo uso de razón. Sin embargo, nunca lo admitiría en público. Un Hawthorne no muestra ninguna debilidad. No ante los demás. Si me viera ceder cada día más, se sentiría profundamente decepcionado.

—Quiero hacer una rosca de reyes —anuncia Lyra con orgullo.

La miro sin comprender. No suena al tipo de dulce que llegaría a la mesa de mi familia.

—¿No sabes lo que es? ¡Siempre he querido hacer una! Todo el mundo toma un pedazo de rosca y en uno habremos metido una figurita antes de hornearlo. Quien la encuentre será el rey o la reina el resto de la noche y todos debemos llamarle majestad.

Sacudo la cabeza, divertida.

—Pero sabes perfectamente que el rey de verdad estará sentado en la mesa.

—¡Por eso es tan divertido!

Suelto una risotada.

—Tu hermano tiene razón. Sí que disfrutas causando el caos.

—¡No me creo que haya dicho eso! —exclama, fingiendo indignación.

—No, seguro que me lo imaginé.

—Así es —responde ella—. Yo nunca sabotearía adrede una cena importante ni interrumpiría la preparación de una comida de Nochevieja acaparando la cocina y obligando a los sirvientes a ayudarme a hacer pasteles.

—Por supuesto que no —confirmo, muy en serio, y Lyra sonríe con complicidad. Mierda. Es posible que me caiga bien de verdad. Un poco.

Lyra consigue que nos ayude un chico joven y larguirucho de piel pálida y rizos rubios. Parece que está a punto de desmayarse en cualquier momento, pero más o menos una hora y media después sacamos del horno una deliciosa rosca y tres magdalenas, una de ellas también con una figurita. Lyra no me ha dicho exactamente para qué o quién son las magdalenas y no tengo energía para preguntar. Me pesan los brazos y tengo la cabeza pesada por el aire viciado. Hace dos semanas no me habría supuesto ningún problema pasarme unas horas en la cocina. Pero no puedo seguir negando que la pérdida de sangre está minando mis fuerzas.

Me alegro cuando Lyra corta dos pedazos de la rosca y volvemos a mi habitación con ellos. Deja el resto a los sirvientes, que todavía parecen bastante asustados. Quizá les ayude a recuperarse de nuestro asalto.

—¿Tienes la figurita? —pregunta Lyra, que está sentada en el sillón frente a mí y lleva cinco minutos deshaciendo su pedazo en lugar de comérselo.

—No —murmuro y luego me tapo la boca con la mano, avergonzada. Tanto hablar de mis modales y mira—. La rosca quedó muy buena.

—Oh, vaya. Yo tampoco. Espero que tengamos más suerte esta noche.

—¿Quién? —pregunto, pinchando el último pedazo con el tenedor. Aún no me ha dicho quiénes asistirán a la cena de Nochevieja. Basándome en las tres magdalenas, supongo que ella, Benedict y Briana.

—Pues tú, Ben y yo —dice, por el contrario.

Me atraganto con unas migajas.

—¿Qué? —pregunto, tosiendo. No estoy segura de qué me deja más sin aliento: las palabras de Lyra o la alarmante cantidad de rosca en mi tráquea.

—¡Quiero que lo celebres con nosotros! Briana está en la ciudad con su padre visitando a su tío y, además, estás sola. Sería una vergüenza. ¡También te hice una magdalena de reyes! Vendrás, ¿no?

—Lo tenías planeado desde el principio —confirmo, en lugar de responder a su pregunta. La verdad es que no sé qué debería responder. Por un lado, es la oportunidad perfecta para acercarme al rey. Por otra parte, su rechazo me inquieta tanto que me gustaría evitarlo en la medida de lo posible.

—Sí —admite—. ¡Por favor, Florence!

—Y supongo que el rey Benedict no sabe nada de tu plan.

—A veces es mejor sorprenderlo. —Acompaña sus palabras con una dulce sonrisa.

Hago una mueca; yo no estoy tan segura.

—No sé, Lyra. No quiero hacerlo enojar todavía más...

—¿A qué te refieres? ¿Cómo lo has hecho enojar?

—Ni idea. Quizá porque no me bebo su sangre...

—¡Por eso no está enfadado, Florence! Lo respeta, de verdad.

Se me escapa un pequeño resoplido.

—Entonces tiene que ser otra cosa.

Frunce el ceño.

—A ver, ¿por qué piensas que está enojado? Siempre ha sido un poco gruñón, pero eso es de nacimiento, seguro.

—No es eso —replico.

—¿Entonces? —insiste Lyra. Por lo visto he despertado su curiosidad.

Un grave error, como puedo comprobar. Ya no lo va a dejar pasar.

—Ah, nada.

—Florence —protesta—. ¡Dime dónde está el problema! Así te puedo decir si deberías estar preocupada o no.

—Pues...

Mierda, no debería estar hablando con ella sobre algo así. Pero ¿con quién, si no? Y Lyra me mira tan expectante que lo más probable es que no haya manera de escapar de esta conversación.

—Es solo que no entiendo por qué no quiere acostarse conmigo —digo, mirando hacia otro lado, avergonzada. Como su hermana pequeña, es probable que Lyra esté aún más incómoda con este tema que yo, pero ha insistido ella. Lyra suelta una risilla cantarina.

—Mmm... —dice, y no estoy segura de si es diversión o confusión lo que noto en su voz—. ¿Y debería querer?

Ahora me toca a mí estar confusa. La miro con cautela. La princesa me mira con una mezcla de diversión y suspicacia.

Noto cómo el calor me sube por la cara. No me esperaba esta reacción.

—Pensaba... Bueno... Pensaba que... Pensaba que era lo normal. A ver, se llama «novia» de sangre, ¿no? —intento explicarme.

Levanta todavía más las cejas.

—Pensabas que Ben... Pero ¿por qué?

Parece tan desconcertada que ojalá me tragara la tierra. O Lyra no sabe lo que hace su hermano con las novias de sangre o...

O me he equivocado de cabo a rabo.

—¿No? —es lo único que consigo decir.

—Estoy bastante segura de que Ben no se ha acostado con ninguna novia de sangre en toda su vida —dice con calma.

Me arden las mejillas de la vergüenza.

—Lo siento. Es que... me habían informado mal.

—¿Y de dónde has sacado esa información, exactamente? —La voz de Lyra ha perdido su tono despreocupado. Por mucho que le guste meterse con su hermano, aun así lo defendería hasta la muerte de los demás.

—Pues... es lo que dice la gente por ahí —balbuceo, volviendo a evitar su mirada.

—¿Lo dice la gente? ¿Sale en los periódicos? ¿En las noticias?

—No, pero... Pues...

—Y entonces, ¿de dónde sale? ¿No es más que un rumor? ¿Creen los humanos de verdad que mi hermano utilizaría uno de nuestros rituales más importantes para meter chicas en la cama?

Ay, Dios, ¿se está enojando?

—No... No lo sabía...

—¿Y qué pasa con las otras novias de sangre? —interrumpe mi balbuceo—. ¡Alguien tiene que haber explicado que tal tontería es falsa!

—No cuentan mucho... —murmuro, arrepentida.

—Vaya. De verdad se nos presupone mala fe en todo lo que hacemos, ¿no?

—Lo siento mucho —repito—. Tendría que haberlo cuestionado.

Lyra sacude la cabeza de mal humor.

—No pasa nada. Supongo que no es culpa tuya. Pero lamento decepcionarte. Ben no tiene intención de acostarse contigo.

Aunque ya lo sospechaba, siento un gran alivio.

—No me decepcionas —le aseguro.

A pesar de su falta de interés, todavía me estaba preparando para el momento en que viniera a mí queriendo algo más que mi sangre. Me alegra saber que no va a pasar. Pero por desgracia, el alivio viene acompañado de preocupación, porque hace mi misión mucho más difícil. ¿Cómo se supone que voy a acercarme lo suficiente al rey si no hace más que apartarse de mí? Necesito meterme en su dormitorio antes del solsticio de verano. Pero solo lo veo cuando bebe de mí. Y no creo que fuera a aceptar de buen grado que intentara seducirlo para que hiciera algo más.

—Si la oferta sigue en pie, estaré encantada de ir a cenar con ustedes —anuncio y le dedico una sonrisa de disculpa a Lyra, que asiente vacilante. Solo me queda esperar que no me eche en cara esta conversación. Ella es la clave para llegar a Benedict. ¿Cómo no me había dado cuenta hasta ahora?

El rey tiene que confiar en mí.

Y va a ser más fácil conseguirlo si ella también confía en mí.

El comedor real es un espectáculo en sí mismo. Está tan oscuro afuera que no se ve nada a través de los altos ventanales, así que nada me distrae del magnífico mobiliario. Tapices rojos y dorados cubren las paredes mientras que un elaborado estucado adorna el alto techo. La mayor parte de la sala está ocupada por una mesa gigantesca en la que cabrían al menos cincuenta comensales. A un lado de la mesa han puesto platos para tres y en la pared de detrás cuelga un retrato al óleo de un rey fallecido, más grande que el tamaño natural. No puedo estar segura de quién es el del cuadro, pero el parecido con Benedict es asombroso. Probablemente sea su padre, Jasper I, pues antes que él reinó Juana I, su abuela. Y dudo que se parezca tanto a su bisabuelo, Enrique VII.

Esperamos al rey cerca de la puerta y Lyra da golpecitos en el suelo con el pie de la impaciencia. Mientras tanto, intento acostumbrarme al mobiliario. Es imposible imaginar que todo esto pertenezca a un solo hombre. ¿Cómo debe de ser sentarse en una sala así no como un invitado sin más, sino como el gobernante de todo el país? Supongo que nunca lo sabré.

—Llega tarde —dice Lyra, descontenta, cruzándose de brazos. Ha cambiado su suéter por un vestido largo de terciopelo verde oscuro con corte sirena y se ha hecho una corona de trenza con su larga cabellera. Con su ayuda, he elegido un vestido dorado estilo princesa. El color realza mis ojos y hace que los aretes de rubí llamen la atención.

—Lo juro por Dios —empieza a decir—, que si nos deja esperando...

La puerta se abre. Enderezo los hombros como por resorte y cruzo las manos frente a mi estómago. Lyra, por su parte, levanta la barbilla con ganas de pelea.

—¡Por fin! —saluda a su hermano—. Espero que tengas una buena excusa.

El rey Benedict la observa durante una fracción de segundo antes de que sus ojos se posen en mí. Frunce el ceño y su expresión se oscurece.

—¿A qué demonios viene esto, Lyra?

—Haz el favor de ser educado —exige, metiéndose entre nosotros y dándole un beso en la mejilla—. Hay una invitada delante. Bueno, ¿por qué llegas tarde? ¡Y no creas que voy a olvidarme de esto! ¡Haces un drama cada vez que llego tarde yo!

Benedict pone la sonrisa más falsa que he visto nunca antes de voltearse hacia su hermana, que ya lo está arrastrando hacia la mesa.

—Estaba buscando a mi novia de sangre para darle las buenas noches. Y parece que la he encontrado. Sabes que no puedes invitarla a cenar así nada más, ¿verdad?

—Puedo oírlos —murmuro, sin moverme de la puerta. Quizá no haya sido una buena idea, después de todo. Solo he conseguido irritarlo más.

—Soy consciente —responde Benedict con frialdad, volviendo a mirarme fijamente—. Como lo soy del hecho de que no es usted responsable de lo que pasa aquí. —Una vez más se gira hacia su hermana—. Espero que al menos hayas informado a la cocina de que somos tres para la cena.

Lyra hace un gesto grandilocuente hacia los tres platos preparados.

—Tarán —los presenta, dulce como la miel.

El rey Benedict resopla y se sienta.

—Recuérdame que tratemos este asunto cuando tenga más energía.

—En absoluto —responde Lyra mientras se sienta en la silla a su derecha, que un sirviente retira para ella—. ¿Florence? ¿Vienes? —Señala con la barbilla el sitio que tiene en frente.

Supongo que es una buena señal que el rey haya aceptado mi presencia con tanta facilidad, así que cumplo con su petición.

Pero cuando me siento y me acercan la silla, noto que Benedict se pone rígido. Veo cómo se le estremece un músculo en la mandíbula.

¿Está apretando los dientes? ¿Qué he hecho mal ahora?

—¿Debería...? —empiezo, pero el rey relaja los músculos y me hace callar con un movimiento de cabeza.

—Vamos a comer —anuncia, y de inmediato nos traen el primer plato. Es una crema de calabaza, decorada muy bonita con un remolino de nata y aceite de pipas de calabaza.

Comemos en silencio un buen rato. A mí me sirven vino blanco, a Lyra y al rey, algo que solo parece vino tinto. Desde el baile del solsticio ya no me engaño a mí misma sobre el tema, aunque no quiera aceptar la realidad. Mi mirada sigue deteniéndose en la copa que toma el rey Benedict con los dedos. ¿Cuánta sangre beberá? ¿Cuánto tiene que beber hasta estar... lleno? ¿Con la mía no es suficiente? ¿Bebe cada vez más y más porque su sed es insaciable? ¿O lo hace simplemente por... placer? Un escalofrío me recorre la espalda.

Para el resto de la población vampírica se raciona la sangre. La distribución se controla de forma tan estricta como su población, para así asegurar el suministro. Hace mucho tiempo que no se convierte a casi nadie. Cada pocos años se elige a alguien y, por supuesto, los elegidos son siempre las personas más ricas e importantes, desde luego. De todas formas, nunca voy a entender por qué alguien querría convertirse en vampiro.

Preferiría morir a ser uno de ellos, de eso estoy segura. Su propio bienestar es la única razón por la que estos monstruos ya no tienen permitido beber directamente de los humanos, sino que deben alimentarse de donaciones de sangre. Les encantaría volver a cazarnos y dar rienda suelta a las bestias que son en realidad, pero entonces nos aniquilarían más rápido de lo que les gustaría. Los tiempos sangrientos que siguieron a la subida al trono de Enrique VII lo demostraron con creces.

La familia Hawthorne todavía habla de lo que pasó hace quinientos años. Ni se sabe cuántas personas perdieron la vida durante esos meses. Las calles estaban teñidas rojas de sangre y cada vez que salías por la puerta podía ser la última. Cuando los vampiros llegaron al poder, ya no quedaron dudas sobre su verdadera naturaleza. Dejaron atrás cualquier pretensión de humanidad y nos revelaron esa misma crueldad que llevábamos tanto tiempo temiendo. Y aunque la humanidad luchó con todo lo que tenía, perdimos la batalla. Por ahora.

El rey Benedict se fija en mí, lo que me saca de mis oscuros pensamientos. Aparto la mirada, pero sus ojos verdes ya se me han grabado en la mente de forma preocupante. Cada vez que me mira siento como si mi piel estuviera en llamas. Se me acelera el corazón y me sudan las manos.

Ya casi hemos terminado con el plato principal. A Benedict y a mí no nos queda lomo de res, pero Lyra se toma su tiempo y, entre bocado y bocado, disfruta de dar sorbitos a su «vino».

Trago saliva, aunque me cuesta. Nada más podría haberme dejado así de claro que esta agradable jovencita no es mi amiga, sino un monstruo como el resto. Puede que sea simpática, me acompañe y me haga reír, pero eso no cambia nuestra naturaleza. Lo que significa que una de nosotras preferiría comerse a la otra para cenar en lugar del lomo de res.

—¿Cómo tiene el cuello?

La voz del rey Benedict me provoca un estremecimiento. Me obligo a mirarlo y me arrepiento de inmediato. Sus ojos verde oscuro están fijos en mí y, como suele suceder, siento como si estuviera abriendo mi diario y leyéndolo. Cuando me mira así, parece que ve sin esfuerzo todo lo que hay en mi interior. Aunque me he dado cuenta de que solo me lo parece a mí, el simple miedo a que pudiera hacerlo provoca de nuevo que me cueste hacer llegar el aire a los pulmones.

—Bien —respondo a toda prisa antes de apresurarme a dar otro sorbo de vino.

El rey me fulmina con la mirada.

—Si va a mentirme, al menos tenga la decencia de no hacerlo con tanto descaro. —Su tono suena molesto, pero también muestra un poco de diversión y sarcasmo. Parece ser la única emoción remotamente positiva que consigo despertarle. El tic divertido en las comisuras de su boca cuando no hago lo que se espera de mí es lo único que ilumina su sombría mirada de enfado.

—No molesta tanto como piensa —digo, asomándome más por el precipicio.

—Pensaba que me había jurado lealtad. ¿La sinceridad no forma parte de tal juramento? —dice con sequedad.

—Apenas noto la herida —insisto. Mientras tanto, por fin un sirviente le retira el plato a Lyra. Ella le susurra instrucciones, pero estoy demasiado absorta en Benedict como para prestarle atención.

—¿Ah, sí? —insiste el rey—. ¿Y cómo se encuentra de lo demás? ¿No se siente débil y cansada porque su cuerpo no produce sangre lo suficientemente rápido?

Lo sabe. Claro que lo sabe. Pero no doy mi brazo a torcer.

—Lo único que me cansa es que me pregunte lo mismo cada dos días.

Lyra se ríe, con lo que se gana una mirada enfurecida de su hermano.

—No es algo que deba tomarse a la ligera —insiste el rey, volviendo a mirarme—. Con este juramento yo también asumí una responsabilidad. Una con la que no me deja cumplir.

¿De qué responsabilidad se supone que habla? ¿De asegurarse de que no se le acaba la sangre fresca demasiado rápido?

—¡El postre! —anuncia Lyra alegremente antes de que pueda forzarme a mí misma a darle una respuesta diplomática, y mi contacto visual con Benedict se ve interrumpido por la entrada de un plato en mi campo de visión. En él está una de nuestras magdalenas de esta mañana, aunque ahora se ha convertido oficialmente en un *cupcake*. Al menos un merengue flambeado con trozos de manzana glaseada se encarga de que parezca que es parte del menú, pero reconozco el papel de magdalenas color café que hemos usado. El rey Benedict frunce el ceño.

—¿La cocina se ha quedado sin ingredientes? —pregunta.

—Lo hicimos nosotras, hermanito mío —canturrea Lyra mientras saca su *cupcake* del papel—. Será mejor que finjas que te gusta.

A Benedict se le ablanda la mirada como si fuera mantequilla bajo el sol. Por primera vez desde que lo conozco, una sonrisa genuina aparece en sus labios y mira a Lyra con inconfundible afecto.

—¿A cuántos sirvientes tengo que indemnizar por tu paso por la cocina? —se burla de ella—. Seguro que todavía están barriendo harina.

Lyra le saca la lengua y le da un mordisco teatral a su *cupcake*.

—Mmm —dice, con la boca llena—. ¡Cuidado con la figurita!

—¿Con qué? —El rey Benedict empieza a cortar la masa en pequeños bocados con cuchillo y tenedor, serio. Pero Lyra está ocupada masticando, razón por la cual los ojos del rey vuelven a posarse en mí, expectantes.

—En una de las magdalenas hay una figurita escondida —le explico. Él frunce el ceño.

—¿Y qué sentido tiene eso?

Levanto los hombros, algo agobiada, y de mala gana cojo también mis cubiertos. Me parece más seguro imitar al rey. Pero ya con el primer corte toco algo duro. Ay, no. Por favor, no.

—La que encuentre la figurita será la reina toda la velada —anuncia Lyra—. Eso quiere decir que me tendrás que llamar «majestad» y gritar «¡la reina bebe!» cada vez que dé un sorbo.

—Dudo que la norma se aplique cuando es obvio que te has encargado de que te toque a ti la figurita —se opone Benedict.

—¡No es verdad!

—Me di cuenta cuenta de cómo cuchicheabas con los sirvientes, Lyra.

—¡Pero solo les dije que trajeran el postre!

Los escucho solo a medias. Estoy ocupada diseccionando en secreto mi *cupcake*. Por supuesto que tengo la maldita figurita. ¿Puedo hacer que desaparezca sin que se note?

—Florence, ¿la tienes tú? —pregunta Lyra en ese momento. Levanto la mirada, atrapada con las manos en la masa. Le brillan los ojos—. ¡Ajá! ¡Es un honor, majestad!

Hace un gesto que simula una reverencia y me sonrojo.

—Déjalo pasar, Lyra —le advierte Benedict en voz baja.

—¡Tiene la figurita!

—No es la reina, carajo.

—¡Pero son las normas!

—En mi mesa, no.

La princesa pone los ojos en blanco.

—¡Solo es un juego, aguafiestas! No te voy a pedir que le hagas entrega de tu corona y le beses los pies.

—Lyra.

No sé qué decir, así que le doy un trago a mi copa de vino, avergonzada. Mala idea.

—¡La reina bebe! —exclama Lyra.

Benedict se levanta de la mesa tan de golpe que me sobresalto y me cae el vino por la barbilla. Sale al pasillo con pasos enérgicos, dejándonos a Lyra y a mí paralizadas.

¿Qué fue eso? ¿De verdad lo sacó tanto de quicio esa tontería?

Lyra hace una mueca, me lanza una sonrisa de disculpa y corre tras él. La puerta permanece entreabierta a su espalda y la oigo llamándolo por el pasillo.

—Ben.

—¿No podías ahorrártelo? —le espeta.

—Espera un segundo.

De mala gana, dejo la copa. Quiero aferrarme a ella, pero decido tomar la servilleta y limpiarme la barbilla, nerviosa.

—¿Qué tiene de malo? —pregunta Lyra.

Solo recibe silencio como respuesta.

—¿Ben?

—Sabes que era el cargo de mamá.

Ahora su voz suena más tranquila. Casi me parece un poco vulnerable y hace que me estremezca por dentro. De repente tengo ganas de levantarme y cerrar la puerta para no violar su privacidad. Pero entonces sería una espía muy torpe. Así que me quedo ahí sentada, con las manos cruzadas en el regazo, los ojos pegados al plato, y aguzando las orejas.

—Han pasado veinte años —le recuerda Lyra suavemente.

—Puede ser, pero no lo parece cuando sientas a otra en esa silla y la llamas majestad.

—Pero...

—Ya está bien, Lyra. No espero que tú lo entiendas.

Vuelve a hacerse el silencio y me invade una desagradable preocupación. La pareja real falleció cuando Lyra todavía era un bebé. No se acuerda de sus padres. Él sí.

—Lo siento —dice Lyra, vacilante—. No sabía que... Bueno... Solo quería que pudieras reírte un rato.

Se oye un suspiro que sin duda proviene de Benedict.

—Lo sé. Pero hoy no, Lyra. Quizá en Año Nuevo.

—¿Quieres decir que mejor me guardo mis chistes para después de medianoche?

—Creo que esta noche no voy a ser muy buena compañía. Mejor me los cuentas mañana por la mañana, ¿está bien?

—Oh. De acuerdo. —Se oye la decepción en su voz.

Benedict vuelve a suspirar. Lo siguiente que dice suena tan apagado que no consigo entenderlo. Entonces, se hace el silencio.

Se abrazan.

No puedo ni verlo ni oírlo, pero aun así estoy segura. Porque he compartido miles de abrazos así con Valerian. Quizá sea un abrazo reconfortante. Quizá uno conciliador. Sea como sea, entierra el hacha de guerra y repara todas las grietas en su confianza. Y esto hace que extrañe a mi familia todavía más que antes.

—¿Y Florence? —pregunta Lyra bajito, y vuelvo a afinar el oído— ¿Qué le digo?

—No tiene que preocuparse por mí. Pasaré más tarde para darles las buenas noches. Por separado.

Un escalofrío me recorre la espalda. Sin poder evitarlo, vuelvo a sentir los labios de Benedict en el cuello. Sus dientes en mi piel sensible. El deseo en la boca del estómago.

Cuando Lyra regresa al comedor, sigo mirando mi plato. Levanto la mirada hacia ella sin ganas. Está claro que se ha dado cuenta de que la puerta estaba abierta, porque la cierra despacio.

—¿Nos has oído? —pregunta con franqueza.

—Sí. —No veo motivo para mentir. Además, ya no me quedan fuerzas. El día me ha dejado muy cansada y la presencia del rey siempre hace que el corazón se me salga del pecho. Estar en una habitación con él y analizar dos y tres veces cada palabra y cada mirada agota de lo lindo.

—Vaya —es lo único que dice mientras se sienta frente a mí.

—Lo siento.

Lyra hace un gesto con la mano y toma su copa de vino. Me sonríe, pero parece un poco forzado.

—¿Hice algo mal? —le pregunto, para estar segura.

—No, no te preocupes. Fue culpa mía. Tendría que haber pensado en que estamos en diciembre.

Titubeo.

—¿Por sus padres? —No estoy segura de cuándo fallecieron exactamente. Pero sé que Benedict eligió a su primera novia de sangre hace ya veinte años. Las fechas coinciden—. ¿Qué pasó en realidad? —me arriesgo a preguntar. Hasta ahora solo hemos podido especular. La corona siempre ha guardado silencio sobre las circunstancias del ascenso de Benedict al trono.

Lyra niega con la cabeza.

—¿Sabes qué? Mejor vamos a hablar de otra cosa. Podríamos jugar una partida de ajedrez o de cartas, ¿te gustaría?

—Mucho —le digo, aunque preferiría irme a la cama. De

todas formas, es probable que irme a dormir no sea una opción. Al fin y al cabo, espero visita.

—¿Te gusta el vino? —me pregunta Lyra mientras se levanta.

Hago lo mismo con un poco de dificultad.

—No suelo beber mucho vino, pero está bueno.

—Perfecto, tomaré una botella. El ajedrez es más divertido cuando lo conviertes en un juego de beber.

—Podrías incluso decir que es la única forma de que sea divertido —replico, seca, y Lyra se ríe.

—Depende por completo de con quién juegues. Dudo que nosotras tengamos problemas. —Rodea la mesa y enlaza nuestros brazos—. El Año Nuevo puede esperar.

CAPÍTULO SEIS

SEE YOU BLEED

Las cinco campanas del Big Ben suenan anunciando el Año Nuevo. Durante más de media hora, junto con las incontables iglesias de la ciudad, ofrecen un concierto que impide pegar ojo a todo Londres.

Lyra y yo pasamos el tiempo que quedaba hasta medianoche bebiendo demasiado vino y poco después nos retiramos cada una a su habitación. Me trajo Bonnie hasta aquí, cosa que le agradezco a pesar de su mirada de odio, y me ayudó a quitarme el vestido. En estas condiciones, no podía descartar la posibilidad de perderme por el castillo. Y con lo cansada que estoy, podría haberme dormido en el pasillo con toda la tranquilidad del mundo.

Aun así, todavía no puedo irme a la cama. Me quedo de pie en el pequeño balcón en camisón y bata, escuchando las campanas y esperando al rey.

Para variar el cielo nocturno está despejado y se ven las estrellas. El aire fresco me hace estremecer, pero también me aclara un poco la mente. No debería haber bebido tanto vino. Por otro lado, me ha ayudado a olvidarme de mis preocupaciones, al menos un rato.

—Se va a resfriar.

La voz del rey Benedict me hace mirar a mi alrededor, sorprendida. Lo tengo justo detrás, en la puerta del balcón, bloqueando mi vía de escape al interior. A diferencia de su aspecto durante la cena, ahora su rostro parece relajado. Y cuando veo lo que lleva puesto, se me seca la boca. Nunca lo había visto vestido de manera tan informal. En lugar del traje, lleva pantalones holgados de algodón negro que parecen de pijama y una camisa de lino color crema a medio abotonar. Revela demasiado sobre lo bien definido que tiene el torso. Supongo que no debería sorprenderme de alguien que se parece tanto a un depredador. Pero no parece el monstruo que es; parece un dios. Odio todo sobre su aspecto.

—¿La he asustado? —pregunta, antes de que yo consiga recuperar la voz.

—Un poco —admito, y solo entonces noto lo pesada que se me ha vuelto la lengua. Me cuesta formar las palabras con claridad. ¿De verdad estoy tan borracha? ¿O es fatiga?—. No lo escuché entrar —murmuro, buscando su mirada.

—Le ruego que me disculpe.

Se me escapa un resoplido que por suerte no parece llamarle la atención. El rey Benedict no ruega que le disculpen. Lo espera y punto. Como todo lo demás que pueda querer.

—¿Le gustaría quedarse aquí afuera? —Ignora mi falta de respeto. A mi espalda, por fin empiezan a callar las campanas. Su sonido se va extinguiendo conforme van dejando de tocar.

—Sí, por favor —le contesto en voz baja.

Me estudia un momento. Luego vuelve a entrar y regresa con una manta del sillón. Me la coloca con cuidado sobre los hombros y yo contengo la respiración un segundo, porque puedo oler su ya tan familiar aroma.

—Decía en serio lo del resfriado —me informa—. En su estado, no es algo con lo que se pueda bromear.

—Se comporta como si padeciera una grave enfermedad —replico—. Estoy bien.

—Esa afirmación no se volverá verdad solo porque la repita mil veces.

Otra vez con lo mismo.

—¿Vino solo para discutir o hay algún otro motivo para su visita?

A Benedict se le escapa una media risa y siento una punzada de orgullo.

—¿Sabe que nadie me habla de esa manera, excepto usted? —me pregunta—. La mayoría de la gente tiene miedo de las consecuencias que podría tener un comportamiento así.

Sus palabras me inquietan, pero su reacción me ha dicho lo suficiente sobre sus verdaderos sentimientos. Mi comportamiento no le molesta en absoluto.

—¿Es por eso por lo que le gusta tanto cuando le hablo así? —me atrevo a preguntar, alzando la barbilla en señal de desafío.

—Tal vez. Me imagino que esa es la refrescante sinceridad que Lyra me prometió en el baile.

—Supongo que la sinceridad siempre resulta refrescante cuando a uno solo le dicen lo que quiere oír.

—¿Eso piensa de mí?

—Se trata menos de lo que pienso de usted que de lo que pienso de los que lo rodean.

—Permítame que lo dude. Pero no he respondido a su primera pregunta. —Da un paso hacia mí y vuelvo a quedarme sin respiración—. La verdad es que no he venido a discutir con usted.

Trago saliva y se me empieza a acelerar el corazón. Aun así, inclino la cabeza, solícita, para darle acceso a mi cuello.

La última vez que Benedict bebió de mí fue hace solo dos días, por lo que el movimiento hace que la piel recién curada se me tense y me duela.

La primera vez, el mordisco casi no me dolió. Desde entonces ha cambiado la cosa.

—¿Me permite? —pregunta el rey Benedict en voz baja.

Su voz suena áspera, casi hambrienta. Se apoya en el barandal del balcón que tengo a mi espalda, encajonándome, pero sin tocarme. Como siempre, me mantiene a una distancia cautelosa y cada vez me doy más cuenta de que es algo que tengo que conseguir cambiar. Si él no busca mi presencia, yo tengo que buscar la suya, por muy insensato que sea.

—¿Desde cuándo debe preguntar? —susurro.

Veo cómo le tiemblan los labios.

—Desde que me enseñaron a tener respeto de niño.

—Un milagro que todavía se acuerde.

—No ha pasado tanto tiempo.

Se acerca un poco más y no se me ocurre ninguna respuesta. El silencio nos envuelve mientras baja la boca hasta mi cuello y hunde sus dientes en mi piel.

Cierro los ojos, respiro para mitigar el dolor. De inmediato se ve reemplazado por el estado de embriaguez en el que me dejan siempre los dientes de Benedict. Todavía no estoy segura de cuál es la causa, si es un veneno o alguna forma de control mental lo que me hace disfrutar tanto de que beba de mí. El caso es que la intoxicación cesa en cuanto el rey Benedict me suelta. Sería algo positivo de no ser por el hecho de que de vez en cuando me doy cuenta de que deseo esa sensación.

Me mareo.

No sé por qué. Quizá es por el vino. Quizá es el cansancio. Quizá también sea el insoportable deseo en la boca del estómago. Tengo que agarrarme del brazo de Benedict para mantener el equilibrio y levanto la cabeza sin querer. Tengo los ojos cerrados y, sin embargo, el mundo parece inclinarse y moverse bajo mis pies. Lo único que me confirma que sigo de pie y no me caigo es el contacto de Benedict.

Benedict también levanta la cabeza y me suelta el cuello. Por un momento siento su mejilla cálida contra la mía. Su barba incipiente me raspa la piel, una caricia áspera que me hace apoyarme más en él. Los músculos de sus brazos se tensan bajo mis dedos y al segundo siguiente siento sus manos en la cintura.

—Te estás tambaleando —afirma. Hay ira en su voz y me aleja del barandal, que me llega a la cintura, como si fuera a caerme.

Parpadeo y abro los ojos, pero todo me da vueltas y acabo cayendo contra el pecho de Benedict. Tan cerca de su piel, su olor resulta abrumador. Si no oliera tan bien, tal vez podría concentrarme.

—Supongo que... bebí demasiado —murmuro.

—El alcohol es el menor de tus problemas —gruñe mientras se agacha y antes de que me dé cuenta de lo que está pasando, ya me ha levantado y me está llevando a la habitación por las puertas abiertas del balcón.

—¿Qué está pasando? —consigo decir. Creo que debería aprovecharme de la situación, pero sigo demasiado confusa para tener un pensamiento lúcido. Benedict está tan cálido y yo... Yo solo quiero dormir.

—La voy a llevar a la cama. Por cierto, yo tenía razón.

¿De qué habla? Estoy aturdida.

—¿Sobre qué?

—Se ha desmayado. Aunque no me esperaba que fuera a la cuarta vez.

A zancadas, recorre la habitación mientras me sigue cargando y me deja en el colchón de la cama con dosel. La cobija de lana se desliza por mis hombros y el aire frío de la noche que ahora se ha extendido por la habitación solo consigue que la repentina ausencia del calor corporal de Benedict me resulte más evidente.

—No me desmayé —replico, frotándome la cara—. Solo me mareé.

Mientras tanto, el rey, con semblante serio, me quita las pantuflas y me arropa. Es posible que sí que me haya desmayado y esto sea un sueño.

—¿Qué...? —empiezo a decir, pero él me acalla con una mirada. En ese momento veo su expresión sombría. Parece enojado de verdad.

—¿Cuándo entenderá que no va a seguir siendo solo un leve mareo si seguimos así?

—Es solo por el vino —repito, lo que no hace sino alimentar más su ira.

—Noto en el sabor cuánto ha bebido —me explica con un gruñido—. Y no era suficiente para que casi se cayera de espaldas por el balcón.

Frunzo los labios, me enderezo y me tapo con el edredón hasta las axilas.

—Está exagerando. No me habría caído. Pero, por supuesto, sabe mejor que yo misma cómo me encuentro.

—Florence. —Mi nombre en sus labios hace que me recorra un escalofrío. Si al menos decidiera de una vez cómo se va a dirigir a mí, tal vez podría acostumbrarme. Pero me sorprendo cada vez que cambia de tono.

—¿Que quiere que le diga? —refunfuño.

—Quiero saber por qué rechaza mi sangre y se pone en peligro de esa manera.

—Es mi decisión —evado su pregunta.

—Han pasado menos de dos semanas y su salud ya empieza a decaer.

—Estoy bien.

—¿Qué le he dicho acerca de mentirme?

—¡Ah, mis disculpas! —no puedo evitar decir—. ¡No sabía que cómo me siento dependiera ahora de su poder de decisión! Si quiere que beba su sangre, tendrá que obligarme.

El rey aprieta los labios.

—Nunca te obligaría a nada.

—Dice el hombre que obliga a todos los humanos de este país a donar su sangre.

—No es decisión mía, es la ley.

Suelto una carcajada.

—Usted es la ley.

—No, solo soy el hombre en cuya cabeza ha recaído la corona —responde molesto—. Yo tampoco he podido elegir mi destino, Florence, lo creas o no.

Se me ocurren algunas réplicas más sobre el destino de este «pobre» hombre, pero aprieto los dientes con frustración y me trago todos mis comentarios sarcásticos. Benedict, por otro lado, parece ansioso por seguir tratando el tema.

—Estás complicando sin necesidad todo este asunto y quiero saber por qué —me exige.

—Estoy en mi derecho de decidir yo misma lo que bebo y lo que no. No tengo por qué justificarlo.

—Mi sangre sería de gran ayuda, Florence. —Lo dice casi suplicante y por un momento estoy tentada a creerle. A intentarlo y ya, solo una gotita de nada para escapar de este cansancio eterno. Si resulta que le da poder sobre mí de verdad, siempre podría rechazarlo después. Seguir sin beber su sangre.

Pero...

¿Y si con una gota fuera suficiente para quitarme mi voluntad? ¿Y si después no quedara nada de mí que pudiera volver a rechazar al rey?

No puedo. Da igual lo que negarme haga con mi cuerpo.

—Lo siento —digo con calma manifiesta mientras le sostengo la mirada—. Preferiría no hacerlo.

Veo cómo Benedict lucha consigo mismo y cómo reprime todas las palabras que tiene en la punta de la lengua, pero adopta una expresión neutral que revela mucho de todas formas. Mi decisión no le complace. Es probable que nunca lo haga. Y así, creo otro obstáculo que voy a tener que superar. Al intentar mantener el control, este no hace más que escurrírseme entre los dedos.

—Como desee —anuncia con frialdad mientras se aleja de la cama—. Feliz Año Nuevo, señorita Hawthorne.

Se despide con una fugaz inclinación de cabeza y me deja sola sin una palabra más.

La herida sangró por la noche.

Cuando me despierto, hay manchas oscuras en la almohada y me duele el cuello. No hay mucha sangre, pero aun así da miedo. Nunca antes había tenido este problema. Quizá fue porque el rey no selló la herida con la lengua como suele hacer. Se le debió olvidar cuando empecé a desfallecer. O quizá lo haya hecho adrede para mostrarme que debería escucharlo. Sea como sea, no voy a ceder. Así que me esfuerzo todo lo posible por ignorarlo. El dolor. La desesperación. Todo.

Me funciona hasta que cometo el error de ir al baño a echarme en la herida un poco del ungüento que me dio la doctora Demenan. Arde como el infierno y no para. Intento limpiarme el cuello con una toallita húmeda, con lo que no hago más que empeorarlo todavía más.

Empiezan a brotarme lágrimas de los ojos. Lágrimas de frustración, ira e impotencia. No puedo aceptar su sangre. No puedo hacerlo.

¡Dios, soy patética! Hay tantas personas que confían en mí y yo estoy aquí en el baño en camisón llorando.

—¿Señorita Hawthorne?

La voz de Bonnie me llega hasta el baño y me froto los ojos frenéticamente. Su mirada de desaprobación es lo último que necesito en este momento. La verdad es que no hace ningún esfuerzo por ocultar lo mucho que me desprecia.

Por desgracia, dejé la puerta entreabierta, y ahora se abre del todo. Bonnie me mira con evidente irritación. Lleva la almohada manchada de sangre y lo más probable es que esté muy decepcionada de no encontrarme en mi lecho de muerte.

—Vamos —sollozo con amargura. Tiro la toallita al lavabo—. Dime lo mucho que me lo merezco y puedes irte contenta.

El rostro de Bonnie adquiere una expresión que nunca antes le había visto. Me sorprende cómo se le suaviza el gesto. Sin decir palabra, deja la almohada sobre el tocador, se agacha y abre el clóset que hay debajo. Cuando se vuelve a enderezar, lleva un pequeño botiquín de primeros auxilios en las manos.

—Siéntese —me ordena con calma señalando la tapa del inodoro cerrada.

Parpadeo confundida. Todavía siento esa presión delatora en los ojos y, por miedo a volver a llorar, mantengo la boca cerrada y hago lo que Bonnie me pide.

Bonnie no lo piensa mucho. Saca vendas y comienza a limpiarme el ungüento del cuello. Arde como el infierno, pero Bonnie trabaja rápido. Luego dobla un trozo de gasa hasta formar una especie de curita, lo fija con unas cuantas tiras de tela adhesiva y el dolor va desapareciendo poco a poco.

—Con esto debería bastar. Volveré a echarle un vistazo esta tarde —concluye y vuelve a guardar el botiquín—. ¿O preferirías que hiciera llamar a la doctora Demenan?

El tono de Bonnie sigue siendo sorprendentemente amable. Lo más probable es que esté demasiado distraída curándome y se haya olvidado por un momento de que me odia.

—Creo que no hace falta —murmuro.

Bonnie respira hondo y se queda un momento en el baño, indecisa. Evito su mirada y espero a que se vaya por fin. Su presencia no es lo que se dice reconfortante.

—Lo siento —dice entonces, de repente.

—¿Qué? —pregunto, confusa. Levanto la mirada hacia ella.

—Siento haber sido tan dura contigo sin conocerte. Tendría que haberte dado una oportunidad, Florence.

Tengo que tragar saliva. ¿En serio me llama por mi nombre de pila y me trata de tú? ¿Significa que ahora me va a dar esa oportunidad?

No quiero darlo por sentado. Al fin y al cabo, Bonnie considera que estamos en bandos diferentes.

—No pasa nada —murmuro de todas formas—. Entiendo cómo te sientes.

No especifico más. Ya me estoy arriesgando demasiado con Bonnie y no creo que necesite una explicación para entender lo que quiero decir. No puedo decirle con más claridad que también detesto a los vampiros. Hay que tener en cuenta que podría estar engañándome y esperando a poder usar mis propias palabras contra mí. Es preocupante que me imagine conspiraciones en cada rincón. Lo más probable es que sea lo que pasa cuando creces en un hogar que lleva generaciones jugando con las cartas bocabajo y con tres ases bajo la manga.

Bonnie me mira pensativa. Sigue sin confiar en mí, no podría dejarlo más claro.

—Y, sin embargo, aquí estás —afirma con el ceño fruncido—. Sin embargo, permites algo así.

Su mirada permanece en mi cuello.

—Sí —es lo único que digo—. Tengo que hacerlo.

—No lo entiendo —dice, negando con la cabeza.

—Lo sé. Y no te lo puedo explicar. Pero espero que algún día puedas entenderlo.

Bonnie levanta las cejas y yo solo espero no tener que arrepentirme de mi sinceridad en el futuro. Si de verdad está aquí para espiarme, esto podría ser mi sentencia de muerte.

—Siento lo de la almohada —cambio de tema—. Seguro que las manchas son imposibles de quitar.

Bonnie resopla.

—No te preocupes. La culpa es de esa sanguijuela, no tuya. De todas formas, si todo el presupuesto del castillo se destina a muebles y ropa de cama nuevos, es problema suyo, no mío.

—Creo que para acabar con todo el presupuesto todavía voy a tener que desangrarme un poco más —bromeo.

Su expresión vuelve a ponerse seria de inmediato.

—No digo esto como amiga, sino solo como tu sirvienta, pero... ten cuidado, Florence. Tu cuerpo no podrá soportar algo así para siempre. El rey necesita más de lo que puedes darle tú sola y lo va a tomar sea como sea. No está en su naturaleza contenerse.

Noto un escalofrío que me recorre la espalda.

—Entonces, ¿crees que debería aceptar su sangre? —Ya saqué el tema con ella una vez, esperando que me contara algo sobre las anteriores novias de sangre, pero Bonnie rechazó mantener esa conversación como había hecho con todos mis otros intentos.

—Creo que las anteriores a ti lo hicieron. Ninguna ha tenido nunca un aspecto tan enfermizo como el tuyo. —Tuerce la comisura de la boca con lástima—. Pero no es asunto mío. Si me disculpas, voy a cambiarte las sábanas.

Agarra la almohada del tocador y vuelve a desaparecer en la habitación.

La miro perpleja. No esperaba que Bonnie dejara de odiarme en ningún momento. ¿Y luego también va y me aconseja aceptar la sangre de Benedict? ¿Eso no debería ir en contra de todas sus creencias?

Quizá sí es que tiene otros objetivos. O solo ve la parte positiva —que la sangre sana y yo me mantendré saludable mientras el rey bebe de mí— sin saber que también tiene otros efectos.

O quizá... solo existe la parte positiva. ¿Y si soy demasiado desconfiada?

Gimiendo de frustración, me levanto del asiento del inodoro. Pensar en todo esto me da dolor de cabeza. Y ya es lo único que me faltaba.

Me baño, con cuidado de no dejar que el chorro de agua llegue a más arriba de mis hombros, y me envuelvo en una suave bata de felpa. Cuando por fin me miro en el espejo, por desgracia entiendo a la perfección lo que quería decir Bonnie con mi aspecto enfermizo.

Mi piel, hasta ahora luminosa, ha perdido el color y tengo unas ojeras que exasperarían a mamá. Son demasiado oscuras como para taparlas con maquillaje y solo pueden deberse hasta cierto punto a mis pesadillas habituales. Mi cuerpo está sufriendo. Y cada vez me lo muestra con más claridad.

Cuando entro en el dormitorio, Bonnie está alisando el edredón recién cambiado. Como siempre, hay una bandeja con el desayuno en la mesa de café, y a su lado...

Me da un vuelco el estómago al ver el sobre. Conozco este tipo de papel y, aunque es imposible, casi me parece ver el escudo de mi familia en el sello de cera verde oscuro. Un ramillete de flores de espino.

—Tienes correo —explica Bonnie—. Anoche no te tomaste las pastillas. —Cruza la habitación y coloca el frasco de pastillas y mis aretes de rubíes junto al sobre—. ¿Necesitas algo más antes de que me vaya?

—No —balbuceo, dividida entre el deseo de volver a hablar con ella y las ganas de abrir esta carta de inmediato. Gana lo mucho que extraño a mi familia. No me visitarán hasta dentro de unas semanas. Las normas de visita en el castillo son estrictas, por lo que solo podemos vernos una vez al mes y me hacen falta muchísimo. Quizá sus palabras al menos puedan brindarme un poco de consuelo.

—De acuerdo —dice Bonnie. Se acerca a la puerta. Justo antes de llegar allí, vuelve a hacer una pausa—. También puedes llamar a tu familia, ¿sabes? Lo siento, debería habértelo dicho antes.

Niego con la cabeza.

—No tenemos teléfono.

Levanta las cejas.

—¿Y eso por qué?

—Porque es caro.

—Ah... Lo siento.

Suelto una risa débil.

—No pasa nada. —El costo es solo una de las razones. De hecho, podríamos permitírnoslo, pero ¿para qué? ¿Para que los vampiros puedan escuchar nuestras conversaciones? Mis padres prefieren invertir el dinero con más sensatez. Todo lleva a nuestros planes para derrocar al rey. Sin embargo, Val tiene un celular secreto, solo para emergencias. Pero no es como si fuera a llamar a ese teléfono desde el castillo.

—Tienes papel de carta en el escritorio, por si quisieras contestar. —Bonnie cambia de tema—. Pero yo en tu lugar iría con cuidado. Al parecer, la señorita Hyll lee todo el correo que sale del castillo.

—¿La mano derecha en persona? —pregunto para estar segura—. Parece mucho trabajo.

—Al menos, eso dicen. —Bonnie levanta los hombros—. Nunca se sabe. Hasta luego.

—Hasta luego —le contesto a toda prisa—. ¡Y gracias!

Bonnie me dedica un leve movimiento de cabeza.

—No hagas que me arrepienta.

En cuanto se cierra la puerta, corro hacia el sillón y agarro el sobre de la mesa. Sí que es nuestro escudo de armas. Y en el otro lado, con la letra florida de mi madre, está mi nombre.

Rompo el sello con impaciencia y saco el papel de carta. Es solo una hoja escrita por una cara, y me siento decepcionada de inmediato. Tengo tanto en el corazón que quiero decirles que siento cómo se apretujan las palabras en mi interior, atrapadas en mi garganta, esperando que por fin pueda sacarlas. ¿Y a ellos les basta con unas pocas líneas?

Pero ¿qué podrían haberme escrito? Todo lo que podríamos decirnos son cosas que nadie debería averiguar nunca. Y a diferencia de mi vida, la suya continúa como siempre. Lo más probable es que no tenga mucho sentido informarme sobre una vida cotidiana que conozco por dentro y por fuera. Y, sin embargo, me hubiera encantado leer sobre el tema.

De todas formas, me sorprende que el sobre me haya llegado sin abrir. Si se supone que Eris Hyll lee cada carta que sale del castillo, ¿por qué no le importa lo que digan las que entran?

Aunque quizá ahí esté el truco. Hacerme creer que nuestras palabras son seguras y, al final, dejar que cave mi propia tumba con verdades dichas sin cuidado. En cualquier caso, mi madre no corrió ningún riesgo. Sus frases son breves, concisas y no parecen dejar espacio a la interpretación.

Queridísima Florence:

¡Te deseamos un feliz Año Nuevo!

¿Qué tal lo pasaste? ¿Te estás acostumbrando a la vida en el castillo?

Me alegré mucho cuando me enteré de que te habían elegido a ti. Te mereces de verdad ser la novia de sangre, ¡espero que lo sepas! Tienes buenas intenciones y siempre piensas en el bienestar de los demás. Eres obediente, leal y la mejor hija que cualquiera podría pedir. Nadie está mejor preparado para representar a la humanidad de este país. Harás un buen trabajo, de eso estamos seguros.

Aquí todo sigue igual, solo que a la casa le falta vida sin ti. Tu hermano ya no sabe qué hacer consigo mismo. ¡Sin duda, ya va siendo hora de que te visitemos!

Espero que no te olvides de nosotros en tu turbulenta nueva vida. Y recuerda siempre: ¡estamos muy orgullosos de que sigas este camino!

Con amor,

Tu familia

Ahora la decepción es total.

¿Eso es todo? ¿Me mandan a la boca del lobo y lo único que les preocupa es cómo va la misión?

Puede parecer una carta llena de cariño, pero reconozco un significado oculto detrás de cada frase. Un código. Un mensaje secreto. Nada tiene que ver conmigo en realidad, o al menos así lo siento. Solo se trata de nuestros objetivos.

«¿Te estás acostumbrando a la vida en el castillo?».

Traducido: ¿Ya tienes información?

«Tienes buenas intenciones y siempre piensas en el bienestar de los demás».

En otras palabras: Piensa en lo que significa esta misión para el resto de la humanidad.

«Espero que no te olvides de nosotros».

Lo que quiere decir: No pierdas de vista tus objetivos.

Me parece como si mi madre no hubiera redactado más que recordatorios subliminales sobre mi misión. Están orgullosos, sí. Siempre y cuando no fracase.

¿Estoy suponiendo demasiado? Sus palabras podrían significar algo completamente diferente. Quizá la desconfianza se ha convertido en algo tan natural para nosotros que ya no podemos escribir ni siquiera las más simples confesiones de afecto sin leer entre líneas sin darnos cuenta.

Tiene que ser eso. Mi frustración general se filtró en mi impresión de esta carta. Sé que mi familia me quiere y me apoya. No hace falta que me lo digan.

Y, sin embargo...

No puedo deshacerme del peso que ha cargado mi corazón mientras la leía. Al parecer hoy no es mi día, porque vuelvo a tener ganas de llorar. Y no importa las veces que lea las palabras, no me dan sensación de seguridad. Sigo igual de sola que antes.

CAPÍTULO SIETE

HOW VILLAINS ARE MADE

—¿Estás segura de que es una buena idea? —Bonnie me mira con el ceño fruncido. No está escondiendo en absoluto la poca fe que tiene en mi plan. Tardé media hora en convencerla de que me indicara el camino y ahora tiene que parar cada pocos metros para esperarme.

Desde un punto de vista puramente racional, la distancia hasta el ala real del castillo no es larga. Para mí, sin embargo, bien podría ser una ruta de senderismo por montañas. Recorro los pasillos como una anciana y estoy a punto de pedirle un bastón a Bonnie.

Estamos a mediados de enero. Benedict lleva un mes bebiendo de mí y yo sigo rechazando su sangre. Ya no puedo negar la verdad. Estoy en las últimas. Y aun así no me pienso rendir. Sigo adelante con una terquedad de hierro, día tras día.

—No me importa si es una buena idea —me fuerzo a decir, apoyándome en la pared de lado mientras respiro con dificultad.

La mirada de Bonnie lo dice todo, pero ella no vuelve a abrir la boca.

No se puede decir del todo que nos hayamos hecho amigas, pero al menos hemos establecido una especie de tregua. Quizá es solo que le doy pena. Sea como sea, siempre que se encuentra cumpliendo sus tareas me hace compañía unos minutos. Incluso parece haber desarrollado una especie de instinto protector. Por lo menos, pone mucha atención a si como bien, si tomo mis pastillas todas las noches y si descanso lo suficiente.

Lo último me saca de quicio. Siento que no hago nada más que descansar.

Aunque Lyra y Briana me visitan a menudo y en ocasiones me acompañan a dar un paseo por los jardines, tienen sus propias responsabilidades que atender. Y como yo de eso no tengo, simplemente voy de un encuentro gélido con el rey al siguiente. Mi misión está en pausa. No tengo ni idea de qué debo hacer a continuación, así que me limito a cumplir mi condena hasta que por fin pueda ver a mi familia a finales de esta semana.

Ellos sabrán qué hacer. Quizá sea necesario un nuevo plan, dada la situación. Al fin y al cabo, meterse en la cama de Benedict no es tan fácil como pensábamos. Y no es que yo tenga objeción alguna a tal cambio de planes...

—No le gusta que lo interrumpan sin previo aviso —me advierte Bonnie por décima vez.

—Pues... sobrevivirá —digo sin aliento.

Bonnie chasquea la lengua.

—Lo que tú digas. —Sus intentos de discutir conmigo nunca destacan por su entusiasmo. Al parecer se ha dado cuenta de que no hay forma de vencer mi terquedad. Y eso es bueno, porque con mis discusiones habituales con Benedict me basta y me sobra. No tengo energía para más. Tengo dolores de cabeza constantes, me duele todo y a menudo me agoto con solo estar sentada.

Por fin llego a la magnífica puerta de roble delante de la

cual se ha detenido Bonnie. Me apoyo contra la fría pared de piedra junto a ella y respiro hondo.

Bonnie me deja descansar un momento.

—¿Espero afuera? —pregunta al final, mirándome con atención.

—No, gracias. Sabré encontrar el camino de vuelta.

—Mmm. —Aprieta los labios un momento, como si estuviera reprimiendo algo más. No es difícil adivinar lo que tiene en la punta de la lengua—. ¿Debería anunciarte? —pregunta en su lugar.

Mis ojos se deslizan a toda prisa hacia la puerta. Es la primera vez que entro en esta parte del castillo. Cuando Benedict quiere beber, siempre viene a mí y poco después me deja sola. Mantiene una distancia casi profesional conmigo, cosa que es cierto que aprecio, pero estoy cansada de ser la bolsa de sangre que deja tirada en la esquina hasta que vuelve a tener sed. Esto de vegetar me repugna y no aguanto ni un segundo más en mi habitación sin decirle lo que pienso.

—Ya toco yo —decido—. Gracias por traerme.

—De acuerdo. —Vuelve a dudar, pero luego cambia de opinión—. Entonces nos vemos luego.

Hace una reverencia y se va por donde llegamos.

Volteo hacia la puerta que tengo frente a mí y respiro hondo. Eso me tranquiliza un poco el pulso, pero no ayuda con el dolor que se ha convertido en mi fiel compañero. Esta mañana me parecía que iba a gritar o llorar en cualquier momento. La constante pérdida de sangre está erosionando lentamente mi cuerpo desde dentro y, aunque no quiero admitirlo, me está destruyendo por completo. Sin distracciones es insoportable. Y si no me distraigo hoy, entonces...

Entonces no sé qué va a pasar. Seguro que me da un ataque de nervios.

La puerta de Benedict está decorada con elaborados relieves. Rositas, ramas y pájaros que trepan hacia arriba. Me armo de valor y golpeo la madera oscura tan fuerte como puedo.

—Adelante —se oye quedo desde dentro, y abro la puerta con dedos temblorosos. No es que tenga miedo de este encuentro. En vez del miedo, es el esfuerzo el que se encarga de que ya no pueda mantener las manos firmes.

La *suite* del rey Benedict está dividida en varias estancias. Echo un vistazo a una sala de estar con un área para sentarse frente a un ventanal que va del suelo al techo. Hay una puerta que sale al balcón, la madera oscura domina el suelo y los muebles. Las paredes, en cambio, son de color crema y están decoradas con magníficos estucos. A cada lado de la sala hay una puerta doble. La de la derecha está abierta y detrás veo estanterías que cubren toda la pared y un sillón de terciopelo rojo.

—¿Quién es? —La voz de Benedict proviene de allí. Suena distante, como si apenas le interesara quién pasa a visitarlo. A lo mejor tengo suerte y Bonnie estaba exagerando cuando me dijo que al rey no le gusta que lo interrumpan.

Me acerco vacilante hasta que me quedo parada debajo del marco curvo de la puerta y llego a ver lo que me ocultaba la esquina. Benedict está sentado ante un gran escritorio de caoba, inclinado sobre una computadora portátil. A su alrededor reina el caos total. Los papeles y documentos están apilados o parecen distribuidos al azar. Una bandeja con una tetera y una taza se encuentra peligrosamente cerca del borde de la mesa. El único trozo del escritorio lo suficientemente ordenado para poder trabajar en él es justo el que está delante de Benedict. Frunce el ceño mirando la pantalla que tiene delante mientras se da golpecitos en el labio inferior con la parte de arriba de una pluma fuente. No parece ni darse cuenta de que estoy aquí.

Dejo vagar mi mirada. Las paredes están completamente cubiertas por estanterías, pero frente a Benedict hay un ventanal que va del suelo al techo. Entre los paneles transparentes hay obras de arte en cristal tintado. Rosas. Aves. Soles. Iluminan con su luz de colores la verdadera joya de esta sala: una gran arpa de concierto dorada.

Me invade la nostalgia de inmediato. Mis dedos se mueven solos, traicioneros, intentando que me acerque a tocar las cuerdas. Desde que era niña, toco a menudo con el arpa de mi difunta abuela. Para mí, la música está ligada al hogar, son inseparables. Otra cosa que me falta aquí.

Un ruido me hace volver a girarme.

Benedict ha dejado la pluma y me mira con el ceño fruncido.

—¿Qué haces aquí, Florence?

De nuevo mi nombre en sus labios. Ha seguido tratándome de manera informal. Quizá quiera mostrarme que he perdido su respeto con mis decisiones. No le doy ninguna importancia. Mucho más inquietante, sin embargo, es el hormigueo que se extiende por la boca de mi estómago cada vez que dice mi nombre.

—Buenos días a usted también, majestad —susurro, con lo que me gano una mirada sombría.

—Estoy trabajando, Florence —es lo único que me dice. Señala hacia la puerta con la barbilla.

A la mierda el hormigueo. Ahora estoy enojada.

—Y yo me aburro —le digo mientras me acerco a su mesa.

A Benedict se le escapa un resoplido.

—¡Oh, mis disculpas! En ese caso, ¡claro que puedes interrumpir mi trabajo cuando quieras! —Frunce todavía más el ceño y señala con la cabeza, enfático, hacia el sillón—. Siéntate. Tienes cara de ir a desfallecerte en cualquier momento y para eso sí que no tengo tiempo.

Ni siquiera se me ocurre cumplir sus órdenes. Hoy es uno de esos días en los que no me importa nada. En los que tengo la lengua incluso más afilada de lo habitual, además de que de todas formas ya no tengo energías para filtrar lo que digo.

—¿Sabe que me encanta cuando me hace cumplidos? —vuelvo a susurrar.

Benedict intenta mantener la cara seria, pero no se me escapa la forma en la que se mueve la comisura de su boca, revelando por un breve momento el hoyuelo en su mejilla derecha.

—Me limito a exponer los hechos —explica—. Me alegro de ver que tu labia insolente no se ve afectada por tus problemas de salud.

—Con total seguridad se habría sentido herido si así fuera —respondo y me cruzo de brazos. Al menos esta postura me alivia un poco la espalda.

En realidad, debería sentarme. Quedarme de pie me cuesta demasiada energía. Pero entonces tendría que ceder ante Benedict y no es a eso a lo que vine. Se reclina en su silla con un suspiro y me observa.

—¿Qué pasa? ¿Por qué te arrastras por todo el castillo?

Levanto la barbilla, vuelvo a bajar los brazos y echo un poco los hombros hacia atrás. Con lo débil que estoy, el movimiento no hace que me sienta ni un poco más segura de mí misma. Y seguro que tampoco lo parece. Da igual. Le saco todo el provecho que puedo.

—Me gustaría que me diera alguna función mientras estoy aquí —le comunico.

Benedict frunce el ceño.

—Eres la novia de sangre.

—Eso no es una función. A lo mucho, es un título. Ser la novia de sangre solo supone quedarme sentada a la espera de que le dé sed. No quiero malgastar mi tiempo así.

—¿Es nuestra tradición centenaria nada más que una

pérdida de tiempo para ti? —Vuelve a sonar divertido—. ¿No es tarea suficiente para ti representar a la humanidad de este país en el castillo?

—No represento a nadie. Soy poco más que un emblema con patas. Si usted piensa que podría sentirse realizado así, se lo cambiaría con mucho gusto.

Benedict sonríe, pero su expresión ya no me parece entretenida, sino más bien socarrona y amarga.

—Me estaba preguntando cuándo llegaría este momento.

—¿Este momento? —replico en un tono un poco irritado de más.

—El momento en que mostraras esta otra parte de ti misma.

—¿Cómo dice?

—Samaritana o no, quieres lo mismo que querían todas las demás. Influencia. Poder.

Me quedo paralizada.

—¡No se trata de eso para nada!

—Desde luego que no. —Su voz está llena de sarcasmo. Sacudiendo la cabeza, se voltea hacia la computadora.

—¡No quiero poder, solo quiero tener algo que hacer! ¡Un trabajo! Quizá deshollinar chimeneas. No soy exigente.

—Pero yo sí. Y un requisito indispensable para mis deshollinadores es que no corran el riesgo de caerse y asfixiarse en un montón de cenizas.

Tomo aire, indignada.

—¿Cómo dice?

—Apenas puedes mantenerte en pie. No puede ser que creyeras de verdad que iba a darte un trabajo en este estado. Mientras no estés en buena forma, no hace falta ni que tratemos el tema. Y ahora siéntate de una vez.

—¡Pero me muero del aburrimiento! —me quejo.

—Dudo mucho que eso sea de lo que te estás muriendo, Florence.

Señala con impaciencia el sillón rojo y esta vez obedezco. De todas formas, no habría podido permanecer de pie mucho más tiempo. Me dejo caer descontenta en el suave cojín y me reclino. Me late el corazón con violencia, obviamente desbordado por la tarea de suministrar sangre como debe a todo mi cuerpo. Es muy posible que sea porque no queda suficiente.

—Por favor —consigo decir, agotada, y miro a Benedict a los ojos—. No puedo soportarlo más. Me aburro a morir. Me siento inútil.

Tuerce el gesto, disgustado.

—Debería aprovecharme de esto para obligarte a entrar en razón de una vez por todas —afirma.

Necesito respirar hondo varias veces antes de poder contestar.

—Podría haberme obligado con la misma facilidad sin ofrecerme nada a cambio. Pero no es lo que quiere. ¿O es que ha cambiado de opinión de repente?

Benedict aprieta los labios y me observa pensativo.

—No, no he cambiado de opinión —confirma—. Pero cada vez que te veo así, me lo vuelvo a plantear.

Por desgracia, sé a qué se refiere. Ahora mismo, el color de mi piel se parece al de un fantasma. Con las ojeras, tengo la cara de un mapache. Un mapache demacrado y hambriento. Bajé de peso sin querer y estoy esquelética. Comer es difícil cuando se te rebela el estómago.

Sé que Benedict quiere seguir discutiendo conmigo. Aprieta la mandíbula durante unos segundos, como si intentara masticar las palabras que tiene en la punta de la lengua. Al final parece tragárselas, porque niega con la cabeza con resignación.

—Pensaré en cómo puedes ayudar en tu estado —accede.

Lo miro parpadeando, confundida. Había esperado muchas cosas, pero no que fuera a aceptar de verdad.

—¿En serio? —pregunto.

—No hagas que cambie de opinión tan pronto.

Cierro la boca de inmediato y me limito a asentir.

—¡Gracias! Es... Significa mucho para mí.

Suena a cliché, pero por desgracia es cierto. Esta pequeña promesa me da fuerzas renovadas. Quiero levantarme, pero Benedict me fulmina con la mirada.

—¡Por el amor de Dios, quédate sentada y descansa! —Se levanta y toma la tetera de la bandeja. Antes de que yo pueda comprender del todo lo que pretende hacer, sirve una taza, rodea el escritorio y me la pone en la mano.

—Pensaba que le estaba impidiendo trabajar —replico, pero tomo la taza de todas formas. La porcelana caliente es un alivio para mi cuerpo tembloroso. Ahora ya solo me pongo pantalones abrigados y suéteres de lana gruesos y demasiado grandes para no tener que helarme todo el tiempo.

Benedict hace un gesto grandilocuente señalando las estanterías que cubren todas las paredes de la habitación.

—Puedes leer mientras yo hago lo que puedo por encargarme de la correspondencia. Cuando termine, te acompañaré de regreso a tu habitación.

Abro la boca para discutir, pero su mirada de advertencia hace que me quede callada. No acepta discusión. Genial.

—¿Puedo al menos elegir el libro por mí misma? —pregunto.

El rey me mira un momento que se me hace largo, como si tuviera que pensarlo seriamente.

—En cuanto te hayas tomado el té —decide, y vuelve a sentarse en su escritorio. Se concentra de nuevo en la pantalla y yo pongo los ojos en blanco a escondidas. Por cómo se comporta, cualquiera creería que se preocupa de corazón por mi salud.

Le doy un sorbo a la taza de té y echo una mirada por el pequeño estudio. Por supuesto, se me van los ojos al arpa. Debe de ser vieja y de un valor incalculable. Está recubierta de ornamentos dorados. Rosas y hojas, y en algunas de las ramas se pueden ver pajarillos. El mismo motivo que en las vidrieras de las ventanas y en la puerta.

Siempre he pensado que el arpa que tenemos en casa es hermosa. Ha pasado de generación en generación en mi familia por vía materna, siempre con las clases correspondientes. A mí me enseñó mamá y a ella, mi abuela. Y desde su muerte, el instrumento ha adquirido todavía más significado. Representa todo lo que hemos perdido y la venganza que tomaremos. Pero no importa lo especial que pueda ser el arpa para una familia humana como la nuestra...

No se puede comparar con la que tengo delante.

—¿Usted toca? —pregunto, mirando al rey Benedict.

—¿Eh? —Tiene el ceño profundamente fruncido y levanta la cabeza de mala gana.

—Me refiero al arpa.

Hace una pausa. Su mirada reposa en las cuerdas un momento, pero luego aprieta los labios y su atención vuelve al portátil.

—No —dice simplemente.

Pero en la palabra parece resonar más de lo que quiere decir. Un matiz apenas perceptible que cambia toda la melodía.

Paso toda la tarde con Benedict. Permanecemos en silencio y, aparte del sonido ocasional del teclado de la computadora y el tintineo de mi taza, no se oye nada en el estudio. De vez en cuando Benedict murmura una palabrota o rebusca exasperado entre el caos de documentos que hay en su escritorio, y cada vez que me atrevo a mirarlo lo encuentro con el ceño fruncido y un fuerte tirón en las comisuras de la boca. Su correspondencia parece ser toda una tortura.

Me gustaría preguntarle qué le pasa, pero no quiero molestarle. Después de todo, podría echarme y no quiero correr ese riesgo. Aunque la presencia de Benedict siempre me produce una sensación de inquietud en la boca del estómago, me siento más cómoda con él que en mi habitación. Supongo que es la ilusión de compañía que evita que aquí me sienta tan sola como es habitual, y me aferro a ese sentimiento casi con desesperación.

A pesar del dolor de cabeza, leo las primeras ciento cincuenta páginas de una novela policíaca. Al parecer, el asesino está matando vampiros inocentes, y encuentro tranquilizador lo que en realidad se supone que causa miedo y terror en quienes lo leen. Estos monstruos sí que son mortales. Lo sé y, sin embargo, a veces me resulta difícil confiar en ello. Mi mayor temor es clavarle una daga de plata en el corazón a Benedict dentro de cinco meses solo para ver cómo se saca la hoja del pecho con una sonrisa sombría.

Cada par de capítulos tengo que dejar el libro porque la cabeza me duele demasiado. Normalmente cierro los ojos y me quedo dormida unos minutos y luego vuelvo a encontrarme bien.

Al parecer me he quedado dormida de nuevo. El sonido de la silla de Benedict rozando el suelo me sobresalta. Parpadeo y percibo vagamente que el rey viene hacia mí y se agacha. Recoge algo del suelo. Mi libro. Se me debe de haber escurrido de la mano.

—¿Logró derrotar a toda la correspondencia? —murmuro mientras me restriego los ojos. La luz de la habitación ha cambiado. Está oscuro afuera, lo veo por la ventana, pero la luz natural ha sido sustituida por el brillo de la lámpara de araña del techo. Supongo que me eché algo más largo que una siesta.

—Sí. —Deja el libro en la mesilla que hay a mi lado—. Pero aquí no hay nada tan derrotado como tú.

—Ja, ja... —Hago el esfuerzo de sentarme en una posición más erguida y me arreglo el pelo, nerviosa. Esta vez dormir no me ha ayudado. Noto el dolor pulsante en la cabeza todavía más que antes y estoy agotada—. ¿Cuánto tiempo me dormí?

—Entre una hora y hora y media, diría yo.

Hago una mueca.

—¿Y por qué no me despertó?

Suspirando, Benedict me ofrece una mano y se limita a ignorar la pregunta.

—Ven. Ya casi es hora de cenar.

Me abstengo de decirle que puedo volver sola a mi habitación. En vez de eso, dejo que me ayude a levantarme.

Tiene las yemas de los dedos ásperas y no entiendo por qué me resulta tan agradable. Quizá sea la calidez que irradian. O que anhelo el contacto en general. Los abrazos. La proximidad.

Tomo la mano de Benedict durante demasiado tiempo y la sensación de hormigueo que recorre mi cuerpo sigue presente todo el camino hasta mi puerta. Es terrible el efecto que tiene su cuerpo en mí. Es terrible lo atractivo que me parece a pesar de todo y lo bien que huele. Es terrible lo mucho que a veces quiero estar cerca de él.

Me doy cuenta de que esa es exactamente la solución. Acercarme a él. Seducirlo. Pero dudo que me acepte, y si lo hiciera... No quiero saber en qué me convertiría eso. La simple idea de acostarme con él me parece una traición. Solo que no estoy segura de a quién traicionaría. ¿A mí misma? ¿A mis ideales? ¿A Benedict?

Estoy segura de que mi familia tiene que tener un plan mejor. Uno más seguro que no dependa de que el rey se interese por mí y de que yo venda mi cuerpo por nuestra causa.

El rey Benedict me acompaña hasta la puerta. Resulta inusual caminar por el castillo con él, porque hace que el rey parezca muy normal. Por supuesto, no esperaba que lo llevaran en un palanquín, pero me parece muy extraño verlo recorrer los pasillos medio oscuros a mi paso de caracol.

—Bueno, aquí estamos —murmuro algo incómoda cuando llegamos a mi habitación. ¿Debería invitarlo a entrar? ¿Una taza de té o un sorbo de sangre? La idea es tan ridícula que casi me río. Benedict se limita a asentir, impasible.

—Descansa.

—¿De qué? —se me escapa—. No he hecho otra cosa que dormir y beber té.

—Y eso deberías seguir haciendo.

Hago un puchero, lo que le provoca un suspiro, como suele pasar. Pero su boca esboza una sonrisa casi sin que se note.

—Pensaré en una tarea para ti —me promete, y yo suspiro aliviada. Me da esperanzas.

La verdad es que haría cualquier cosa por dejar de languidecer en esta habitación.

—Gracias, majestad.

Hago una reverencia.

Benedict sigue observándome un momento. Entonces niega con la cabeza casi sin que se note.

—Buenas noches, Florence.

Me deja sola y emprende el camino de vuelta. A veces siento que sé lo que le pasa a Benedict. Pero en otras ocasiones, como ahora, ni siquiera soy capaz de imaginar lo que estará pensando. Intento no darle demasiadas vueltas a la cabeza con el tema. En vez de eso, me meto en mi cuarto.

Inmediatamente noto el frío que se ha extendido por la habitación durante las últimas horas. Está oscuro como la boca del lobo y no hay fuego en la chimenea.

Es extraño. Normalmente, Bonnie se asegura de que la habitación se mantenga caliente durante el día, incluso cuando salgo con Lyra y Briana. ¿Pensó que me quedaría más tiempo con Benedict? ¿Y cómo podría ser eso? Estaba del todo convencida de que el rey me iba a correr de su estudio.

Busco a tientas el interruptor de la luz y doy un paso hacia delante, pero justo cuando lo encuentro, tropiezo con algo. La luz se enciende y aterrizo de golpe en el suelo junto a un bulto. ¿Es...? Miro fijamente el cuerpo sin vida y se me escapa un sonido que es mitad dolor, mitad sorpresa.

—¿Bonnie? —pregunto, me tiembla la voz y se me eriza la piel en los brazos y en el cuello.

Bonnie yace de lado, los rizos castaños le cubren el rostro y no se mueve.

Tengo la sensación de que no debería moverme. El momento está congelado y, mientras no me mueva, mientras no rompa el hechizo, la realidad no podrá alcanzarme. O al menos eso me gustaría pensar. Me acaba alcanzando de todas formas. Me brotan lágrimas de los ojos y empiezo a temblar.

—¡Bonnie! —digo más fuerte, pero suena entrecortado.

El miedo me hace un nudo en la garganta, pero de alguna manera logro liberarme de mi parálisis. Pero ya no sirve de nada. En cuanto le toco el hombro para ponerla boca arriba, sé que es demasiado tarde. Está helada. Sus ojos miran al vacío, sus labios están azules y tiene dos heridas de color rojo oscuro en el cuello.

Se me escapa un sollozo impotente. Mis manos acarician los brazos de Bonnie, su cabello, su mejilla fría, pero siento el contacto como si no fueran mis propias manos. Como si solo estuviera presente para ver a alguien malgastar caricias en una muerta. Sé perfectamente que Bonnie ya no lo siente. Que no volverá a despertar. Y saberlo casi me destroza de lo mucho que me duele.

Ya no está.

Uno de esos monstruos la ha asesinado.

Una mano se posa sobre mi hombro y grito de la impresión. Quiero retroceder, pero unos dedos cálidos me agarran el brazo con suavidad.

—Soy yo —suena la voz de Benedict. Se agacha a mi lado y me obliga a mirarlo. Hay una expresión de ira incontenible en su rostro, pero sus manos siguen siendo suaves y el aroma a bosque y a chimenea me rodea. Lo respiro hondo, esperando que calme mi corazón acelerado, y Benedict se vuelve hacia el cuerpo sin vida de Bonnie.

—¿Quién fue? —pregunto. Ya ni siquiera reconozco mi propia voz. Suena estridente, como una mezcla entre un gemido y un rugido de furia.

Benedict no responde de inmediato, y ni su mano en mi brazo ni su olor familiar consiguen evitar que se me desborden las emociones.

—¡Quiero saber quién fue! —le grito, con lágrimas goteándome por la barbilla.

Benedict me suelta el brazo.

—Lo voy a averiguar. —Intenta decirlo con calma, pero se nota que se está esforzando por controlarse. Casi podría creer que de verdad le importa la muerte de Bonnie.

»Ven —me dice en voz baja, ofreciéndome una mano—. Siéntate en el sillón.

De mala gana dejo que me ayude a levantarme. Noto las piernas inestables, incluso más de lo habitual. Parece que se me ha olvidado cómo caminar, porque por mucho que me esfuerce no consigo recordar cómo se hace. El rostro sin vida de Bonnie permanece grabado en mi mente, incluso cuando

Benedict me lleva a la sala de estar y le da la vuelta a un sillón para que el cadáver quede a mi espalda. Me siento y él me coloca una manta sobre los hombros. Luego va a toda prisa hacia la puerta del baño. Recorre la sala con una mirada inquisitiva y lo que me parece extraño en un primer momento me causa un escalofrío por la espalda al siguiente.

Está comprobando si hay alguien escondido. El asesino de Bonnie, que ha estado en esta habitación en algún momento del día y puede que todavía siga aquí. Quizá me estuviera buscando a mí...

Aunque no he comido nada desde hoy a mediodía, de repente me entran ganas de vomitar. Me levanto y me quito la manta. Paso corriendo junto a Benedict, lo empujo a un lado y consigo llegar a la taza del inodoro justo antes de empezar a devolver.

Sus pasos amortiguados se ven ahogados por mis arcadas. Oigo cómo murmura una palabrota y entonces las manos cálidas de Benedict me quitan el pelo de la cara y me lo sujetan en la nuca. Se arrodilla a mi lado, me frota la espalda y no sé cómo me siento al respecto.

Quiero gritarle. Quiero buscar su contacto. Quiero que se vaya y quiero todavía más que se quede, porque sin él creo que me rompería en mil pedazos. Todo esto me supera. El agotamiento, el dolor, la soledad. Y ahora el cuerpo de Bonnie en mi habitación. La mujer que quizá fuera la única que pudiera entenderme. Que estaba de verdad de mi lado, aunque ella no lo supiera.

Le dije que algún día lo entendería.

Por lo visto, era mentira.

—Estás a salvo aquí, Florence —me susurra Benedict—. No tienes por qué tener miedo. Te voy a proteger, eso te lo prometo.

Como si me importara. Dios, solo quiero irme a casa.

Me apoyo en la tapa del inodoro con ambos antebrazos y dejo caer la cabeza. Estoy húmeda de sudor, pero al mismo tiempo siento que me congelo.

—¿Mejor? —me pregunta Benedict en voz baja mientras me acaricia la espalda. El contacto es cálido y extrañamente íntimo. Hace que se me acelere el ritmo cardíaco y que se me ponga de gallina la piel de los brazos. Y, de repente, su cercanía me abruma.

—Sí —consigo decir sin aliento, y me alejo de él—. Necesito un momento. Por favor.

No lo miro. Aun así, noto su vacilación.

—Estaré en la puerta —me dice al final, y sale de la habitación.

Respiro hondo y trato de ordenar mis pensamientos. No lo consigo. La realidad echa raíces en mi cabeza, pero es como si se me escapara. Siento como si estuviera atrapada en una pesadilla. Solo que no puedo escapar de ella como en circunstancias normales. La pesadilla es mi vida.

Después de lo que me parece una eternidad, por fin me levanto del suelo y bajo la palanca del baño. Tengo las rodillas rígidas y adoloridas, me tiembla todo el cuerpo y todavía siento náuseas. Sin embargo, me enjuago la boca en el lavabo, me cepillo los dientes y me lavo la cara con un poco de agua fría para al menos quitarme el sudor.

Cuando vuelvo a entrar en el dormitorio, la habitación está llena de vampiros. Benedict ha llamado a los guardias. Dos de ellos han puesto el cuerpo de Bonnie en una camilla y la están cubriendo en este momento.

—Quiero saber quiénes son los responsables de esto. —La voz enojada de Benedict resuena por toda la habitación—. Cueste lo que cueste—. Está a unos metros de distancia junto a Eris Hyll. La mano derecha del rey tiene el ceño fruncido y parece estar tan enfadada por la situación como él.

—Haré todo lo posible.

—¡No quiero todo lo posible, Eris, quiero a los responsables!

—Y yo también, Benedict —replica ella, sombría—. Pero es posible que no los encontremos. Al menos, no si son los mismos de la última vez.

Benedict aprieta los dientes y mira fijamente el cuerpo de Bonnie durante un momento que se alarga. Entonces niega con la cabeza con fuerza.

—No puede volver a pasar algo así. De ninguna manera. Cierra el castillo a cal y canto. Que no salga nadie, que no entre nadie. Hay que proteger al servicio; que nadie trabaje a solas. Quiero registros de vigilancia con detalles precisos sobre hora, lugar y personas. Vamos a reubicar a Florence en mi ala del castillo. Quiero al menos cuatro guardias en el pasillo en todo momento. No se puede quedar nunca a solas con un guardia, ¿queda claro?

—Como el agua —contesta Eris—. Pondré todo en marcha de inmediato.

—Bien. —Solo entonces se da cuenta Benedict de que estoy allí. Se me acerca con pasos firmes—. ¿Te encuentras mejor? —me pregunta. Su voz sigue teniendo ese tono autoritario. Normalmente le respondería con un comentario sarcástico, pero en este momento su tono me tranquiliza. Al menos uno de nosotros mantiene el control.

—Mmm —es lo único que consigo decir.

Sus rasgos se suavizan. ¿O me lo estoy imaginando?

—Te vas a mudar. ¿Quieres hacer las maletas tú misma o que se encargue alguien por ti? Solo necesitas las cosas para esta noche, ya nos encargaremos nosotros de lo demás mañana.

—Puedo... hacerlo yo —digo con voz ronca. No cuestiono sus órdenes. Me parece lo más conveniente. Como si pudiera volver a dormir tranquila en esta habitación.

Por el rabillo del ojo, veo a los guardias levantar la camilla en la que llevan a Bonnie y comenzar a sacarla de la habitación.

—¡No! —grito mientras corro hacia ellos, pero los guardias me ignoran.

—¡Esperen! —exige Benedict más fuerte. Me sigue. De inmediato, los guardias se detienen y vuelven a dejar la camilla en el suelo—. Vamos a darte un momento para despedirte —me explica, y yo asiento agradecida.

Benedict me observa una vez más y luego sale de la habitación. Los demás lo siguen. Eris Hyll va al final de la fila. La mujer me lanza una mirada ilegible y me ofrece sus condolencias en voz baja antes de cerrar la puerta a su espalda.

El silencio se hace con la estancia. Miro el contorno del cuerpo de Bonnie y respiro hondo.

Está muerta de verdad.

La asesinaron... en mi habitación. Puede que incluso en mi lugar...

¿Fue culpa mía? ¿Murió por mí?

Esa idea hace que los ojos se me vuelvan a llenar de lágrimas. Sacudo la cabeza a toda prisa y me arrodillo junto a Bonnie. No es culpa mía, es culpa de esos monstruos. Y no importa lo preocupados que parezcan ahora, lo mucho que se esfuercen por mi seguridad, la compasión con la que expresen sus condolencias...

Todos y cada uno de ellos podrían ser el asesino.

Todos menos Benedict. Porque él estuvo conmigo todo el tiempo.

Nunca pensé que llegaría un día en que él fuera la única persona en la que podría confiar en este castillo. Aunque solo sea en este caso.

Pero no puedo dejarme engañar. Benedict está de su parte, no de la mía. A pesar de mi cansancio, una nueva determinación emerge dentro de mí. Comienza como un ardor apenas perceptible en la boca del estómago y se convierte en un verdadero incendio forestal en cuestión de segundos.

Tengo que recuperarme. Mantenerme fuerte. Aquí no puedo volverme débil y transigente. No importa lo simpáticas que sean Lyra y Briana. No importa lo dulce que a veces parezca Benedict y lo atractivo que sea. Si quiero enfrentarme a estos monstruos, tengo que ser diez veces más despiadada que ellos. No una florecilla indefensa, sino la espina bajo su piel.

Con dedos temblorosos, aparto la sábana de la cara de Bonnie. Ahora tiene los ojos cerrados. Al menos han tenido ese detalle respetuoso.

Trago saliva y cierro los puños. Se merecía mucho más. Todos nos merecemos mucho más.

—No voy a olvidarme de ti —susurro, con la voz sorprendentemente firme. Mi misión aquí acaba de ganar todavía más importancia. Liberaré a la humanidad de las garras de estas bestias. Tomaré represalias por lo que le quitaron a mi familia. Y vengaré a Bonnie.

Cueste lo que cueste.

CAPÍTULO OCHO

DESTROY DESTROY DESTROY

Miro cómo los guardias se llevan el cuerpo de Bonnie. Siento la cabeza a punto de estallar y, aun así, no consigo pensar con claridad. Un agobiante ruido blanco se superpone a mi consciencia.

Nerviosa, tiro mis cosas para pasar la noche en una bolsa y dejo que un escolta real me lleve a mi nueva habitación. Está justo enfrente de la *suite* de Benedict y deja en evidencia las diferencias con mi anterior alojamiento. La madera oscura, el terciopelo rojo sangre y el oro dominan la gran sala. No sé qué opinión tengo sobre todo esto. Tal vez los colores oscuros tendrían un efecto calmante si no notara tanta presión en el pecho. A pesar de la inmensidad de la habitación, me siento atrapada, como enterrada. Todo me parece pesado y desolador.

No toco la cena que me traen un poco más tarde. Las náuseas persisten y, cuando Lyra y Briana llaman a la puerta para saber cómo estoy, no las dejo entrar.

No puedo hablar con ellas en este momento. ¿Entenderían siquiera cómo me siento? ¿O se reirían de mí por llorar a una simple humana? Creo que fue un error confiar en ellas. Dejé que me engañaran, me sentí segura con estos monstruos, aunque bien podrían haber sido ellas las que asesinaron a Bonnie. ¿Cuántas veces tengo que ver pruebas de lo que son hasta que mi subconsciente también lo entienda? ¿Cuánto sufrimiento tengo que presenciar, cuánta sangre tiene que correr, hasta que por fin deje de permitir que me cieguen?

Mi familia se avergonzaría si supieran lo que pienso. Y yo también.

Me doy un largo baño caliente mientras miro por la ventana. La noche es de un negro profundo, el cielo está nublado. Las sales de baño de lavanda no consiguen calmarme y mis pensamientos dan vueltas en bucle. Extraño mi hogar más que nunca. La seguridad de lo familiar, un abrazo cariñoso, palabras de consuelo.

¿Podrán venir a visitarme mis padres y Val al final de la semana? La voz de Benedict resuena en mi cabeza. «Cierra el castillo a cal y canto». No me prohibirá verlos, ¿verdad? No puede hacer eso. Creo que algo así terminaría conmigo definitivamente.

Mañana se lo preguntaré. Cuando se haya disipado un poco la conmoción y haya recuperado el juicio.

Salgo con esfuerzo de la tina, me preparo para irme a la cama y, al final, busco las pastillas en el caos que es mi mochila. Verlas me hace un daño que no me esperaba. Normalmente era Bonnie quien me las dejaba preparadas cada noche, para saber si se me olvidaba tomármelas. Y los pensamientos sobre ella vuelven a tomar el control de mi mente.

Los reprimo con dificultad y me concentro en las medicinas. Ya me he tomado una de las pastillas anticonceptivas en mi antigua habitación. Están escondidas en el dobladillo de un vestido hecho de tela pesada que no podría haberme traído conmigo en una bolsa para pasar una noche. Tendré que asegurarme de que me lo traigan mañana a más tardar.

Lleno un vaso con agua, me siento en la cama y me pongo dos pastillas de hierro en la palma de la mano. Pero antes de metérmelas en la boca vuelvo a quedarme quieta. Una sensación de inquietud se me instala en la boca del estómago.

Algo no va bien. ¿O solo me lo parece?

Examino las pastillas más de cerca y las sostengo bajo la luz de mi lámpara de noche. Parecen las mismas de siempre. Un gris oscuro azulado con un ligero estampado que recuerda al mármol. Y, sin embargo...

Debería tomármelas y ya. No es más que mi cerebro jugándome una mala pasada. Poco a poco, mi desconfianza se ha ido volviendo malsana.

Sin embargo, me pongo unas cuantas pastillas más en la palma de la mano. Son todas idénticas, las veo como siempre, huelen como siempre. Y lo más seguro es que solo me parezcan extrañas porque en este momento estoy un poco desquiciada. ¿No...?

No dejo de darle vueltas al tema. Había alguien en mi habitación. Pero no vino a matar a Bonnie, ¿no? Si ella hubiera sido el objetivo, ¿por qué matarla en mi habitación y no en algún sitio más discreto? De golpe estoy segura de que se trata de mí. Y quizá el asesino no quería esperar a mi vuelta en absoluto, sino solo hacer algo en mi habitación sin que lo vieran. Por ejemplo, cambiarme las pastillas por otras.

Un escalofrío me recorre la espalda. Me levanto de nuevo sin perder más tiempo, aprieto las pastillas en un puño y salgo descalza de la habitación. El pasillo está bien iluminado y el suelo de piedra se nota frío bajo mis pies. Hay guardias a ambos lados en las esquinas más cercanas, observándome mientras voy de puntillas hacia la puerta de Benedict. Vacilo, pero nadie me detiene. Llamo y de inmediato el corazón empieza a latirme el doble de rápido en el pecho.

Lo más seguro es que sea solo mi imaginación. Le voy a hacer perder el tiempo.

Pero... una suposición así no se me habría ocurrido de la nada. Las pastillas tienen algo diferente. Estoy casi segura. A no ser que...

Mierda, ya no sé qué debería pensar. Si por lo menos desapareciera este horrible dolor de cabeza...

Esta vez Benedict no solamente me invita a pasar, sino que me abre la puerta personalmente y yo me quedo paralizada. No lleva nada más que un par de pantalones negros de algodón que le quedan holgados en la cadera. Su torso desnudo me distrae por un momento del propósito por el que estoy aquí. Sin camisa, su pecho parece incluso más ancho. Sus músculos están bien definidos, sus brazos fuertes. Debe de entrenar con regularidad, sin lugar a dudas. Y me encantaría verlo entrenar algún día.

Mierda, no debería ser así de atractivo. Sin embargo, mi mirada se detiene inevitablemente en el vello oscuro que destaca contra su piel clara por debajo de su ombligo y desaparece en la cintura del pantalón. El recuerdo de su mordisco me sobresalta. La forma en que me empuja suavemente contra la pared, capturando mi cuerpo con el suyo, bajando sus labios hasta mi piel...

Trago saliva y levanto la mirada a toda prisa hacia su rostro. Me mira con las cejas levantadas y noto el calor subir como un rayo a mis mejillas.

—¿Qué pasa? —dice con un paso hacia un lado para dejarme entrar.

No le respondo de inmediato, sino que entro en la habitación pasando por su lado e intento borrarme de la cabeza la imagen de los dos.

—¿Florence? —pregunta con suavidad—. ¿Ha ocurrido algo?

Dios, ¡su voz de terciopelo negro no ayuda! ¿Por qué he venido en realidad? ¿Es prudente ponerlo al corriente a él en concreto? No puedo fiarme de él, no debería olvidarlo.

Pero ¿a quién se lo podría contar si no? ¿A Lyra? No es una mejor opción. ¿Qué puede hacer ella? Y mi familia podría ayudarme incluso menos. Y yo sola...

No me gusta tener que admitirlo, pero sola estoy indefensa. Tengo que contárselo a Benedict. Da igual el poco sentido que pueda tener desde el punto de vista estratégico.

Reacia, respiro y extiendo la mano abierta con las pastillas hacia él. El rey se limita a mirarme perplejo.

—¿Podrías explicarme qué es lo que pasa? —exige.

Necesito un instante para poder formar las palabras.

—Creo que no son las mías —consigo decir.

Benedict frunce el ceño. Solo ahora me doy cuenta de que tiene los rizos húmedos. Y su olor a pino y abeto no me envuelve como siempre, sino que flota en el aire, apenas perceptible. Lo más probable es que se estuviera bañando hace un momento. Intento detener la imagen que me viene a la cabeza sin éxito.

—¿Cómo? —me pregunta volviendo a mirarme a la cara.

—¿Mmm? —digo, confusa.

Su mirada atrapa la mía. El verde de sus ojos ahora me resulta familiar y desearía que me consolara. Que me abrazara. Que me envolviera con sus brazos, al menos durante un momento. Carajo, ¿qué me pasa?

—¿Cómo que no son las tuyas? —insiste impaciente.

Las pastillas. Ah, sí.

—No lo sé, es que...

La expresión de Benedict me hace reflexionar.

Parece tan escéptico que sé en ese momento que no me va a creer. Seguro que lo achaca a la «histeria femenina» y me manda de vuelta a mi habitación.

—Me parecen más finas —le explico de todas formas.

Benedict hace una mueca. Por un momento parece dividido. Y tal vez el problema no sea que no me crea, sino que no quiere creerme.

De repente relaja la postura. Con dos largos pasos se acerca a un tocador y vuelve hacia mí con un pañuelo. Toma mi mano con cuidado y recoge las pastillas con la tela.

—Lávate las manos —me ordena, señalando la puerta a mi izquierda—. Quién sabe qué tienen.

El nudo en mi garganta está empezando a amenazar con dejarme sin aliento. Asiento y hago lo que me dice. Cruzo su dormitorio, donde vislumbro una gran cama con sábanas oscuras, y termino lavándome las manos dos veces en su lujoso baño. Más vale prevenir que lamentar.

Cuando vuelvo, Benedict está entrando en la *suite* desde el pasillo y cierra la puerta a su espalda con una expresión sombría.

—Le van a llevar las pastillas a Hêlîn —me explica.

—¿La doctora Demenan?

—Exacto. Espero que mañana sepamos algo más.

—Puede que solo me lo haya imaginado —murmuro, rodeándome con los brazos. Ahora tengo los pies helados y me estoy congelando porque se nota que hace mucho más frío en la habitación de Benedict que en la mía. Es un misterio cómo puede andar por ahí con el pecho al descubierto. Pero cuando me pone la mano en el brazo y me lleva con suavidad hacia el sillón, la pregunta se vuelve innecesaria. Su cuerpo está mucho más caliente que el de un humano. Lo más probable es que por eso no se enfríe tan rápido.

—Podría ser —admite el rey y me hace un gesto para que me siente. Agotada, me hundo en los cojines—. Pero si de verdad alguien ha cambiado tus pastillas, eso explicaría lo que el asesino de Bonnie buscaba en tu habitación.

—Su expresión es tan sombría que de golpe tengo todavía más frío.

—¿A mí? —pregunto con poco entusiasmo.

Benedict asiente.

—Con las pastillas podrían haberte envenenado a ti o, en secreto, puede que incluso a mí. Y dada tu condición, lo más probable es que ni siquiera nos hubiéramos dado cuenta de que pasaba nada. Simplemente habríamos asumido que tu muerte había sido culpa mía, y yo habría sido el único en lidiar con las consecuencias.

Hay tanta amargura en las palabras de Benedict que casi siento lástima por él. Como si de verdad se hubiera culpado a sí mismo de que pasara algo así. Como si no pudiera dejar de beber de mí en cualquier momento en lugar de quedarse mirando cómo me voy debilitando a cada mordisco.

—Si de verdad están envenenadas... —susurro, mi voz entrecortada—. Y Bonnie no hubiera sorprendido al responsable... —Ay, Dios. Bonnie me ha salvado la vida—. Entonces no habría sospechado nada y me habría tomado las pastillas así nada más.

Benedict cierra los puños.

Veo un fuerte tirón en las comisuras de su boca y asiente casi sin que se note.

—Lo siento —consigue decir.

Lo miro sin entender.

—¿Cómo?

—Te prometí que estarías segura. Es evidente que no sabía lo que esto implicaba.

No sé qué debería contestar a eso. Tengo delante al hombre que se bebe mi sangre hablándome de seguridad. ¿Qué quiere decir esa palabra para él? ¿Que nadie más que él puede agredirme?

—No debe preocuparse por mí —le aseguro, incapaz de evitar que subyazca en mi voz un atisbo de hostilidad.

—Pero lo hago —replica irritado—. ¡Tú misma me das motivos suficientes! Si ahora también la... —Se interrumpe y respira hondo una vez—. Si ahora alguien más se ha fijado en ti... —Vuelve a no terminar la frase. Suspira y aprieta los labios—. Florence...

Benedict se arrodilla frente a mí y me toma la mano. La encierra en la suya y estoy tan sorprendida que me quedo helada. El rey busca mi mirada.

—Te imploro de corazón que aceptes mi sangre. Al menos una gota. Por favor.

¿Estoy soñando o de verdad tengo al rey de Inglaterra arrodillado a mis pies?

—¿Por qué me permite elegir? —susurro.

Benedict frunce el ceño.

—Porque no es decisión mía, sino tuya. Esto es lo único que puedo hacer para convencerte. Y créeme, con toda seguridad es la última vez que me voy a arrodillar ante ti.

—¿Debería sentirme honrada?

Benedict me aprieta la mano con más fuerza.

—No, deberías dejar de una maldita vez de morirte ante mis ojos.

¿Eso es lo que estoy haciendo?

¿Me estoy muriendo por negarme a beber de su sangre?

No quiero creerlo. Pero si soy sincera, así es exactamente como me siento. No lo soporto más. El dolor, el cansancio. Este sentimiento de perderme a mí misma día tras día. Quiero que pare. Y si eso significa beber de la sangre de Benedict, quizá haya llegado el momento de correr el riesgo.

—¿Puedo fiarme de usted? —consigo decir.

—¿Y por qué no deberías? —pregunta, su irritación es evidente—. No tengo motivos para engañarte, Florence.

Al menos, es probable que eso sí sea cierto. Todo el país se somete a su voluntad. No depende de artimañas. No como yo.

—Sé que su sangre no me convertirá en vampiro de golpe. Pero tampoco puede... transformarme por error, ¿no? —No puedo preguntarle si le dará poder sobre mí de alguna manera. Si ese fuera el caso, me mentiría de todas formas.

Benedict niega con la cabeza.

—No funciona así. Para eso tendrías que desangrarte del todo. Y mi sangre necesitaría tiempo para extenderse por tu cuerpo. Al menos unas horas, aunque sería mejor que fueran más. Seguirás siendo humana, eso te lo prometo.

Entonces al menos de eso no me tengo que preocupar. Me doy un momento para asegurarme de que no voy a tomar una decisión impulsiva de la que luego me vaya a arrepentir. Benedict continúa arrodillado frente a mí y me mira expectante. Incluso me parece ver un atisbo de esperanza en su rostro.

A eso me aferro yo ahora con fuerza. A la esperanza.

—De acuerdo —susurro.

—¿De acuerdo? —repite él, incrédulo.

—Probaré su sangre.

Suelta un suspiro de alivio. Benedict se levanta y se deja caer en el sillón junto a mí. No me pregunta si estoy segura, sino que aprovecha la oportunidad. Observo en silencio cómo se pincha el pulgar con uno de los colmillos y cómo se le forma una gota de sangre en la yema del dedo.

Esta decisión podría ser un error fatal. Podría arruinar todo el plan. Pero ¿qué queda de ese plan? ¿Y qué otras opciones me quedan a mí? Si no tomo la sangre de Benedict, es posible que ni siquiera sobreviva hasta el solsticio de verano.

Abro un poco la boca y dejo que Benedict me pase con

cuidado el pulgar por el labio superior. Antes de poder darle muchas vueltas, chupo la sangre.

Al contrario de lo que me esperaba, apenas tiene sabor metálico. Es bastante dulce y un poco ácido. El calor se extiende por mi cuerpo, corriendo desde el corazón hasta los dedos de pies y manos. Por un momento todo parece palpitar en mi interior. Luego, tan rápido como ha llegado, la sensación se desvanece, dejando el mismo cansancio plomizo de antes. El mismo dolor.

No sé cómo debería sentirme. ¿Tendría que estar aliviada? ¿O más bien decepcionada?

—¿Cuándo hace efecto? —pregunto con cuidado.

—De inmediato —responde, compungido.

—No noto nada.

—Eso me temía.

No lo dice en voz alta, pero creo saber a qué se refiere.

—Necesito más, ¿verdad? —supongo.

—Por lo menos, eso recomendaría yo, sí.

Respiro hondo.

—¿Cuánta más?

Benedict hace un esfuerzo por mantener la cara neutra.

—No lo sé. Te daré tanta como necesites.

Por supuesto, no ha sido más que el principio. Pero ¿qué pensaba? Aunque ahora es probable que ya no suponga ninguna diferencia y al menos por ahora no siento que la sangre de Benedict tenga ninguna influencia sobre mi voluntad.

Asiento vacilante, la única señal de que estoy de acuerdo. De todas formas, no sabría qué decir. Tal vez tendría que darle las gracias, pero no quiero hacerlo.

En lugar de volver a ofrecerme su pulgar, Benedict se abre sin contemplaciones una vena de la muñeca. La sangre brota lentamente de la pequeña herida mientras me tiende el brazo.

—Directo de la vena tiene más poder —me explica.

Dudo, dejando que la frase cale un momento. ¿Por eso bebe de mí y no de las reservas de sangre de las que se alimenta el resto de la población?

—Por favor, no me estropees el tapiz —murmura Benedict. La sangre ya le recorre el brazo.

Me cuesta muchísimo esfuerzo tomarle la muñeca y beber de él. Despacio, cierro los ojos y tomo mi primer sorbo con cuidado. Me resulta demasiado íntimo. Íntimo y prohibido. Siento el pelo de su brazo bajo mis dedos, su suave piel bajo mis labios. Pero en cuanto pruebo la sangre de Benedict y se vuelve a extender ese calor por mi cuerpo, desaparecen mis inhibiciones.

El dolor desaparece como por arte de magia. El cansancio queda olvidado. Con cada trago me sabe mejor su sangre y unas fuerzas renovadas recorren mis extremidades. El corazón me late con más fuerza, mi respiración se vuelve más profunda, la niebla en mi cabeza se disipa. Y por fin, después de un mes de sufrimiento, me siento viva otra vez.

—Despacio —me llega la voz profunda de Benedict.

Pero no quiero contenerme y tampoco quiero detenerme. Quiero que esta intoxicación dure para siempre y nunca más tener que sentir mi cuerpo adolorido. Agarro el brazo de Benedict con más fuerza y bebo a sorbos cada vez más ávidos.

—Florence. —Benedict me suelta con cuidado los dedos de su muñeca y aleja el brazo de mí. De mala gana, abro los ojos y me aferro a él, pero aunque ahora me siento invencible, no puedo contrarrestar su fuerza. Me sujeta fuerte, su brazo desaparece de mi campo de visión, y yo gimo de frustración.

—Suficiente —dice con tranquilidad.

¿Lo es?

Siento todo mi cuerpo latir y el mundo me da vueltas. Al

fin y al cabo, sí que puede que me haya drogado. Estoy muy mareada y oigo la sangre bramando en mis oídos.

—Pasará pronto —me promete Benedict. Su voz suena apagada, como si lo oyera a través de algodones. Me coloca una mano en la espalda y yo busco su contacto, noto cómo mi cabeza se hunde en su hombro. Vuelvo a cerrar los ojos y respiro hondo unas cuantas veces. Poco a poco mi cuerpo parece calmarse. Pero solo cuando mi pulso deja de ir a mil y ya no siento como si todo rodara a mi alrededor, abro los ojos y parpadeo.

La habitación parece igual que antes, resulta sorprendente lo despejada que tengo la cabeza y el dolor, el cansancio, la niebla constante... han desaparecido.

—¿Te encuentras mejor? —pregunta Benedict, con su voz muy cerca de mi oído.

Me pego todavía más a él. Y ahora que soy consciente de que están ahí, siento que sus dedos me queman en la espalda.

—Mmm —es el único sonido que emito mientras me separo con cuidado de él. Todavía no me fío de mi lengua. Siento como si pudiera traicionarme y dejar que un «más» saliera de mis labios en lugar de un «sí». Pero por lo demás...

Todo vuelve a parecer normal. Igual que antes.

Por fin vuelvo a sentirme yo misma.

El alivio me asalta con tanta fuerza que no tengo oportunidad de adaptarme. La verdad es que no sé cómo aguanté el último mes. Pero se acabó. Por fin se ha terminado este horrible tormento.

Se me llenan los ojos de lágrimas. Le doy la espalda a Benedict a toda prisa, pero es demasiado tarde. Ya lo ha visto.

—¿Florence? ¿Qué ocurre? —Siento su mano más fuerte en la espalda, como si quisiera evitar que lo rehuyera más.

—Nada —me esfuerzo por decir.

—¿Ha sido tan terrible? —Suena preocupado de verdad.

Y poco a poco empiezo a creerle. No me quería persuadir. Lo hizo porque debía hacerlo. Porque era la única posibilidad de curarme. Y si hubiera confiado en él un poco más, nunca habría tenido que padecer tanto. Todo habría ido bien en el castillo. No me habría tenido que pasar todo un mes pereciendo poco a poco.

—No —sollozo, frotándome las lágrimas de las mejillas. Parece que cada decisión que tomo en este castillo es siempre la opción incorrecta. Sin mi familia, está claro que no soy tan competente ni tan fuerte como pensaba. Son ellos los que mantienen el plan en funcionamiento. Me mantienen a mí en funcionamiento. Cuando vengan a visitarme a finales de semana, tendrán que decirme lo que debo hacer. Me siento totalmente inútil.

—Y, entonces, ¿por qué lloras? —pregunta Benedict, y suena tan abrumado, tan dulce, que lo único que quiero es echarme en sus brazos.

Sollozo y niego con la cabeza.

—Porque ya no me duele.

—Pero... eso es lo que llevo diciéndote todo el tiempo, ¿no?

Se me escapa un resoplido.

—Pensaba que era un truco. Que la sangre me haría sumisa, igual que su mordida.

—¿De qué diablos hablas?

—¡No lo sé! —Pensándolo bien ahora, me parece una suposición absurda—. Lo de la sangre que cura no es que suene muy creíble —me defiendo, y me giro hacia él—. Suena más bien a truco barato. ¿Cómo se supone que voy a saber cómo funciona su... su magia?

Benedict hace una mueca.

—¿Magia? Soy un vampiro, no un ser de cuento de hadas.

Suelto una carcajada.

—Tampoco es que sepa mucho sobre los vampiros. Esto es lo que pasa cuando nos excluyen de su sociedad. ¿Y quién dice que no existen las hadas? Al fin y al cabo, de su existencia solo sabemos desde hace quinientos años.

—Dudo mucho que existan otras criaturas por ahí. Y si existen, lo más probable es que se escondan bien porque saben perfectamente lo que les hacen los humanos a aquellos que son diferentes a ustedes.

No me esperaba unas palabras tan duras. Necesito un momento para comprender su significado.

—¿Perdón? —pregunto al final.

Benedict me suelta y se levanta de golpe.

—¿Y qué intenciones pensabas que tenía contigo? Como si necesitara trucos para que se hiciera mi voluntad. Soy el rey de este país, Florence. Dios, ¿es demasiado pedir que confíes en mí al menos un poco mientras vivas en mi castillo? ¿Podrías por lo menos intentar dejar atrás tus prejuicios y estereotipos?

Ignoro su queja.

—¿Los «humanos»? —repito, y también me levanto—. ¿Se supone que los malos somos nosotros? ¡Son ustedes los que nos tratan como ganado!

Benedict me fulmina con la mirada.

—¿De verdad pretendes insultarme? No es el caso para nada. Ustedes son libres. Pueden hacer lo que quieran, así ha sido siempre.

—¡Claro que sí! ¡Siempre y cuando donemos nuestra sangre con regularidad y permanezcamos en las zonas de la ciudad destinadas a nosotros! ¡Siempre y cuando mantengamos la boca cerrada y aceptemos que pueden quitárnoslo todo con solo quererlo! ¡Siempre y cuando nos limitemos a los trabajos que nos permiten hacer y aceptemos que nuestros seres queridos seguirán desapareciendo sin dejar rastro! ¡Siempre y cuando no exijamos igualdad de derechos o siquiera decidir por nosotros mismos qué pasa con nuestros cuerpos! ¡Eso no es «libertad», eso es opresión! Y por si acaso no se acuerda, todo empezó aquí mismo, en su trono, hace quinientos años.

Benedict se ríe sin alegría.

—Ah, no. Empezó cuando ustedes, los humanos, comenzaron a cazar y matar vampiros. Empezó cuando no se nos permitió ser parte de su sociedad como ustedes son ahora parte de la nuestra. Nos limitamos a defendernos.

No puedo creer lo que dice.

—¡Nos lo quitaron todo! —grito, con las manos cerradas en puños.

—¡No, lo único que hicimos fue quitarles su superioridad! —brama—. Todo lo demás sigue ahí. Sin embargo, actúan como si hubiéramos destruido sus vidas, cuando nosotros antes no teníamos vida. Nos ganábamos la vida a duras penas en la oscuridad y las sombras. En la soledad y el peligro. Fue mi bisabuelo quien nos dio un poco de libertad por primera vez. Y perdóname si a cambio les quedó algo menos, pero fueron ustedes los que nos hicieron creer que la libertad era un bien finito. Y solo para tu información, mi mordida no te hará sumisa, Florence. Lo que sea que sientas cuando bebo tu sangre depende por completo de ti.

Tomo aire para decir algo, pero no soy capaz de emitir una sola palabra. Podría llamarlo mentiroso, pero no estoy segura de que lo sea. Quizá se lo crea de verdad. Tal vez esté profundamente convencido de que él es el bueno y nosotros los malos. ¿Qué posibilidades tendría de convencerlo de lo contrario? ¿Y qué quiere decir con que todo lo que siento depende de mí? ¿Qué está insinuando?

Benedict cruza la habitación con pasos enérgicos. Abre la

puerta, me mira con ojos oscuros y señala con la barbilla hacia mi habitación.

—Ha sido un día muy largo. Buenas noches, Florence.

¿Me está... echando?

Tendría que habérmelo esperado.

Paso corriendo por su lado, resoplando. Ya tengo las últimas palabras de odio en la punta de la lengua, pero tan pronto como estoy en el pasillo, Benedict cierra la puerta a mi espalda con un enérgico golpe. ¡Pero será...!

Cruzo la mirada con uno de los guardias de la esquina. La curiosidad desdeñosa en su rostro solo consigue hacer que me enoje más. No queda nada de la desesperación impotente de antes. Ahora solo queda una determinación tenaz. He recuperado las fuerzas. Es hora de que retome el control. Porque una cosa es segura: no voy a permitir que este castillo y sus habitantes vuelvan a verme así de vulnerable.

CAPÍTULO NUEVE

TELL ME THE TRUTH

A la mañana siguiente me siento, gracias a la sangre de Benedict, mejor de lo que me he sentido desde que llegué al castillo. Al menos, físicamente.

Volví a tener pesadillas, esta vez incluso peores de lo normal, así que he dormido mal. El recuerdo de Bonnie todavía me da angustia. Sus ojos vacíos me persiguen y cada vez más me parece ver acusación en ellos. Que una sirvienta desconocida entre en mi habitación en lugar de Bonnie no hace sino hacer que me duela más. Pero cuando la mujer me dice que Benedict me espera en su *suite* para desayunar dentro de media hora, pensar en él logra desterrar mis pensamientos sobre Bonnie, al menos por un rato.

Se me acelera el pulso cuando pienso en la discusión de anoche. En la arrogancia con la que justifica sus pecados. Me preparo para el desayuno mordiéndome la lengua, intentando sonreír con simpatía y asintiendo delicadamente. Tengo que controlarme. Cuanto más empeore mi relación con el rey, más me costará al final volver a acercarme a él.

Ayer me quedé despierta mucho tiempo pensando en qué podría hacer a continuación, pero no conseguí llegar a ninguna conclusión. La situación es demasiado confusa. Hasta ahora nada en el castillo ha salido según lo planeado y todavía hay muchas variables desconocidas. El asesinato ha sido completamente inesperado y no tengo idea de por qué alguien querría matarme. ¿O querían matar a Benedict? ¿Mejoraría esto nuestra situación o nos lo pondría todavía más difícil?

Tengo que hablar con Val y con mis padres. Idearemos juntos un nuevo plan, pero hasta entonces, me quedaré de brazos cruzados e intentaré no atraer más atención negativa.

Cuando entro en la *suite* de Benedict, me trago todas mis opiniones. O al menos me esfuerzo por intentarlo, porque no puedo negar que tengo menos control sobre mi lengua de lo que me gustaría.

El rey está sentado en una pequeña mesa redonda de roble, delante de la ventana. La luz matutina del sol, poco habitual, ilumina sus rizos oscuros y, a diferencia de la noche anterior, está completamente vestido. El fuego arde en la chimenea, pero tiene una ventana abierta a su espalda que deja entrar aire fresco en la habitación y hace salir remolinos de vapor de su taza de té. Me fijo en que todavía no le han hecho la cama. Las sábanas están arrugadas por haber dormido en ellas y la imagen me resulta extraña, íntima. Casi imagino cómo sería verlo ahí acostado, con el pelo despeinado, los ojos cerrados, la piel pálida de su pecho desnudo en contraste con las sábanas oscuras.

La mirada de Benedict me recorre de arriba abajo, casi inquisitiva, luego señala con la barbilla la silla que tiene enfrente.

—Buenos días.

La expresión de su rostro no revela nada sobre su estado de ánimo, pero mi propia imaginación está arruinándome el mío.

—Buenas —murmuro mientras me siento.

Benedict levanta una ceja, deja su taza y me sirve té también.

—¿Sabes, Florence? —empieza a decir casi con total naturalidad y, sin embargo, no se me escapa su tono de acusación—. Me acabo de dar cuenta de la constancia con la que ignoras el protocolo en lo que a mí respecta.

Fuerzo a mis labios a esbozar una sonrisa.

—Mis disculpas, majestad. ¿Le complacería que volviera a entrar y lo saludara como es debido?

Benedict resopla.

—Ahora que vuelves a poder caminar con normalidad, no te debería suponer ningún problema.

Requiere mucho autocontrol no poner los ojos en blanco.

La comisura de su boca se mueve, divertida.

—No pasa nada, pero me estoy conteniendo para evitar decir «te lo dije». —Añade crema a mi té y me ofrece la taza. Miro el líquido color caramelo, irritada—. ¿Qué ocurre? ¿Me excedí?

—No —admito—. Es exactamente como debe ser.

Estudio con la mirada su propia taza, pero el té de Benedict es de un color oscuro.

—Me informé sobre cómo tomas el té —me explica—. Es probable que en la cocina conozcan tus hábitos alimenticios mejor que tú misma.

—Muy... atento de su parte —le concedo—. Gracias.

Benedict se limita a sacudir la cabeza.

—Come —me ordena.

Decido dejar de protestar y tomo un rollito de semillas de amapola de uno de los platos. Mientras yo como, Benedict se reclina en su silla, se bebe el té y mira por la ventana.

—¿No quiere nada? —pregunto al rato.

—Normalmente no soy muy de desayunar —me responde.

Doy otro bocado para pensar en mis próximas palabras. Es probable que sigan siendo un poco más provocativas de lo que deberían, pero no creo que importe. Si no supiera que esto es exactamente lo que parece gustarle de mí, quizá sería más capaz de controlarme.

—Después de lo de anoche, no esperaba que me invitara solo para mirarme comer.

Su mirada se dirige hacia mí.

—Tómalo como una oferta de paz.

—¿Y por qué? —Me muerdo la lengua, pero ya se me ha escapado la pregunta.

—Porque no pienso pasarme los próximos once meses en una Guerra de las Rosas no oficial. Ambos tenemos nuestras convicciones y no van a cambiar, eso lo tengo claro. Pero te necesito a mi lado, Florence. Necesito tu confianza. Ya tenemos suficientes enemigos.

Siento las palabras de Benedict como un peso enorme sobre mis hombros.

—¿Tenemos?

Su rostro se oscurece.

—Quizá deberías comer primero —me propone—. Tu cuerpo tiene mucho que recuperar.

Ni siquiera le dedico un pensamiento a mi cuerpo.

—¿Qué ha descubierto? —pregunto alarmada—. ¿Se trata de Bonnie? ¿Ha capturado a su asesino?

Benedict suspira.

—No y no. Pero Hêlîn analizó las pastillas en el laboratorio.

Dejo caer en el plato el resto de mi rollito de semillas.

—¿Y? —le pregunto sin aliento.

El rostro de Benedict se vuelve todavía más sombrío. No sé si es porque le estoy llevando la contraria otra vez o por las noticias que tiene que darme. Lo más probable es que ninguna de las dos cosas le guste mucho.

—Había semillas de cicuta molidas dentro.

Aunque no entiendo lo que significa, la piel de los brazos se me pone de gallina.

—¿Eso qué quiere decir?

—¿Te suena de algo la expresión «copa de cicuta»?

—No —reconozco—. ¿Qué es?

Benedict hace una mueca.

—Era un método de ejecutar a condenados a muerte en la Antigüedad. Tus pastillas estaban envenenadas.

Los latidos de mi corazón cobran vida propia. De repente, siento el martilleo hasta en la punta de los dedos. El miedo me recorre la espalda y deja a su paso un sudor frío.

—¿El veneno era... para mí? —consigo decir—. ¿O el objetivo era que le llegara a usted?

—A mí no me habría llegado. Si hubieras tomado esas pastillas, no estarías sentada aquí en este momento.

Tomo mi taza y doy un sorbo para contrarrestar el nudo que tengo en la garganta. Estuve a punto de tomármelas. Si hubiera sido un poco menos desconfiada...

—¿Cómo funciona el veneno? —digo con voz ronca.

Benedict aprieta los labios.

—No lo quieres saber. Se lo he preguntado a Hêlîn y ahora me arrepiento.

Sus palabras deberían asustarme y en cierto modo lo hacen. Pero al mismo tiempo consiguen que quiera saber exactamente qué clase de destino me habría esperado.

—Dígamelo —le pido, buscando la mirada de sus ojos verdes. Brillan de arrepentimiento.

—Paraliza. —Su voz suena tensa, como si tuviera que forzar las palabras para que salieran—. Te asfixias estando completamente consciente. Es muy posible que hubiera parecido una muerte natural.

Me siento mal de repente.

—Pero... ¿por qué yo? ¿Quién ganaría algo con esto?

—Eso no te lo puedo decir.

—¿Porque no lo sabe o porque yo no debería saberlo?

Benedict hace una mueca.

—Las dos cosas.

Acepto de mala gana esa respuesta vacía.

—¿Cómo puede llegar un veneno así al castillo? ¿Cómo podría tener alguien acceso a él?

—La cicuta triturada es originaria de nuestro país. Ahora mismo estamos intentando descubrir cómo llegaron las pastillas al castillo. Hasta que lo sepamos, no entrará ni saldrá nadie de aquí. Te prometí seguridad y no lo cumplí, pero haré todo lo que esté en mi poder para protegerte en el futuro.

Suena tan decidido que casi consigue conmoverme un poco. Creo que Benedict lo dice de verdad. Pero también tengo que recordarme que no se trata de mí como persona, sino que mi sangre es lo único que quiere proteger.

—Esas... nuevas normas no son también para mi familia, ¿no? —replico con cuidado.

Benedict frunce el ceño.

—El mandato es para todo el mundo. Nadie entra ni sale del castillo.

No lo dice en serio, ¿no? Seguro que no nos estamos entendiendo bien.

—Pero... pero mi familia no es una amenaza. Seguro que todavía pueden venir a visitarme, ¿verdad?

Benedict me mira como si acabara de proponerle invitar a toda la ciudad a una fiesta.

—Tengo la sensación de que no eres consciente de la gravedad del asunto.

—Sí, lo soy, pero se trata de mi familia. ¡Me gustaría volver a verlos por fin!

No es solo que me gustaría, es que tengo que hacerlo. Mierda, necesito sus consejos.

—Lo siento, Florence, pero por el momento no va a ser posible. Puedo proporcionarles un teléfono para que te llamen.

—¡No es lo mismo!

—Es lo único que te puedo ofrecer.

—Pero...

—¿Ayer casi te envenenan y ahora quieres discutir sobre mis medidas de seguridad? ¿En serio?

—¡Mi familia no es un riesgo de seguridad! —grito desesperada. Al menos, no para la mía.

—¡Yo tampoco creo que lo sea! —Su voz vuelve a adquirir ese deje irritado con el que estoy muy familiarizada después de nuestras incontables discusiones.

—Entonces, ¿por qué no me deja que los vea?

—¡Porque no se trata solo de ti, Florence! —«¿Y de quién se trata si no?», quiero preguntarle, pero Benedict me interrumpe—: No insistas. El tema no está abierto a discusión. Si dejaras de lado tus prejuicios por un momento, tal vez podrías entender que no hago esto para hacerte sufrir, sino para proteger a este país, ¡incluidos tú y tu familia! —Parece frustrado de verdad. Y, por desgracia, ya no tiene sentido seguir hablando con él.

Benedict es el rey. Me lo dejó muy claro ayer por la noche. No va a cambiar de opinión solo porque yo se lo pida y no puedo decirle así nada más que Val y mis padres saben defenderse muy bien solos. Todo esto significa que no voy a ver a ninguno de ellos a corto plazo y entonces... Vuelvo a estar sola. Ahora depende solo de mí volver a tener las cosas bajo control. Pero ¿cómo?

Incluso si continúo con nuestro plan original... Si Benedict no levanta estas restricciones antes del solsticio de verano, vamos a tener un grave problema. Pero tampoco puedo simplemente adoptar una nueva estrategia sin avisar a mi familia. Y tampoco puedo quedarme sin hacer nada. Así que, si solo tengo estas tres opciones...

Entonces tengo que ceñirme a nuestro plan original y tomar las precauciones necesarias para llevarlo a cabo tal y como lo ideamos. Tengo que ganarme la confianza de Benedict, tengo que meterme en su cama, entre sus sábanas arrugadas, en sus cálidos y fuertes brazos...

Un escalofrío me recorre la espalda. Me gustaría decirme a mí misma que mi desgana anterior se debía solo a mi condición física. Pero ahora que no puedo esperar a que Val o mis padres me entreguen una alternativa en bandeja de plata, tengo dolorosamente claro que solo estaba buscando excusas. He hecho todo lo que podía para evitar tener que cumplir con mi verdadera misión. He permitido que me detuviera el miedo.

No puedo seguir así, tengo que actuar, porque soy la única en condiciones de hacerlo por el momento.

¿Qué más me prometí ayer? Intransigencia. Determinación. Más valor.

Trago saliva. Por lo menos, Benedict es más respetuoso de lo que pensábamos. No será tan malo como me lo he imaginado todos estos años.

—Lo entiendo —digo, tratando de mantener la calma y volver a centrar mi atención en el resto de mi rollito de semillas de amapola. Me tiemblan los dedos, reveladores, pero si Benedict se da cuenta, lo más probable es que le eche la culpa a las circunstancias. A pesar de todos los errores que me he permitido cometer, sigue sin sospechar nada. Y así es como debe seguir.

Benedict parece tener un marcado instinto protector. Desde la primera vez que bebió de mí se ha preocupado por mi bienestar. Quizá así pueda llegar hasta él. Puedo fingir ser frágil. Estar rota. Hacer como si necesitara que él me arreglara.

Pronto me asaltan las dudas. Hasta ahora no he estado interpretando mi papel. Pero al igual que pude convencerme de que había otra manera, ahora tengo que convencerme de que puedo conseguirlo. Por el rabillo del ojo veo a Benedict reclinándose. Sé que me está observando. Lo más probable es que no esté seguro de cómo tomar mi reacción después de mis arrebatos anteriores. Y por desgracia, no puedo resistirme a expresar mi opinión, no por completo. También es probable que se diera cuenta si de ahora en adelante me quedara con la boca cerrada.

Levanto la mirada con cuidado y me encuentro con sus ojos.

—¿Ha tenido la ocasión de pensar en una tarea para mí? —pregunto con esperanza.

Me observa.

—La verdad es que sí.

Levanto las cejas, sorprendida.

—¿Y?

—Tu deseo de deshollinar chimeneas es algo que no te he podido conceder, aunque ahora te encuentres mejor. —La boca se le estira hasta formar una sonrisilla torcida apenas perceptible, y le aparece un hoyuelo en la mejilla.

—¡Estoy desconsolada! —exclamo con dramatismo.

—Normal. Sin embargo, tengo otra cosa para ti. Es posible que no sea lo que te esperabas, pero podrías ayudarme como mi asistente personal.

Lo miro fijamente. Benedict no piensa en serio darme acceso a su trabajo gubernamental, ¿verdad? ¿Quizá se trate de algo completamente diferente?

—¿Con qué necesita ayuda en concreto?

Benedict parece meditarlo. Baja su taza y sigue trazando la curva del asa con el dedo índice. Solo parece haber decidido lo que quiere decir después del quinto recorrido.

—Podrías ordenar mis documentos y, por ejemplo, organizar cartas y poner el destinatario. O ayudarme con la computadora portátil de vez en cuando si estás familiarizada con la tecnología. Yo la verdad es que no lo estoy y esa parte me pone de nervios a menudo. —Abro la boca para responder, pero es evidente que Benedict todavía no ha terminado. Hace una mueca—. Para que quede claro, aunque aceptes la oferta, puedes renunciar o tomarte tiempo libre en cualquier momento. No se trata de un trabajo oficial. Se me hace muy extraño tener a la novia de sangre trabajando para mí, pero me lo pediste tú, así que...

—Lo aprecio de verdad —lo interrumpo—. Y acepto el trabajo encantada. Aunque dudo que me las arregle mejor con una computadora portátil que usted. Al fin y al cabo, trabaja a diario con una y yo es como si no lo hubiera hecho nunca.

—Yo no estaría tan seguro —murmura—. Intento usar ese aparato infernal tan poco como sea posible. Para empezar porque cada vez que lo enciendo me espera una avalancha de correos electrónicos. ¿A quién se le ha ocurrido algo así? Desde que la gente solo tiene que darle a «Enviar» para mandar un mensaje ha perdido la noción de si dicho mensaje tiene sentido o no.

No consigo evitar que una sonrisa asome en mis labios. Aunque trato de ocultarla, Benedict se da cuenta.

—¿Qué? —pregunta.

—Nada. Es que usted es un poco... anticuado. Si se me permite decirlo. —Y lo que es más, no es consciente de sus privilegios. Los humanos apenas podemos permitirnos dispositivos electrónicos y no tenemos acceso a internet, que está reservado para la clase alta de los vampiros. Y lo único que hace el rey es quejarse de que enviar mensajes es demasiado fácil.

Benedict pone los ojos en blanco.

—Es verdad que Lyra y tú están hechas la una para la otra.

—Mis disculpas.

Mi sonrisa hace que la disculpa no parezca del todo real. Él niega con la cabeza y me observa pensativo.

—Entonces, ¿te parece bien?

Me tomo un momento para meditar de nuevo su oferta. No parece la tarea más exigente y, por consiguiente, tampoco será una gran distracción, pero aun así es mejor que quedarme sentada a solas en mi habitación. Ayer agradecí el cambio de tener la compañía del rey, aunque permaneciéramos en silencio la mayor parte del tiempo. Quizá pueda incluso revisar su correspondencia. Además, esto juega a mi favor, ¿no? Tengo que acercarme a Benedict y ganarme su confianza.

Y me ha puesto la llave en bandeja de plata.

—¿Cuándo puedo empezar?

El rey me mira primero a mí y luego al rollito de semillas de amapola que tengo en el plato.

—Cuando hayas terminado de desayunar. —Toma un tazón de arándanos que tiene a un lado y me lo coloca delante—. Vitaminas —explica, y casi me atraganto con el bocado que acabo de dar.

—Gracias —murmuro, y doy un trago al té a toda prisa para ocultar mi sonrisa divertida con la taza. Hasta aquí llega su instinto protector. Siento que el duro caparazón de Benedict se desmoronará por fin si empiezo a mostrarme vulnerable con él. Y nada va a resultarme más fácil, porque ni siquiera parece sospechar que yo pueda tener espinas.

Por desgracia, no se cumplen mis expectativas de poder revisar la correspondencia de Benedict. Vuelvo a sentarme en el sillón de terciopelo rojo, con una montaña de consultas de ciudadanos que debo organizar por fecha y categoría. Un sol poco habitual ilumina el vitral a mi lado, proyectando un patrón de colores por toda la habitación. La luz se refleja en la forma dorada del arpa de concierto y hace que mi mirada se vea atraída hacia ella una y otra vez. Noto en los dedos las ganas de tocarla, pero no quiero molestar a Benedict.

Está sentado inclinado sobre sus documentos con el ceño fruncido. Cada vez que termino una tarea, le pido otra. Y antes he tenido que explicarle cómo silenciar la bandeja de entrada del correo electrónico. Habría sido mucho más fácil si me hubiera dejado ver la pantalla, pero no me atreví a proponerlo. Ni siquiera debería dejarle imaginar que pudieran interesarme sus mensajes. Aunque claro que me interesan, por supuesto.

A pesar de estar ocupada, mis pensamientos siguen dando vueltas. Vuelven al cuerpo sin vida de Bonnie. A las pastillas. A la discusión con Benedict.

La que debería haber muerto ayer soy yo. Lenta y dolorosamente. Y es probable que no sea la última vez que alguien intente matarme. Porque sea cual sea el motivo del ataque, es poco probable que haya desaparecido de la noche a la mañana.

Cuando la imagen de Bonnie vuelve a colarse en mis pensamientos, dejo la pila de consultas a un lado con frustración. Siento un escalofrío por todo el cuerpo y sacudo la cabeza. Esa imagen me va a perseguir el resto de mis días.

Parpadeando para contener las lágrimas, dejo que mi mirada vague por el pequeño estudio. Benedict parece absorto en una carta. Tiene el ceño fruncido y sus ojos se mueven constantemente de izquierda a derecha.

Su promesa de seguridad resuena en mi cabeza. Las palabras me resultan tranquilizadoras, pero al mismo tiempo no son suficientes. Por alguna razón, me gustaría que se tratara de mí como persona y no solo de mi función como novia de sangre. Por supuesto que reacciona de esta manera. No tiene ningún interés en tener que reemplazarme. La verdad es que no creo que sea algo que haya pasado nunca. Hasta ahora, todas las novias de sangre han completado su año de servicio.

¿Alguien ha intentado alguna vez envenenar a las demás? ¿O me ha pasado solo a mí, por algún motivo absurdo? El recuerdo de Bonnie vuelve a hacerse un hueco en mi cabeza, mezclándose con el de mi pesadilla de esta noche. Las amargas acusaciones que me susurró en sueños al oído.

Mis ojos se posan de nuevo en el arpa y tengo que contenerme para no levantarme de un salto, sentarme en el taburete de terciopelo y tocar. La música siempre logra calmarme. Es como una sensación de seguridad proyectada en sonido. Un pedazo de casa que tanto añoro.

—¿Benedict? —Su nombre se escapa de mis labios en un descuido. Mierda. No quería molestarlo. Al final me va a enviar de vuelta a mi habitación.

Vuelvo la cabeza, avergonzada. Benedict ha levantado los ojos del papel y me mira. Pero no solo parece molesto, sino directamente escandalizado.

No he hecho nada malo, ¿no? Solo quería...

¡Ay, Dios!

Se me hiela la sangre.

«Benedict».

Solo entonces me doy cuenta de lo que acabo de hacer.

Acabo de dirigirme al rey de Inglaterra por su nombre de pila.

—Quería decir... majestad —balbuceo. Noto el calor que me sube a las mejillas. Mierda. ¿Por qué siempre hago estas cosas? Es como si no tuviera filtro cuando estoy cerca de él.

—Mis disculpas, es que... —Trago saliva y me pregunto

cómo debería terminar la frase. Es que ¿qué? Ni idea. ¿Es que no estoy en mis cabales?

La boca de Benedict se contrae y ese hoyuelo atractivo hasta lo escandaloso aparece de nuevo en sus mejillas.

—¿Qué querías preguntar? —me dice con tranquilidad.

Noto el corazón palpitando en mi garganta. ¿No va a decir nada? Después de lo de ayer por la noche, me esperaría como mínimo un sermón. Al menos parece no molestarle que yo no siga el protocolo, pero esto...

No puede parecerle bien.

—Pues... Bueno... ¿Puedo tocar un poco el arpa? —consigo decir—. Me esforzaré por tocar bajito. Por supuesto, solo si a usted le parece bien.

—Puedes tocar tranquila. No me molesta. —Sin mostrarse afectado en absoluto, se inclina de nuevo sobre la carta, como si lo dijera en serio de verdad. Si hubiera tocado el arpa mientras Val intentaba concentrarse, me habría echado a patadas.

Vacilante, me levanto del sillón y me siento frente al arpa. Benedict continúa ignorándome. Tiene que saber lo fuerte que suena este instrumento, ¿no? ¿O tal vez lleva aquí décadas sin que nadie lo toque? Entonces se quejará cuando suenen las primeras notas a más tardar, por muy bajito que toque.

Cierro los puños y luego estiro los dedos para volver a sentir mejor sus movimientos. Desde que estoy aquí, es verdad que he perdido mucha destreza y los callos que tenía de trabajar en la sastrería y tocar el arpa con frecuencia en casa también han desaparecido. Menos mal que tengo que tocar bajo de todas formas.

Inclino con cuidado el arpa hacia mí y toco las primeras notas de una antigua canción de cuna. Siempre pedía que la tocaran para mí cuando era pequeña, hasta que cumplí los ocho años y pude tocarla yo misma. En la actualidad, todavía puedo sentir el perfume de mi madre cada vez que la toco. Escucho su voz acompañando en voz baja.

Por el rabillo del ojo veo que Benedict levanta la cabeza y me mira. Puede que el volumen le moleste a pesar de todo. Pero quedaría raro parar ahora mismo, así que sigo tocando, aumentando un poco el tempo, disfrutando la sensación de las cuerdas tensas bajo los dedos y la vibración en el pecho. Es probable que solo necesite unos días de práctica para volver a ser tan buena como antes de venir al castillo. Quizá Benedict podría dejar que me llevara el arpa a mi dormitorio...

—¿Sabes tocar?

Su pregunta me desconcierta tanto que de inmediato cometo un error y toco la cuerda que no es. El error apenas se nota. Aun así, me molesta.

De mala gana bajo las manos y miro a Benedict. Parece que lo he vuelto a sorprender. ¿Y qué se imaginaba? ¿Que iba a ponerme a rasguear con el arpa mientras él intentaba trabajar?

—Sí —contesto en voz baja.

—¿Cómo es eso?

Abro la boca, pero la vuelvo a cerrar al instante. ¿Debería hablarle de nuestra arpa? ¿Qué pasa si decide que también deberían habérnosla quitado después del escándalo?

—¿Es un secreto? —me pregunta, mitad divertido, mitad curioso.

—No lo sé —admito.

Benedict levanta las cejas.

—Me enseñó mi madre.

Puedo ver que esa respuesta no le parece suficiente, pero no sigue preguntando.

—Bueno —es lo único que dice, y vuelve a bajar la cabeza—. No te preocupes por el volumen. Estoy acostumbrado.

¿Quién más toca para él? ¿Y es mi imaginación o está siendo más... dulce que nunca? Su rostro parece más relajado, su tono un poco más suave. Casi como si la música también lo hubiera calmado.

De repente parece un hombre diferente. Como si el papel del rey intransigente no fuera más que una fachada de la que se hubiera despojado con las primeras notas de este instrumento.

Continúo tocando con cuidado, volviendo a tejer la familiar melodía a nuestro alrededor. Pero a pesar de las palabras de Benedict, la mantengo tenue para poder seguir oyendo el susurro del papel cuando pasa una página. O el ruido de su silla contra el suelo cuando se mueve.

Para no tener la sensación de estar a solas con el arpa, sino más bien a solas con él.

CAPÍTULO DIEZ

DRAWN TO YOU

Paso un buen rato tocando el arpa y Benedict no se queja del volumen ni una sola vez. Parece por completo ajeno al tapiz de sonido en el que nos he envuelto.

De todas formas me esfuerzo por seguir tocando bajito y presto especial atención a la posición de las manos. Pronto vuelvo a sentir los movimientos naturales y dejo ir el instrumento, con todo el pesar de mi corazón, cuando empiezan a dolerme los dedos.

Después de comer juntos a mediodía, Benedict me manda de regreso a mi cuarto. Tiene reuniones con sus consejeros por la tarde y no tiene ni que decirme que no se me ha perdido nada en su despacho como para quedarme allí a solas.

Mientras tanto, han traído mis cosas de mi antigua habitación y me paso un rato reorganizándolas en el armario, pero ni siquiera eso consigue distraerme de los recuerdos de ayer. Cuando alguien llama a la puerta una media hora después, estoy tan aliviada que apenas me importa quién esté al otro lado.

—Adelante —digo, volviendo la cabeza.

Por un segundo espero que entre Bonnie; en las últimas

semanas su presencia se ha vuelto familiar. Pero en su lugar es Lyra la que aparece vacilante en la puerta. A su espalda veo a los dos guardias que supongo que la acompañaron.

—¿Puedo pasar? —pregunta en voz baja.

Asiento deprisa y dejo sobre la cama el suéter que acababa de doblar. Rechazar a la princesa ayer fue un error. Tengo que ocultar lo poco que me fío de ella si quiero ganarme la confianza de Benedict.

Lyra entra en la habitación y cierra la puerta a su espalda. Se detiene justo a la entrada, al parecer sin saber qué hacer. Fuerzo una sonrisa en mis labios.

—Hola.

—Ay, Florence.

Sacude la cabeza, corre hacia mí y me rodea el cuello con los brazos. Me toma por sorpresa, así que doy un paso atrás y le doy una palmadita en la espalda. Se me pone la piel de gallina en los brazos y, aunque me cuesta dejar que Lyra se acerque tanto a mí, resulta agradable. Su abrazo es reconfortante y probablemente sea el contacto más cálido que he sentido en el castillo hasta ahora.

—Mi más sentido pésame —me susurra al oído, y me estremezco.

Me alejo de ella con cuidado y respiro hondo. Siento un torbellino de emociones, pero mantengo la expresión neutra.

—Gracias.

—¿Cómo estás? —La preocupación en los ojos de Lyra es evidente. Parece muy sincera. Como si le importara de verdad.

—Estoy bien —miento, y me dejo caer en la cama.

Lyra levanta las cejas, escéptica, y me recorre con la mirada.

—Ah —suelta, dando un pequeño saltito—. ¿Bebiste de Ben?

Ojalá no fuera tan obvio. Pero lo cierto es que, hasta ayer por la noche, parecía un cadáver andante. Se me hace raro que mi cuerpo esté en tan buena forma cuando a nivel mental me va todavía peor. Pero supongo que debería estar agradecida.

—Sí —admito—. Era lo único que tenía sentido, dadas las circunstancias.

Lyra se sienta a mi lado y cruza las manos en su regazo. Hoy lleva una falda larga de flores y encima su suéter tejido verde.

—¿A qué te refieres? —insiste.

—Bueno, después de lo de Bonnie...

Me mira, dubitativa.

—¿Crees que tú también estás en peligro?

Levanto las cejas, irritada. ¿Lyra no sabe nada de las pastillas? Como princesa, debería estar al corriente, ¿no? ¿Debería contárselo yo...?

No. Quizá Benedict no ha tenido tiempo de decírselo; se ha pasado toda la mañana trabajando. Además, no es asunto mío, aunque me afecte personalmente. El rey decide quién lo sabe y quién no.

—La mataron en mi habitación —eludo su pregunta—. No creo que haya sido una coincidencia.

Lyra hace una mueca. Niega con la cabeza con impotencia.

—Pero no entiendo quién haría una cosa así. Todo el mundo sabe lo severas que son las penas por beber de la vena. Y, además, un asesinato...

Tengo que contener un bufido. Las «penas».

Cuando atacaron a Valerian y casi se desangra en plena calle, no le importó a nadie. Al parecer nunca se encontró al atacante. ¿Y a quién le sorprende? Lo más probable es que ni siquiera lo buscaran. ¿Y para qué? Desde su punto de vista, Val es prescindible, solo un humano entre muchos, poco más que una buena comida. Seguro que la única razón por la que Benedict está buscando al asesino en el castillo es porque ahora está en juego su propiedad. Su sirvienta. Su novia de sangre.

Lyra parece malinterpretar mi expresión amarga, porque me da unas palmaditas en la mano.

—No te pasará nada, Florence, te lo prometo. Ben ya ha hecho todo lo posible. Ahora el castillo es más seguro que nunca. Un poco demasiado seguro, si te digo la verdad. —Pone los ojos en blanco—. Ya ni siquiera me dejan salir al jardín. Y mucho menos del castillo. Y tengo a dos idiotas que me siguen por donde quiera que vaya. Entiendo por qué Ben los tiene a ti y a los sirvientes vigilados, pero ¿a mí? Dudo que alguien quiera beberse mi sangre, así que ¿para qué toda esta pantomima?

—Eres importante para él —contesto—. Y creo que le gusta tenerlo todo bajo control, ¿puede ser?

Lyra se deja caer de espaldas en la cama y suspira con dramatismo.

—Hermanos... ¡Lo pesados que pueden llegar a ser!

Hace un mes habría estado de acuerdo con ella. Pero ahora que me es imposible ponerme en contacto con Val, ya no consigo bromear sobre lo pedante que puede ser a veces. Lo extraño, incluso más que a mis padres. Como es el mayor, siempre me ha cuidado. Me ha enseñado tanto... Y ojalá estuviera aquí para protegerme. Si pudiera, reemplazaría a todos los guardias de la puerta por él en un instante, sin importar que sea solo un humano. Me siento más segura con él que con ellos.

—Entonces, ¿es verdad que Benedict ha ordenado que se proteja a los sirvientes? —pregunto con cautela, con lo que consigo que el tema deje de recordarme todo lo que me hace falta.

—Mmm —es lo único que dice Lyra, algo molesta.

—¿A todos?

—Sí. Sería raro que fuera solo a la mitad, ¿no? Todos los humanos llevan escolta a partir de ahora.

—Debe de ser un esfuerzo enorme.

—Seguro. Pero no hay otra manera. Hasta que descubran al culpable, Ben no correrá ningún riesgo. —Lyra se levanta—. La verdad es que quería preguntarte algo completamente diferente. ¿Quieres ver una película con Briana y conmigo? Pedí que el servicio me instalara una pantalla y un proyector en mi habitación, pero me temo que apenas tenemos un par de horas hasta que Benedict se entere.

—¿Y qué si se entera? ¿Qué tiene en contra de que veas películas en tu habitación?

—¡Pues que es un abuelo! Al parecer dice que me va a estropear la vista. Te lo digo en serio, si no supiera cuántos años tiene, diría que son cien.

No puedo evitar que se me escape una sonrisilla.

—Suena a algo que diría él. Hoy me habló de lo mucho que odia el correo electrónico.

—¡Vaya! ¿Sabes que antes tenía incluso un teléfono en el despacho? A los dos días lo desconectó para que nadie pudiera volver a llamarlo.

—¿Estás segura de que no tiene cien años?

—Los tiene en espíritu. Alégrate de que tengamos electricidad. ¡Apuesto lo que sea a que es su siguiente objetivo!

—Y el agua corriente —bromeo.

Lyra se ríe.

—¿Crees que poder seguir jalando la cadena del baño bastaría para detenerlo?

Se me escapa una risotada.

—Eso espero.

—¿Entonces? —pregunta—. ¿Vienes? Briana también tiene ganas de que vengas.

Dudo. La verdad es que preferiría mantener un poco las distancias con las dos, pero eso tampoco me ayudaría en nada.

Mi misión es hacerme un hueco en el mismo corazón del castillo. Y si además consigo distraerme un poco, pues no me voy a quejar.

Además, hace un montón de tiempo que no veo una película. No puedo dejar pasar una oportunidad así.

—¿Qué vamos a ver? —pregunto, dedicándole una sonrisa.

Se levanta de la cama sonriendo, radiante.

—¡Lo que tú quieras!

Resulta que la *suite* de Lyra está justo al lado de mi habitación. Briana ya está allí y nos acurrucamos las tres en la cama. Acabo en medio, aunque preferiría que no fuera así. Vemos juntas una película romántica cursi que las dos se saben de memoria y comemos golosinas hasta que nos duele el estómago.

A pesar de la compañía poco adecuada, es divertido. No he ido muchas veces al cine en mi vida, por varias razones. Por un lado, está el tema del tiempo, porque habría necesitado que mis días duraran al menos veintisiete horas. Además, mis padres ahorran cada centavo. Y cuando iba al cine con amigos o compañeros, mi familia me decía que esas películas no eran más que una forma elegante de hacer propaganda.

Y puede que sea verdad. Son historias sobre vampiros hechas por vampiros. Sin embargo, nunca he estado del todo de acuerdo con mis padres y con Val en este tema porque, para empezar, las películas son fantásticas.

Las escenas bonitas me hacen feliz, las dramáticas me

ponen triste. Y, así, mis pensamientos se van bien lejos de mi realidad, no tan feliz, y vuelan hacia parejas de amantes que ni siquiera existen. Incluso hoy funciona un poco, pero después de dos películas y una cena en compañía me siento abrumada. Necesito algo de tranquilidad para ordenar mis pensamientos, así que me despido para irme a la cama.

Briana y Lyra me dan las buenas noches, y siguen, incluso antes de que yo haya salido de la habitación, con su discusión sobre cuál de los dos actores principales es más guapo. Menos mal que no me lo han preguntado a mí. «Ninguno», habría sido mi respuesta. Los dos eran vampiros. Los dos eran monstruos, al igual que Lyra y Briana.

Me lo repito una y otra vez mientras vuelvo a mi habitación y me preparo para dormir. Como un mantra que debería grabarme a fuego tan hondo como sea posible en mi subconsciente. No puedo confiar en ellas.

Tengo que pensar en Bonnie sin falta. En las pastillas y el veneno. En mi misión. ¿Cuántas posibilidades tengo de sobrevivir a todo esto? ¿De verdad me puede proteger Benedict mientras esté aquí? ¿Y puede protegerme Val si consigo de verdad matar al rey?

Me quedo suspirando junto a la ventana y miro al exterior. El cielo está nublado y la luna no es más que un pálido velo de luz. Debería irme a la cama, pero ya me quedó claro que no voy a pegar el ojo. Me esperan mis pesadillas, acechando debajo de mi cama y entre las cortinas de seda de la cama con dosel. Ya era susceptible de pequeña. Tanto mis padres como Val han tenido que pasar incontables noches a mi lado, dándome la mano para que pudiera dormir.

Un golpe en la puerta hace que me sobresalte. Vacilante, hago pasar a mi visitante.

Benedict entra en la habitación y de inmediato el corazón se me acelera. Lleva la misma ropa que traía puesta en la mañana, aunque se ha desabrochado los botones de arriba de la camisa y la tela se ha arrugado un poco.

—¿Molesto? —pregunta, mirándome de arriba abajo.

Estoy ya en camisón y de repente tengo la sensación de que el rey puede traspasar la tela con la mirada. Necesito todo mi autocontrol para no taparme el cuerpo con los brazos por modestia.

—No —contesto en voz baja—. Puede pasar.

Él entra. Casi vacilante, cierra la puerta a su espalda, da unos pasos hacia mí y luego se detiene, indeciso. Nunca lo había visto tan reservado, lo que no puede sino despertar mi interés. Me aclaro la garganta y me acerco un poco más a él. Sus ojos me siguen como los de un depredador; Benedict parece estar observando de cerca cada uno de mis movimientos.

—¿Necesita sangre? —pregunto con cautela, mirándolo a los ojos. Se me ponen los pelos de punta en los brazos, pero él no aparta la mirada, no se da cuenta. Durante un largo momento nos miramos el uno al otro, su ceño ligeramente fruncido, mi corazón a mil.

Me acuerdo de lo que le confesé ayer. Que su mordisco me embriaga, me hace perder la razón. No me ha dado ningún indicio de lo que piensa de todo eso. Pero, sin duda, no se ha olvidado. El calor me sube a las mejillas y entonces aparto la mirada. Solo que ahora se me va a los labios de Benedict. A las líneas de su barbilla. A su garganta y a la línea de su pecho desnudo. A toda prisa, fijo mis ojos en la puerta a su espalda para no mirarlo a él.

—No especialmente —responde al final—. Pensé que...

Vuelve a dudar. Yo lo miro de nuevo, interrogante. Me devora con sus ojos verdes.

—Pensé que quizá necesitabas algo más —termina la frase en voz baja.

Me arde la cara. ¿Se refiere a lo... ávida de sangre que estuve ayer? Me gustaría olvidar la forma en que me aferré a su brazo y le pedí más. No fue uno de mis momentos más brillantes.

—¿Florence? —Dios, esa voz. Me atraviesa el pecho y hace que sienta escalofríos por todo el cuerpo.

Trago saliva.

—Dijo que era suficiente —le recuerdo.

—Eso fue ayer. No deberías beber demasiado de una vez. Pero es probable que tu cuerpo deseara más porque no ha podido recuperarse por completo. Y no te lo tomes a mal, pero... aunque tienes mejor aspecto que ayer, todavía no tanto como si hubieras recuperado todas tus fuerzas.

—Qué halagador —murmuro.

—Es solo la verdad.

Confusa, hago una mueca.

—Entonces, ¿no ha venido a beber mi sangre? —me aseguro.

Niega con la cabeza.

—Estoy dispuesto a esperar unos días, por si acaso no te sientes en condiciones todavía, con todo lo de ayer.

La imagen del cuerpo sin vida de Bonnie vuelve a aparecer ante mis ojos. Su cuello perforado. Su cuerpo pálido y sin sangre. Me dan náuseas.

Pero si lo uso como excusa para mantener lejos a Benedict, no hará sino empeorar. Cuanto más tiempo deje pasar hasta el siguiente mordisco, más miedo me dará. Me conozco.

—No quiero esperar —digo con voz ronca—. Prefiero que nos lo quitemos de encima.

A Benedict le tiembla la comisura de la boca.

—Qué halagador —repite mis palabras de antes, y yo noto todavía más calor.

—Mis disculpas.

Se limita a negar con la cabeza y da un paso hacia mí.

Con un movimiento delicado aparta el pelo de mi cuello y el corazón se me acelera. El fuego arde en la boca de mi estómago, quemándome de dentro hacia fuera.

«Lo que sea que sientas cuando bebo tu sangre depende por completo de ti».

¿Será verdad? ¿Me está traicionando mi cuerpo?

Benedict baja la cabeza y yo me aferro a su camisa. Me pone suavemente las manos en los codos. Su aliento me hace cosquillas en la garganta y tengo que esforzarme por no buscar su contacto.

—¿Estás bien? —susurra, y su voz profunda hace que me estremezca otra vez.

—Sí —suspiro temblorosa. En esto no le tengo miedo en absoluto. Solo me preocupa que se dé cuenta de todo lo que siento en este momento. Pero ¿qué es lo que me pasa? Benedict no se mueve. Está demasiado cerca y no lo suficiente.

—¿Qué puedo hacer para que consigas relajarte de una vez cuando te muerdo? —me pregunta en voz baja.

Respiro hondo. Respiro el olor a bosque de Benedict. Oigo el rugir de mis latidos en los oídos. Cierro los ojos.

—No lo sé...

Sus manos comienzan a vagar. Me acarician los brazos casi con cariño, suben a mis hombros para bajar de nuevo. El contacto es agradable. Incluso mejor que el abrazo de Lyra antes, aunque mucho más prohibido. Me estremezco y Benedict me deja ir, aclarándose la garganta.

—Perdón...

—No —se me escapa. Mi mente persigue la palabra a trompicones y me doy cuenta de que no debería haberlo dicho. Que no quería decirlo—. Está bien —susurro ahora, apretando los labios. El silencio es oro. Especialmente para los que no tenemos control sobre nuestra boca.

Pero Benedict parece haberme entendido incluso con tan pocas palabras. Sus dedos vuelven a recorrerme el brazo y se me acerca un poco más. Inclino la cabeza hacia un lado para darle mejor acceso. Noto su boca cálida contra el cuello, sus dientes perforan mi piel. Pero esta vez apenas me hace daño. El dolor es fugaz, casi imperceptible. Ni punto de comparación con lo que he sentido las últimas semanas. Ahora que la herida se ha curado del todo, vuelve a ser tan bueno como la primera vez. Demasiado bueno. Benedict bebe de mi cuello y yo lucho contra el hormigueo de mi estómago, el deseo de mi abdomen, el palpitar acelerado de mi corazón. Mi respiración todavía sigue entrecortada cuando, después de unos momentos fugaces, el rey se aleja de mí y pasa la lengua por la marca que han dejado sus colmillos.

Creo que ha bebido menos de lo que necesitaba, pero no me atrevo a reprochárselo. Al final va a pensar que quiero que vuelva a morderme. Y puede que así sea. Carajo.

Se queda cerca de mi cuello un momento. Benedict me dibuja círculos en el brazo con el pulgar y respira hondo.

—Gracias —susurra, y el corazón se me detiene. Nunca me ha dado las gracias por la sangre. Y este gesto diminuto me parece terriblemente íntimo.

Al fin se separa de mí. Al igual que hizo ayer, se abre su propia vena y me ofrece su muñeca. Separo los dedos agarrotados de su camisa y le suelto el brazo con la esperanza de mantener aunque sea un poco de control. Pero ya solo el olor de su piel desnuda me marea. Y su sangre sabe tan dulce y prometedora como ayer.

Me obligo a tomar sorbos pequeños y lentos, aunque el cuerpo me pide a gritos más desde la primera gota. ¿Es de verdad solo porque necesita la sangre de Benedict para recuperarse? ¿O podría ser que sí que me pasa algo raro? ¿Por qué otro motivo reaccionaría así ante él? ¿Con deseo en lugar de aversión y una sensación de hormigueo en la piel en lugar de temblores de miedo?

Esta vez suelto a Benedict incluso antes de que él me lo pida. No hace ningún comentario, solo se limita a sacarse un pañuelo de papel del bolsillo y secarse la muñeca mientras yo lamo la última gota de sangre de mis labios. Benedict me observa todo el tiempo. Ojalá me tragara la tierra en este mismo momento.

—¿Cómo te encuentras? —me pregunta sin desviar la mirada.

—Bien —le respondo con voz baja. Al menos, físicamente hablando. Siento un calor curativo recorriendo mis extremidades. Se mezcla con el calor de antes, se extiende hasta la punta de mis dedos y me da nueva energía.

En lo que a la mente se refiere... Sobre eso es mejor que ni piense.

Benedict me estudia. Frunce un poco el ceño y parece estar meditando algo.

—¿Qué pasa? —susurro.

Niega con la cabeza y se aleja de mí de repente.

—Nada. Voy a dejarte dormir y nos vemos mañana pronto por la mañana.

Se da la vuelta, tomándome completamente por sorpresa. De repente, el miedo se me clava en el pecho como un taladro. No quiero que se vaya todavía. No quiero volver a estar sola.

—¿Majestad? —dejo escapar, dando un paso hacia él.

Benedict se para, se vuelve a voltear hacia mí y me mira con una pregunta en los ojos.

Mierda. Palabras... Di algo, Florence.

—Mi familia —empiezo, mordiéndome la lengua. No importa. Es demasiado tarde. ¿Y qué pasa si se lo vuelvo a preguntar? En el peor de los casos, me dirá que no y ya—. ¿De verdad no tienen permitido visitarme?

—Florence —suspira.

—¿Ni siquiera mi hermano? Por favor.

—Nadie puede entrar en el castillo. No puedo correr ese riesgo. Lo siento.

—Pero todavía puedo escribirles, ¿no? —digo con un suspiro de decepción.

—Claro.

—¿Puedo contarles lo que pasó? ¿Con las pastillas?

Benedict hace una mueca molesta. Yo cierro los puños.

—Entonces, eso tampoco... —digo.

—Cuanta menos información salga de aquí, mejor.

—¿Por qué?

Él suspira.

—Por favor, confía en mí cuando te digo que es así.

«Confía en mí». Lo dice tan a la ligera, como si no fuera algo imposible.

—¿Por eso ni siquiera se lo dijo a su hermana?

Benedict hace una pausa.

—¿Se lo contó a Lyra?

Estudio su rostro. No parece enfadado. Más bien preocupado.

—No —le explico—. No quería adelantarme a usted.

Da un suspiro de alivio.

—Te lo agradecería si pudieras dejarlo así.

—¿Por qué? —vuelvo a preguntar.

—Porque sería mejor no perturbarla con algo así.

Resoplo. ¡Pero qué típico! Estoy segura de que la mejor manera de protegernos a las mujeres no es ocultarnos información. Sin embargo, modero el tono.

—¿Cree que no podría soportarlo? Lyra es fuerte. No debería infravalorarla así.

—Sé que lo es. Pero eso no quiere decir que tenga que estresarla con cualquier drama que se dé en el castillo. Si le afectara a ella, se lo comunicaría. Hasta entonces, mantendré el asunto en secreto. No tenemos que hacernos más vulnerables de lo que somos.

—Así que no tengo permitido hablar del tema con nadie —confirmo con tono neutro, rodeándome el cuerpo con los brazos. ¡Dios, estoy tan sola aquí!

El rostro de Benedict se suaviza, y me recorre un escalofrío.

—Puedes hablar conmigo, Florence —dice con suavidad.

Sus palabras suenan reconfortantes, pero al mismo tiempo son tan absurdas que casi me río. ¿En él es en quien debo confiar?

—Lo digo en serio —añade Benedict, como si me hubiera leído el pensamiento—. Yo te escucharé.

«Sí, me escuchará y luego me volverá a impedir ver a mi familia», quiero replicar, pero por una vez consigo morderme la lengua.

—Gracias —digo.

Me mira expectante. ¿Cree que le voy a abrir mi corazón ahora mismo? No soy capaz de algo así. No con que me lo pidan así nada más y, desde luego, no a él.

Sin embargo, no quiero que se termine la conversación. Al menos puedo retrasar unos minutos que me vuelva a dejar a solas con mis pesadillas.

—¿Qué tal han sido las reuniones? —cambio de tema, y él levanta las cejas, sorprendido.

—Pesadas.

—Comprendo...

Benedict frunce el ceño y no parece saber qué responder a eso.

—¿Tiene más reuniones mañana? —pregunto deprisa, jalando de la tela de mi camisón, nerviosa.

—Por la tarde, sí.

—Ah... Entonces me refugiaré con Lyra otra vez.

—¿Refugiarte? —repite Benedict con calma.

Mierda...

Aprieto los labios y sigo sin darle una respuesta.

Benedict da otro paso hacia mí, sus ojos verdes cargados de preocupación. ¿Por qué parece tan sincero? Dios, cómo odio su cara.

—¿Pasa algo, Florence? —pregunta, suave, y noto cómo se me aflojan las rodillas.

—Todo bien —consigo decir.

—Siempre resulta sorprendente lo convencida que pareces de que no me voy a dar cuenta de cuándo me mientes.

El corazón se me acelera una vez más. Si él supiera. Menos mal que Benedict no se da cuenta de cuándo miento ni la mitad de bien de lo que piensa.

—No te puedo ayudar si no me dices lo que te pasa —me recuerda.

—No puede ayudarme de todas formas —susurro.

—Déjame intentarlo.

Niego con la cabeza, pero tengo que contestarle. Porque ese es exactamente el plan. Vulnerabilidad.

—Es que... —Mi voz suena ronca y tengo que aclararme la garganta—. Cuando estoy sola, no puedo evitar pensar en ello. En todo. En Bonnie...

Hace una mueca.

—Ah. ¿A eso se debe todo esto?

—Por la noche es peor —susurro.

—Podría quedarme, si quieres.

Me quedo paralizada.

—En algún momento tendría que irse —le recuerdo—. Antes o después tendré que enfrentarme a esto.

—Entonces no me iré hasta que te quedes dormida.

Sus palabras provocan un cosquilleo en mi estómago.

¿Qué quiere decir? Pero Benedict ya está cruzando la habitación; se dirige a la zona de estar junto a la chimenea y levanta uno de los sillones. Lo carga sin esfuerzo por la habitación y lo coloca al lado de la cama.

Me estremezco. Es un vampiro. Que tenga la fuerza para cargar con el peso de un sillón sin pestañear me lo vuelve a dejar claro del todo. Tanto que duele. No debería sentirme segura si se queda conmigo mientras duermo. Aun así, me inunda el alivio. Ya me oigo a mí misma aceptar sin haberme cuestionado apenas la decisión.

Benedict se sienta y me mira, expectante. ¿Debería irme a la cama ya? Ay, Dios. Abrumada, me escabullo al baño de nuevo, aunque ya me preparé para dormir hace rato. Me cepillo los dientes por segunda vez, solo para tener tiempo de pensar, y me lavo la cara con agua helada. ¿Qué está pasando aquí? ¿Por qué es tan... cariñoso? No debería serlo. No debería importarle cómo estoy.

Pero cuando vuelvo al dormitorio, Benedict sigue allí sentado con una pierna cruzada sobre la otra. Ha tomado el libro de mi mesilla de noche, otro misterio de la biblioteca, y parece estar leyendo.

—No me extraña que duermas mal cuando esto es lo que lees antes de acostarte —murmura, cerrándolo de golpe.

—A mí me tranquiliza —replico apocada, y rodeo el sillón manteniendo tanta distancia como me es posible. Me meto en la cama a toda prisa, me tapo con el edredón frío hasta la barbilla y me recuesto en las almohadas. Qué raro es esto. ¿Por qué le dije que sí? ¿Se va a quedar mirándome hasta que me quede dormida?

—Por el amor de Dios, ¿qué tiene esto de tranquilizador? —pregunta Benedict, levantando una ceja. El temblor en sus labios lo traiciona.

—No estoy segura... Estos libros hacen que me sienta

como si estuviera preparada para cualquier cosa que pudiera pasar.

Benedict niega con la cabeza y busca mi mirada.

—Tengo la sensación de que nunca voy a llegar a entenderte, Florence.

Tengo que tragar saliva. Menos mal.

—Qué lástima —digo, sin embargo.

Le vuelven a temblar los labios. Tuerce la boca en una media sonrisa que revela ese hoyuelo que detesto en su mejilla.

—No te preocupes, voy a seguir intentándolo. Aunque quizá hoy no. Estoy agotado.

—No hace falta que se quede aquí si...

—Apaga la luz de una vez, Florence —me interrumpe con suavidad.

No hace falta que me lo diga dos veces. Busco con la mano el interruptor de mi lamparita y la apago en un segundo.

La oscuridad nos envuelve. Me acurruco más bajo las sábanas y cierro los ojos, con el rostro todavía mirando hacia Benedict. Se me haría extraño darle la espalda. Puede que no fuera más extraño de lo que ya es la situación, pero seguiría siendo algo maleducado.

—Buenas noches —murmura con su voz de seda negra, y yo respiro hondo. Inhalo un soplo de su olor.

—Buenas noches —respondo, subiéndome el edredón hasta la nariz para así dejar de olerlo. Al final voy a soñar con él. Creo que preferiría cualquiera de mis pesadillas.

Me despierto empapada en sudor, la sensación del cuerpo frío y sin vida de Bonnie todavía bajo los dedos, el sabor a hierro en la lengua.

El corazón se me acelera, la respiración se me entrecorta

y yo tardo unos segundos en darme cuenta de que solo fue un sueño. Las últimas dos noches han sido mucho peores de lo habitual y, aunque ahora ya sé que estoy despierta, el pánico no desaparece por completo.

Me vuelvo a acostar, mirando la penetrante oscuridad de mi habitación y acurrucándome todo lo que puedo bajo el edredón. Me vuelven a asaltar los mismos sentimientos que antes. Impotencia. Esa sensación de no poder contar más que conmigo misma. Y miedo. Un miedo infinito.

La tenue luz de la luna se abre paso hasta mi habitación a través de la capa de nubes. Respiro hondo, aliviada por tener algo de claridad. El despertador de mi mesita de noche marca la una y media. No puedo haber dormido mucho tiempo. ¿Cuándo me he...?

Mi mirada se desvía hacia un lado y me estremezco con tanta fuerza que dejo escapar un pequeño chillido. Hay una figura sentada en la oscuridad junto a mi cama, medio iluminada por el brillo de la luna.

Benedict.

Ay, Dios.

—Vaya susto me has dado —susurro, poniéndome una mano en el pecho como si así pudiera calmar el latir desbocado de mi corazón. Se me había olvidado por completo que pretendía quedarse aquí. O más bien que se haya quedado aquí. ¿Por qué sigue aquí?

Pero Benedict no reacciona a mis palabras. Me froto los ojos y me enderezo un poco en la cama para ver mejor. Tiene la cabeza girada hacia el hombro. Y ahora que el rugido en mis oídos comienza a desvanecerse, oigo su respiración tranquila y constante que llena el silencio. Está dormido.

Su pecho sube y baja muy despacio. Tiene los ojos cerrados. Yo entorno los míos en la oscuridad y distingo poco a poco la barba incipiente de sus mejillas. La curva de sus labios. Su ceño fruncido, apenas perceptible, como si él también estuviera atrapado en un sueño desagradable.

¿Y qué me pongo a hacer yo? Mirarlo fijamente. Pero por lo menos su presencia logró liberarme de la pesadilla.

Con un suspiro de exasperación, le doy la espalda y me vuelvo a acostar. Cierro los ojos, pero sigo oyéndolo respirar.

Noto su presencia en mi habitación como una astilla bajo la piel. Da igual lo mucho que intente pensar en cualquier otra cosa, no funciona. Hay una punzada constante que me mantiene consciente de que está ahí.

El fuego de la chimenea ya se apagó y la calefacción no puede con una habitación tan grande. En las próximas horas hará un frío horrible. Las altas ventanas y los gruesos muros del castillo son muy bonitos, pero no ayudan nada contra el implacable frío de enero.

Seguro que Benedict se queda congelado pronto. Por mucho que sea un vampiro, no duerme sin taparse por las noches. Si así fuera, sería raro que tuviera un edredón en la cama.

La idea me molesta más de lo que debería. Intento ignorarla durante unos minutos hasta que, de mala gana, salgo de la cama y cruzo sigilosamente la habitación por el suelo helado.

Todo mi ser se resiste. Es posible que esto sea lo más absurdo que he hecho en mi vida. Y, sin embargo...

Tomo una de las mantas de lana del sofá y se la pongo por encima con cuidado.

Su respiración resuena por la habitación, pero él apenas se mueve. Me quedo paralizada frente a él. Si se despierta ahora...

Pero solo inclina un poco más la cabeza hacia un lado. Podría venirle bien un cojín. Esa postura no parece para nada cómoda...

No. No es problema mío. ¿Y qué si mañana tiene un tirón en el cuello? Es un vampiro. Sobrevivirá. Intentar ponerle un cojín bajo la cabeza lo despertaría con total seguridad, y esa es una conversación que preferiría ahorrarme. Además... puede que entonces se vaya.

Patética.

¡Soy patética!

¿Por qué me importa cómo se encuentre? ¿Y por qué quiero que se quede? ¡Está claro que no logró ahuyentar mis pesadillas!

Al menos le viene bien a mi plan que se despierte y se dé cuenta de que lo tapé. Hará que confíe más en mí. O, al menos, eso intento decirme.

«Sigue interpretando el papel de la florecilla indefensa, Florence. No notará tus espinas hasta que sangre».

Las palabras de mi hermano resuenan en mi mente y por primera vez dudo de ellas. Dudo de todo.

¿Y si no estoy interpretando el papel de la florecilla? ¿Y si lo soy de verdad? ¿Y si resulta que no hay ninguna espina?

Trato de convencerme de que estoy intentando atraer a Benedict hacia mí con un truco, pero de verdad quiero que me tome la mano mientras me quedo dormida porque, de lo contrario, todo me abruma. Soy un fracaso total. ¿Podrían haber elegido a alguien peor para esta misión? Lo dudo.

Le doy vueltas a todos estos pensamientos durante lo que parece una eternidad, hundiéndome en posibilidades y autocompasión. No sé cómo voy a conseguirlo sin mi familia a mi lado. Lo único que puedo hacer es intentarlo, y lo más probable es que fracase por completo. Pero el fracaso no es una opción. Ya no. No cuando hemos llegado tan lejos. Y eso no hace sino empeorarlo todo. La realidad es la peor pesadilla.

Tengo que haberme quedado dormida en algún momento, porque me despierto con la pálida luz de la mañana en una habitación helada. Inmediatamente miro hacia un lado, pero el sillón donde dormía Benedict está vacío, con la manta doblada con cuidado sobre uno de los descansabrazos. Sin embargo, en mi mesita de noche hay una hoja de papel plegada con una letra clara.

Nos vemos a las 8 para desayunar.

~B

El corazón me da un vuelco y lanzo una mirada al despertador.

Mierda. Llego tarde.

CAPÍTULO ONCE

GOOD GRIEF

Las horas parecen pasar más despacio cuanto más tiempo permanece cerrado el castillo. Al principio, las nuevas normas de seguridad no eran más que un inconveniente. Me distraía trabajando para Benedict y tocando el arpa y pasaba las tardes con Lyra y Briana, que, a pesar de lo que pensaban, no tuvieron que desmontar el proyector de inmediato. Pero pronto incluso ver películas se vuelve monótono y los días han empezado a hacerse eternos.

Ahora ya es marzo. Las noches son cada vez más cortas y la primavera llega poco a poco al Jardín Rojo, pero solo puedo admirar la naturaleza desde mi balcón. En todas las semanas que han pasado desde la muerte de Bonnie, ni siquiera he salido del pasillo donde están nuestras habitaciones. Sigue sin haber señales del asesino, y Benedict no va a correr ningún riesgo con mi seguridad o la de Lyra. Pero hace tiempo que recuperé mis fuerzas y tengo ganas de hacer ejercicio. De que cambie algo. Y, en especial, de ver a mi familia.

Todavía no sé qué pensar de que Benedict parezca tan preocupado por mi bienestar. Sigue dejándome beber de él, y aunque no tanto como los primeros días, es mucho más que la gota que me ofreció al principio. Acepto de buena gana su sangre; sigo interpretando para él el papel de la chica indefensa a la que tiene que proteger. Y parece funcionar.

Las dos primeras semanas se sentaba junto a mi cama hasta que me quedaba dormida. Lo más seguro es que se quedara más, porque más de una vez me desperté de una pesadilla y su voz profunda y tranquilizadora consiguió que volviera a conciliar el sueño.

Ahora lo sigue haciendo a veces. Todas las noches, antes de acostarme, Benedict me hace una visita rápida para ver cómo estoy. Y si nota que no me siento bien, se queda. Ni siquiera tengo que decírselo. Es casi como si hubiera desarrollado un sexto sentido que le dice cómo me siento.

Parece que solo consigo ocultarle mis sentimientos la mitad de bien de lo que me gustaría. Me preocupa lo bien que sabe leerme. Pero tampoco puedo negar que disfruto de su atención. También encaja en mi plan, porque significa que Benedict y yo pasamos aún más tiempo juntos y que se va abriendo a mí poco a poco.

Lyra, por otro lado, le guarda cada vez más rencor a su hermano. Estamos sentadas en su *suite*, frente a un caballete con un lienzo, y ella agita el pincel con tanta fuerza que salpica.

—¡Me saca de quicio! —se queja, enderezando la foto del Big Ben que usa de modelo, como si eso fuera a enderezar la torre que ha pintado ella—. ¡No quiero pintar el Big Ben, quiero verlo! ¿A quién podría entretener esto? ¡Estamos encerradas! ¡Somos prisioneras! Pronto tendremos solo pan y agua, los digo yo.

Briana levanta la cabeza y se asoma desde detrás de su caballete. Fue ella la que sugirió pintar y ha pasado las últimas horas inusualmente callada.

—¿Tienes problemas con tu cuadro? —pregunta. Deja el

pincel y se acerca a nosotras. Contempla el trabajo de Lyra, que a su vez hace una mueca y niega con la cabeza—. Ya te dije que usaras una regla.

Lyra la fulmina con la mirada.

—Claro, eso lo arregla seguro. Parece una... Bueno, ¡ya sabes a lo que me refiero!

Carraspeo para ocultar una carcajada. Briana suelta un gruñido.

—¿Y por qué lo pintas de rojo?

—¡Es mi visión artística! —se queja Lyra, empujando a su amiga hacia un lado—. Mejor mira el de Florence, que el mío en comparación es una obra de arte.

Por desgracia, tiene razón. Resulta que no tengo talento para el arte. El perro que he intentado pintar bien podría representar un demonio del infierno de Dante. O una papa que se echó a perder.

—Solo necesitan un poco de paciencia —afirma Briana, con lo que se gana dos miradas de odio.

—Enseña el tuyo —ordena Lyra, levantándose.

—Mmm... Es que aún no está terminado —dice Briana a toda prisa, pero Lyra ya ha echado un vistazo a su cuadro y suspira molesta.

—¿En serio? ¡Tienes que estar bromeando!

Gira el caballete para que yo también pueda ver el cuadro y dejo escapar un bufido. Briana cubrió todo el lienzo con un montón de realistas rosas rojas. Es hermoso y hace que nuestros patéticos intentos parezcan los de un niño de cinco años.

—Ahora ya sé por qué propusiste que pintáramos —comento.

—¡Para hacernos enojar! —añade Lyra.

—No podía saber que les iba a gustar tan poco —se defiende Briana, alejando su caballete de Lyra, que sigue gesticulando a lo grande con el pincel.

—Tienes que pintarme algo —ordena Lyra, y Briana pone los ojos en blanco.

—Déjame adivinar. El Big Ben en rojo.

—Sí. Pero menos sugerente.

—Solo tienes que hacerlo más puntiagudo. Y luego añadir las esferas, llevo una hora diciéndotelo.

—¡Pero es que la forma no está bien!

—¡Puedes pintarlo tantas veces como quieras! Vamos, yo te ayudo. No soporto tus gimoteos, de verdad. Y Florence, tu... animal...

—No pasa nada —le aseguro—. Creo que tengo suficiente por hoy. Pueden pintar encima de mi papa demoníaca si necesitan otro lienzo. Nos vemos mañana.

Las dos se despiden de mí con una risotada y luego se ponen a discutir qué hacer a continuación con el cuadro de Lyra. Lavo a toda prisa el pincel, me quito el delantal de pintar y vuelvo a mi habitación. En el pasillo me miro las manos, donde todavía encuentro restos de pintura. Ojalá consiga limpiármelas bien. Si no, luego Benedict va a querer saber qué pinté.

Estoy a punto de correr al baño directo para lavarme las manos, pero me detengo delante de mi puerta. La música llega amortiguada hasta el pasillo, tan bajita que apenas se oye su sonido. ¿Es...? ¿Está tocando alguien el arpa?

Vacilante, me doy la vuelta, voy hacia la puerta de Benedict y aguzo las orejas. Es verdad. La música suena más fuerte aquí y un cosquilleo nervioso se me extiende por los dedos. ¿Quién estará tocando? ¿Debería...?

Miro hacia la derecha. Como siempre, hay cuatro guardias en la esquina. Dos de ellos están frente a mí y me observan. Si no se me permitiera molestar, me harían una señal, ¿verdad? Quizá negarían con la cabeza. O me dirían algo. Al menos, eso espero. Pero no es muy probable que vaya a interrumpir una reunión muy importante si hay alguien tocando el arpa ahí dentro.

Me armo de valor y llamo a la puerta. Lo más probable es que no me oiga por encima de la música, pero los guardias me están mirando y no quiero que parezca que me estoy colando en la *suite* de Benedict. Como esperaba, nadie contesta, pero entro de todas formas.

El sonido se vuelve más claro, más fuerte. Teje una delicada melodía. Una triste. El hormigueo de mis dedos se extiende por mi interior, convirtiéndose en una sensación desagradable en la boca del estómago. Creo que no debería estar aquí. Y, sin embargo...

Cierro la puerta sin ruido a mi espalda y recorro con sigilo la *suite* de Benedict. Con el corazón acelerado, me detengo frente a su estudio y acecho oculta por el marco de la puerta.

La imagen me sorprende menos de lo que debería.

Benedict está sentado ante el arpa con la espalda medio girada hacia mí. Sus dedos se deslizan sobre las cuerdas, tejiendo la melancolía en el sonido y poniéndome de gallina la piel de los brazos. Está tan absorto en lo que toca que ni siquiera se da cuenta cuando entro despacito. Su expresión es ilegible, su estilo el de alguien que en algún momento dominó el instrumento pero que lleva un tiempo sin tocarlo. De vez en cuando comete un error, duda demasiado antes de tocar una nota, descuida la técnica. Pero toca la canción con total libertad, como si estuviera grabada a fuego en su memoria. Como si cada nota triste viniera de lo más profundo de su propia alma.

Lo miro como hechizada, incapaz de moverme. No me atrevo a volver a respirar con normalidad hasta que Benedict termina la canción. Pero sigo sin poder apartar la mirada. Él baja las manos y mira al infinito un momento. ¿En qué pensará? ¿Qué relaciona con esa melodía?

Me gustaría dejarlo a solas con este instante en el que la

melodía parece resonar en su interior, pero ya es demasiado tarde para salir de la habitación sin que se dé cuenta. Sin embargo, quedarme aquí quieta observándolo tampoco es una opción. Trago saliva.

—Fue precioso —susurro, y Benedict vuelve en sí.

Se voltea de golpe hacia mí y lo oigo soltar el aire.

—Florence...

—Mis disculpas.

Sacudiendo la cabeza, deja el arpa en el suelo y se pasa una mano por la cara.

—¿Cuánto tiempo llevas ahí?

—Un par de minutos —admito en voz baja.

Benedict resopla.

—¿Alguna vez has pensado en cambiar de carrera para convertirte en espía? —bromea sin mucho entusiasmo.

Casi me ahogo con mi risa forzada.

—Tendría que dárseme muy mal coser para ser mejor en un trabajo así —intento salvar la situación.

Benedict sonríe.

—Sí, tu temperamento podría ser un buen inconveniente.

Se me acelera el corazón. De todas formas, entro más en la sala y me dejo caer en el sillón junto al librero que se encuentra más cerca del arpa.

—Pensaba que no tocaba —le digo, señalando al instrumento con la cabeza.

El rey hace una mueca con la boca.

—Suele ser verdad que no toco.

Le lanzo una mirada interrogante. Duda por un momento y me espero que se cierre totalmente de nuevo. Aunque se ha preocupado mucho por mí estas últimas semanas, Benedict nunca me deja descubrir nada más. No revela nada sobre sí mismo. Se guarda casi todos sus pensamientos para sí. Siempre me mantiene a una distancia segura.

Me saca de quicio. Solo quedan tres meses para el solsticio de verano y no tenemos una relación tan cercana como debería. Se podría pensar que me habría acercado a nuestro objetivo en las últimas semanas, pero sigo en la casilla de salida. Y aunque pienso en ello cada vez que Benedict me visita por la noche, no puedo dar un paso más. ¿Cómo podría, cuando al rey le importa tanto esta barrera que existe entre nosotros? Y quizá tampoco suponga mucha diferencia. Si sigue manteniendo el castillo así de cerrado, pongo en duda que se vayan a celebrar siquiera las festividades del solsticio.

—Era de mi madre —me contesta Benedict, y me quedo sin aire de la sorpresa. Acaricia el cuello del arpa, perdido en sus pensamientos—. Mi padre se la dio como regalo de bodas. Esta habitación antes era su estudio. Mi madre se sentaba aquí y tocaba mientras él trabajaba.

Intento que no se note lo mucho que me conmueve esa imagen de la vida de Benedict. Hasta ahora nunca me había contado nada sobre su niñez.

—¿Eso quiere decir que por eso estaba usted acostumbrado al volumen del sonido? —me acuerdo.

Él asiente.

—Crecí con el instrumento.

—¿Y también le enseñó su madre? —deduzco.

—Sí.

Apenas me atrevo a hacer la siguiente pregunta, pero no puedo evitar que me queme en la punta de la lengua. Al fin y al cabo, me siento frente al instrumento de su madre todos los días y toco para él mientras trabaja.

—¿Le recuerdo a ella? —pregunto. Al parecer la preocupación se refleja en mi voz. Benedict me mira y veo un atisbo de diversión en su rostro.

—En realidad no —responde con calma—. No es que tengan mucho en común. Este castillo está tan lleno de recuerdos de mi madre que es casi imposible no encontrarse con su sombra en alguna esquina. Lyra, por otro lado... —Niega con la cabeza—. Es como una versión más joven de ella. Sorprendente, teniendo en cuenta que nunca llegó a conocer a nuestra madre.

Me remuevo en la silla, incómoda. Me gustaría mucho hacerle más preguntas, saber más, pero me parece una falta de tacto preguntarle sobre sus padres muertos.

—Suéltalo —me exige Benedict con suavidad. Una vez más, ve con demasiada claridad lo que pienso.

—Solo me preguntaba cómo fallecieron sus padres —admito al final con un hilo de voz.

—Los asesinaron. —Su voz es tranquila y un poco demasiado contenida para sonar natural.

—¿Quién? —consigo atreverme a preguntar, de todas formas.

—Uno de los consejeros de mi padre. Pero es una larga historia.

Y esa es la forma educada de decir «no es asunto tuyo».

—¿Los extraña?

—Todos los días —responde Benedict en voz baja.

—¿Y por eso ya no toca?

En realidad, su duda sería respuesta suficiente, pero respira hondo y niega con la cabeza.

—Durante mucho tiempo me pareció una tortura escuchar este instrumento —dice.

Me quedo paralizada.

—¿Y por qué me dejó tocar?

Levanta los hombros y deja que su mirada recorra la habitación sin objetivo aparente.

—No lo sé. Me parecía absurdo no concederte ese deseo. Y después de tantos años, me resultó más terapéutico que doloroso.

No sé qué contestar a eso. Si hubiera sospechado lo importante que era el arpa para él, nunca le habría preguntado si podía tocarla. Por otro lado, para mí también lo es. La música es lo único que los vampiros no pudieron quitarle a mi familia. La música y nuestro espíritu de lucha. Incluso cuando de nuestra antigua reputación solo quedaban escombros y cenizas, el arpa de mi abuela permaneció con nosotros. Un recordatorio de todo lo que hemos perdido y todo lo que vamos a recuperar. Poder tocar este instrumento es como continuar con el legado de mi familia.

—En casa... —empiezo a decir, cruzando las manos sobre mi regazo, insegura—, siempre tocaba para mi familia.

Dejo las palabras flotando en el aire, le doy a Benedict un momento para meditarlas. Busca mi mirada con el ceño fruncido apenas perceptible, sus ojos verdes inquisitivos.

—Los extraño —susurro, aferrándome a la tela de la falda y mirándome las manos.

—Lo entiendo —contesta Benedict, dulce.

Tuerzo la boca y tiro de un hililllo suelto. Es inútil. El rey va a seguir sin ceder. Aunque, quizá...

—¿Sabe que la semana que viene es mi cumpleaños?

—Vas a cumplir veinticinco años, sí.

Lo miro llena de esperanza. Él suspira.

—Florence.

—¿De verdad sería tan peligroso? —pregunto.

—Todavía no hemos encontrado al culpable —me recuerda.

—¿Y qué hará ahora? ¿Quiere sellar el castillo para siempre? Lyra ya está empezando a contar las semillas de sus panecillos por puro aburrimiento.

Su expresión permanece impasible.

—¿Y bien? ¿Cuántas hay?

Suspiro.

—Por favor —le suplico—. Solo quiero ver a mi familia. Al menos una vez. Ha pasado tanto tiempo...

Benedict aprieta los labios con descontento.

Pero todavía no ha dicho que no. Ya es más de lo que he conseguido otras veces.

—¿De verdad puedes confiar en tu familia? —pregunta—. ¿Incondicionalmente?

¿Qué clase de pregunta es esa?

—Por supuesto que sí —respondo, irritada.

—¿Van a guardar en secreto todo lo que descubran aquí?

—Sí. —No. Por supuesto que no. Lo compartirán todo con la rebelión. Pero Benedict nunca lo sabrá.

—Si estás segura... De acuerdo.

Me quedo paralizada.

—Un momento. ¿Quiere decir que...?

—Una persona —decide—. Una hora. Por tu cumpleaños.

—Val —digo de inmediato.

Benedict asiente, resignado.

—Haré enviar la invitación.

Suelto una sonora exhalación. ¿Dijo que sí de verdad?

—¡Gracias! —exclamo, me levanto del sillón y me abrazo a su cuello.

Se pone rígido, obviamente desconcertado por el gesto, y solo entonces me doy cuenta de lo que acabo de hacer. Sin embargo, intento no dejar que se me note la repentina timidez. Benedict duda por un momento y luego me acaricia con suavidad los hombros.

Se me hace extraño abrazarlo, especialmente porque todavía sigue sentado en el taburete y tengo que inclinarme hacia él. Al mismo tiempo, me parece lo más natural del mundo. Es probable que sea porque ya nos acercamos mucho cuando bebe de mí. Y también es probable que sea por lo mucho que lo anhelo. No a él, claro. Sino el contacto en general. La cercanía. El consuelo.

—No hace falta que me des las gracias —murmura—. Es la seguridad de tu hermano lo que estás poniendo en riesgo.

—No le pasará nada —le prometo mientras me separo de él. Me arden las mejillas, pero lo miro a la cara de todas formas. Me estudia, su mirada penetrante, su expresión ilegible.

—Dios te oiga —dice, pero la comisura de su boca tiembla traicionera.

—¿Se siente generoso? —se me escapa—. Por ejemplo, también me gustaría poder volver a salir al jardín. Es lo mismo que me vigilen aquí dentro que ahí fuera...

Su siguiente suspiro es incluso más profundo.

—Supongo que no puedo tenerlas encerradas aquí para siempre.

—¿En serio? —pregunto esperanzada.

—De todas formas, tarde o temprano se le ocurrirán a Lyra ideas cuestionables. Y entonces lo más probable es que las semillas de sus panecillos acaben en mi cama. Me doy por vencido.

—No sabía que se le pudiera chantajear —bromeo mientras me dejo caer de nuevo en el sillón.

—Con la amenaza adecuada, incluso se puede doblegar a un rey —responde Benedict secamente, pasando los dedos de nuevo por el cuello decorado en oro del arpa.

—Gracias —digo otra vez, pero él niega con la cabeza.

—Nunca he querido tratarte de forma tan protectora —dice en voz baja—. Pero estoy entre la espada y la pared. Muchas veces no es posible ser un buen rey y un buen hombre al mismo tiempo. Y los trucos de equilibrismo no me salen siempre bien.

Sus palabras me causan una inesperada calidez en el pecho. Parecen tan sinceras... Quizá es verdad que intenta hacer las cosas bien. Pero ignora que su poder se extiende más allá de este castillo. Abarca incluso hasta los rincones más recónditos de la ciudad y la isla más pequeña de nuestra costa. Todos los humanos sufren bajo su gobierno. Por su culpa.

—Lo entiendo —susurro.

Nos quedamos callados, pero no resulta desagradable. Un silencio de común acuerdo nos envuelve. Observo los dedos de Benedict trazar los ornamentos del arpa y casi me parece sentir su suave tacto en mi piel.

—¿Qué canción estaba tocando antes? —le pregunto en algún momento.

—La compuso mi madre —me contesta con tranquilidad—. La llamó «La canción de la melancolía».

Se me hace un nudo en la garganta. El título no podría irle mejor. Si tuviera que describir la melodía con una palabra, habría dicho que es un suspiro.

—Es preciosa.

—Sí. Mi madre tenía mucho talento.

—¿La volvería a tocar para mí? —No tengo que fingir el tono esperanzador. Tengo muchas ganas de volver a escuchar la canción. Y, sobre todo, tengo muchas ganas de verlo a él tocar de nuevo.

—Puedo intentarlo —ofrece Benedict—. Pero he de admitir que ahora me duelen los dedos.

—Es por la posición de la mano —se me escapa. Cierro la boca de golpe—. Mis disculpas.

Él levanta las cejas, divertido.

—No, por favor. ¿Qué le pasa a la posición de mi mano?

—Es descuidada. Si no tiene cuidado en el futuro, se destrozará los tendones.

Frunce el ceño.

—¿Con qué tengo que tener cuidado exactamente? Por

desgracia, han pasado algunos años desde que pude disfrutar de las lecciones. Dos décadas, para ser exactos.

—Mmm... Es difícil de explicar —balbuceo, sonrojándome de nuevo. Benedict se limita a mirarme expectante—. ¿Podría mostrárselo? —sugiero con incertidumbre.

Me estudia durante un momento.

—De acuerdo —acepta al final. Se desliza hasta el borde del taburete para que me pueda acercar—. Enséñame.

Me siento a su lado vacilante. Hay poco espacio y de mi pierna a mi hombro estoy pegada a Benedict. Su calidez entra en mí de inmediato y me hace querer acercarme aún más a él. Reprimo el sentimiento. En lugar de eso, asiento con una invitación hacia Benedict.

—¿Puede mostrarme cómo coloca las manos de nuevo?

Inclina el arpa hacia él y lleva las manos hacia las cuerdas. Niego con la cabeza de inmediato. Coloco los dedos sobre los suyos y le giro un poco la mano. Su piel arde bajo la mía.

—Así —digo en voz baja—. El pulgar un poquito más arriba. Y con menos tensión.

Con cuidado le abro un poco los dedos y vacilo cuando los cierra alrededor de los míos. Lo miro, pero él estudia nuestras manos y acaricia suavemente mis nudillos con el pulgar. Tengo muchísimo calor. Miles de mariposas comienzan a volar en mi estómago.

—¿Te atacó una cubeta de pintura? —pregunta en voz baja. Respiro con fuerza y él levanta la mirada. Me devora con sus ojos verdes.

—Briana quería pintar —consigo decir.

Levanta la comisura de la boca.

—¿Con los dedos?

Suelto un resoplido, medio indignada, medio divertida.

—¡No es tan fácil!

—Claro que no. ¿Qué pintaste?

—Nada —digo a toda prisa.

Benedict levanta una ceja.

—Si le pregunto a mi hermana, ¿me va a contestar lo mismo?

—De verdad que no es... nada.

—Mmm —dice con una sonrisa—. O has hecho un retrato mío a tamaño real o por fin he descubierto algo que se te da mal.

Lo fulmino con la mirada.

—El retrato tendría que ser tan alto como el castillo para que cupiera su enorme ego.

—¿Lo segundo, entonces? —pregunta divertido.

—No es ninguna sorpresa. Hay muchas cosas que no se me dan bien.

—Pues yo no he descubierto ninguna todavía. Eres inteligente, instruida, musical, sagaz...

—Quizá debería pintar usted un retrato mío —bromeo.

Benedict sacude la cabeza.

—A eso me refería exactamente.

—Quizá solo es fácil de impresionar —replico.

—La verdad es que para nada. —Me observa pensativo. De nuevo me aprieta la mano y noto su contacto con tanta intensidad que me parece que va a dejarme marcas de quemadura en la piel.

—Usted también me impresiona a menudo —admito en un susurro.

—¿Ah, sí? —Su voz ronca me pone de gallina la piel de los brazos.

—Actúa con frialdad e insensibilidad para ocultar la fuerza con la que siente en realidad.

—¿Y qué de todo eso te parece impresionante?

Trago saliva.

—Que pueda admitir abiertamente sus sentimientos cuando llega el momento. La mayoría de las personas los esconden porque ellos mismos les tienen miedo. Pero creo que lo hace para que nadie más tenga que preocuparse por usted.

—Quizá eres tú la que es fácil de impresionar —murmura.

Se me forma un gran nudo en la garganta. Podría decirme a mí misma que le acabo de mentir. O que lo de sentir algo parecido a la admiración se debe solo a que esperaba cosas mucho peores de Benedict. Había pensado que sería un monstruo cruel y mis expectativas eran tan bajas que cualquier indicio de humanidad me habría sorprendido. Pero no sería cierto. Es verdad que me impresiona. Y cada día me resulta más difícil negarlo.

—Para nada —susurro.

Benedict resopla.

—Es extraño.

—¿Qué?

—En la celebración del solsticio estaba convencido por completo de que me arrepentiría de mi elección.

—¿Y ahora?

Su mirada permanece fija en mis labios.

—Ahora ya no sé lo que debería pensar.

Me quedo parada.

—¿Qué quiere decir con eso?

—Es solo que me confundes, Florence. —Aprieta mis dedos en los suyos con algo más de fuerza, me vuelve a mirar a los ojos, y yo me quedo sin aliento.

—Usted tampoco es exactamente... sencillo. —Me cuesta hablar.

Me suelta los dedos, deja el arpa en el suelo y se vuelve hacia mí. Se apoya con una mano en el borde del taburete a mi espalda. No es exactamente un abrazo y, sin embargo, de repente estamos todavía más cerca. Mi corazón comienza a acelerarse. Y cuando Benedict baja lentamente la cabeza, me quedo completamente de piedra.

Hace una pausa, su rostro a centímetros del mío. Lo oigo tragar. Su aliento me roza la mejilla, pero estoy abrumada por completo. ¿Quiere besarme? ¿Qué está esperando? ¿A que haga algo yo?

Tomo aire para decir algo, pero justo en ese momento desaparece la tensión de su cuerpo. Levanta la cabeza, me da un beso en la coronilla y se pone de pie.

—Tengo otra reunión —murmura con voz ronca. Se acerca al escritorio y yo me levanto con las rodillas temblorosas.

—Ah —es lo único que consigo decir.

Benedict se aclara la garganta, busca mis ojos un segundo y luego mira el arpa.

—Quizá la próxima vez podrías enseñarme más.

Mi corazón es incapaz de tranquilizarse. Estoy un poco mareada.

—Cuando quiera, majestad.

Tal vez sea mi imaginación, pero un atisbo de insatisfacción parece cruzar su rostro cuando me dirijo a él así.

—Haré que envíen la invitación para tu cumpleaños de inmediato y volverán a tener el jardín a su disposición. Puedes decírselo a Lyra.

—Si se lo dice usted mismo, quizá eso le salve de encontrar la cama llena de semillas —comento, acercándome despacio a la puerta.

—Sí. Tienes razón, gracias.

Indecisa, me quedo junto a la puerta.

—Gracias a usted.

Pero al igual que antes, lo ignora y recoge algunos documentos de su escritorio.

—Hasta luego, Florence.

—Hasta luego —respondo tímidamente y salgo de su

suite. En el pasillo, respiro hondo unas cuantas veces y trato de despejarme la cabeza. Sin éxito.

La cercanía de Benedict desató el caos total en mi interior.

¿De verdad quería besarme? No. Solo...

Sí. ¿Qué iba a hacer, si no? Pero ¿por qué no lo ha hecho? ¿Y, mierda, por qué me decepcionó tanto que no lo hiciera?

CAPÍTULO DOCE

WATCH ME NOW

El tiempo muestra su mejor cara para mi cumpleaños. Apenas se ve una nube en el cielo de Londres, a diferencia del gris usual. Estoy de pie en el jardín con los rayos del sol calentándome las mejillas. Huele a la llegada de la primavera. Al rocío sobre la hierba, a las primeras flores que brotan del suelo a lo largo del camino, a una nueva vida.

Cuando me desperté esta mañana, los sirvientes me trajeron un plato de pastelitos duros como una piedra. También recibí un pequeño cuadro envuelto en papel de regalo en el que alguien pintó una rosa roja que llena todo el lienzo. No necesito mirar las tarjetas para saber que vienen de Lyra y Briana. Me sorprendo de todas formas. No esperaba ningún regalo, y menos nada hecho a mano.

Sin embargo, ni siquiera escuché una palabra de Benedict. Ayer me dijo que lo pasara bien y me dio el día libre para poder disfrutar de mi cumpleaños.

No lo he visto todavía. Lo más probable es que esté sentado en su estudio analizando minuciosamente sus documentos.

Parece más distante desde que lo sorprendí tocando el arpa. Como si estuviera intentando mantener la distancia intencionalmente. Es hora de saber qué opina Val sobre mi situación. Mi hermano sabrá qué hacer. Espero.

Val...

La idea de volver a verlo me hace dar saltitos de anticipación, y solo unos minutos más tarde veo su cabellera color castaño oxidado entre los arbustos. Valerian toma una curva en el camino con un guardia a cada lado. Lleva su largo abrigo negro abierto; debajo, pantalones de traje, camisa y corbata. Se me escapa un suspiro y corro hacia él.

Val viene hacia mí. Nuestra escolta se queda detrás, dejándonos este momento para nosotros solos. Me lanzo al cuello de mi hermano y él me atrapa con facilidad, estrechándome contra él y dándome una vuelta en el aire.

—Hola, hermanita —me murmura al oído mientras me baja al suelo con cuidado—. Felicidades. —Intenta separarse de mí, pero yo sigo aferrándome a su cuello con los brazos, abrazándolo con fuerza. No quiero que me suelte. Nunca más.

—Te extrañé tanto... —murmuro contra el cuello de su abrigo.

Val me acaricia la espalda todo el tiempo.

—Y nosotros a ti. Ven, solo tenemos una hora. ¿Damos una vuelta?

Me suelto y me doy un momento para mirarlo más de cerca. No ha cambiado. Todo sigue igual. Pelo corto y peinado hacia atrás, barba de tres días recortada, el ceño fruncido de siempre, aunque para mí sea más suave que para el resto del mundo. Val también me observa con sus ojos azules y vuelvo a abrazarlo enseguida.

—Ay, Flo —murmura mientras me acaricia el pelo—. Si sigues así, se me va a hacer imposible volver a irme.

El humor y la seriedad se mezclan en su voz. Entiendo a la perfección a qué se refiere. No quiero que Val vuelva a dejarme sola. Aunque debe hacerlo, así que será mejor que no me acostumbre demasiado a tenerlo junto a mí de nuevo.

De mala gana vuelvo a separarme de él y lo tomo del brazo. Nos ponemos en marcha, adentrándonos en el jardín. Los guardias nos siguen a una distancia prudencial. Esta mañana, Benedict puso doble y triple vigilancia en todo el parque para que podamos pasear tranquilos. Menos mal. Aquí afuera podemos hablar sin que nos molesten y sin correr el riesgo de que nos oigan. Pero mi hermano sigue teniendo cuidado. No deja de mirar en todas las direcciones, como si pudiera haber alguien entre los arbustos.

—¿Cómo están papá y mamá? —pregunto.

Val levanta los hombros.

—Como siempre, creo. Papá se está echando a perder un poco, porque ya no tiene con quién entrenar.

—Pero puede entrenar contigo.

—Puede. Pero soy mejor que él y eso le saca de quicio.

—De tal palo tal astilla —afirmo.

—Mira quién habla. —Me gano una sonrisa torcida.

Mi hermano me lleva hacia la izquierda, bajo los árboles. El camino pasa por una pradera donde florecen innumerables azafranes blancos y campanillas de invierno. Allí se alza un banco solitario con vista al ala real del castillo. Estoy bastante segura de que todo esto se ve desde la *suite* de Benedict, pero curiosamente no me hace sentir como si me estuvieran observando. Que Benedict pueda formar parte de mi reencuentro con Val me hace sentir una cierta conexión con él. Y eso a su vez me preocupa.

—Bueno —empieza mi hermano en cuanto llegamos al banco y echa un último vistazo hacia atrás antes de invitarme a sentarme—. ¿Cómo estás?

Él se sienta también y me examina con atención. Tardo un momento en encontrar las palabras, pero antes de conseguirlo, Val llena el silencio. Normalmente apenas deja entrever que está nervioso, pero yo lo veo tan claro como nunca.

—Quería traerte unos rollitos de canela —dice, tomando mi mano entre las suyas—. Pero me los quitaron en la puerta. Te los darán más tarde, cuando seguro ya estén duros como piedras, o puede que alguna de esas sanguijuelas esté disfrutando ahora mismo de mis grandes dotes culinarias.

Se me escapa una risa ahogada, pero al mismo tiempo sus palabras despiertan una melancolía que se me clava en el corazón como una astilla. La idea de que mi hermano, normalmente tan duro, se haya presentado en el Corazón Carmesí con rollitos de canela me conmueve profundamente.

—Estoy bien —afirmo, aunque no estoy segura de que sea cierto. Mis emociones son un caos total, nuestro plan está en ruinas y un asesino desconocido casi me envenena. Por otro lado, todavía sigo viva e ilesa, así que... Un escalofrío recorre mi cuerpo cuando pienso en Bonnie, y de repente se escapan sin más las palabras que hasta ahora no había encontrado—: Alguien intentó matarme.

Val se queda parado.

—¿Qué?

Me aferro a su mano y le cuento lo sucedido. Su ceño se frunce por momentos mientras saca nuevas conclusiones de todas mis palabras, que se van enredando cada vez más.

—¿Qué opinas? —le pregunto cuando he terminado de contárselo todo y Val lleva unos minutos mirando al frente en silencio. Sacude la cabeza y frunce los labios.

—Por un lado, me preocupa pensar lo obvio que es que hay gente ahí dentro que te quiere muerta. Por otro, parece que alguien en el castillo está tramando algo contra el rey. Tiene un traidor en sus propias filas. ¿Te ha dicho algo al respecto? ¿Te ha dado alguna pista?

—No. Pero le inquietó mucho. Por eso no han podido venir a visitarme todos.

—Comprendo. ¿Qué más has podido averiguar?

A regañadientes, recopilo la poca información que he podido conseguir para Val. Le cuento que la sangre de vampiro cura, la frecuencia con la que Benedict bebe de mí y que sus padres fueron asesinados en su día. Lo importante que es Lyra para el rey y lo mucho que parece preocuparse por mí. Siento que lo traiciono al revelar todas estas cosas. Nada de esto es asunto de Val. Es información personal que me han contado en confianza.

Pero, claro, no se trata de eso. Se trata de la misión. Y a la misión no le importan las emociones ni el protocolo, solo el resultado. De todas formas, me temo que Benedict tenía razón al final: soy una espía horrible.

—¿Eso es todo? —pregunta Val, cuando termino mi relato.

—¿Cómo? ¿Todo? —replico irritada.

—Llevas tres meses aquí. Debo confesar que había esperado algo más.

—No es tan fácil —me quejo—. Cerró todo el castillo después del asesinato y apenas me deja salir de mi habitación. Si tenemos mala suerte, llegará a cancelar la fiesta del solsticio de verano.

Val hace una mueca.

—Si se diera el caso, buscaremos una alternativa. Hasta entonces, seguiremos con nuestro plan. Ya hice todos los preparativos en la residencia de verano. Hay una daga en el invernadero, bajo el tablero de la mesa en la esquina de atrás, a la derecha. La otra está en la sala de música, debajo del taburete del piano. Acuérdate. Si encuentran una de ellas antes, toma la otra. También descubrí dónde está la habitación de Benedict. En cuanto hayas hecho tu trabajo, pon una vela junto a la ventana y espera en el balcón. Yo te sacaré.

—Val...

—Te lo prometo, hermanita. —Lo dice con una convicción de hierro, pero sus palabras se cuelan en mi corazón como un gran peso. Hoy cumplo veinticinco años y no puedo decir con total seguridad si llegaré a los veintiséis. Hay tantas cosas que podrían salir mal. Para empezar, podría fallar yo misma.

—No sé si lo voy a conseguir —admito en voz baja.

—Eres una Hawthorne —dice como un juramento—. Sé que tienes miedo. Todos lo tenemos. Pero eres inteligente. Eres valiente. Y cuando llegue el momento, no vacilarás, eso lo tengo claro.

Trago saliva.

—Pero ni siquiera sé si tendré la oportunidad de hacerlo.

Val vuelve a mirarme interrogante, una orden silenciosa para que siga hablando.

—Benedict no se acuesta conmigo —murmuro.

¿Es alivio lo que veo en su rostro? ¿O solo confusión?

—¿Por qué no? —pregunta mi hermano.

—No se acuesta con ninguna novia de sangre.

La expresión de Val se vuelve impenetrable. Gira el torso hacia mí y toma mi otra mano entre las suyas. Y entonces la máscara que se ha puesto con tanto cuidado se desmorona. Revela un atisbo de dolor que no suele dejarme ver. Por un momento, se ve claramente que las palabras que va a decir a continuación lo están destrozando. Y, sin embargo, las pronuncia.

—Eso tiene que cambiar —me exhorta en voz baja.

Tengo el corazón encogido.

—Pero...

—No hay peros —contesta, tranquilo—. Flo, tenemos un plan.

—¡Pero cuando lo planeamos, pensábamos que no había

otra manera! ¡Pensábamos que tomaría lo que quisiera y no que yo tendría que seducirlo!

Val respira hondo.

—Eso no cambia nada, Flo. Sigue sin haber otra manera. ¿O se te ha ocurrido algo? —Cuando no le contesto, sacude la cabeza sin fuerza—. Sé que es un plan horrible. Ya lo era desde el principio. Tengo claro en la pesadilla en la que te metimos. Pero tú te consagraste a esta misión. Y si no la cumples, correrá más sangre de la que quiere ninguno de nosotros.

Me muerdo el interior de la mejilla para reprimir cualquier réplica. Val tiene razón. Nuestro plan B es en caso de que, por algún motivo, no consiga matar a Benedict antes del solsticio. Se planeó un asesinato para la celebración, pero implica muchos más riesgos que si actuara yo sola. Aunque yo fracase a propósito en mi cometido, la estrategia seguirá en marcha. Y por mucho que evite acercarme a Benedict más de lo necesario, no quiero poner a mi familia todavía más en peligro.

—Estabas preparada —me susurra Val mientras me acaricia los brazos—. Y sigues estándolo. Puedes hacerlo, Flo.

Me cuesta respirar. ¿Estaba preparada de verdad? ¿O solo lo fingía? Porque todavía me acuerdo de las primeras noches que pasé en palacio. Recuerdo el pánico que recorría todo mi ser hora tras hora, asentándose plomizo en mi cuerpo y robándome dolorosamente el aire. Igual que ahora. Ya no temo a Benedict, pero sigo teniendo miedo. Sobre todo de mis propios sentimientos, en los que cada vez confío menos.

—No tengo ni idea de cómo hacer algo así —le explico desesperada—. No puedo desnudarme sin más delante de él, no es tan bruto. Mantiene las distancias, Val.

—Dijiste que el rey se preocupa por ti —me recuerda—. Le gustas. Aprovéchate de eso.

Hace que suene casi como si se tratara de una especie de juego. Como si fuera un asunto trivial obligarme a acostarme con este hombre. La idea del sexo con Benedict resulta intimidante. Y al mismo tiempo... excitante. No puedo negar que me parece atractivo. Que a veces deseo que me toque, que me bese. Que su olor me atrae, su cercanía me embriaga. Pero el mero hecho de saber que tengo que hacerlo le quita todo el brillo a la idea. Y luego está el hecho de que no debería sentir nada de esto. No se me permite sentirlo. Se supone que debo matarlo. Pero en vez de manipularlo yo, me siento más como si estuviera dejando que él me sedujera a mí. Como si fuera él el que lleva las riendas siempre, y no yo.

—Florence. —El rostro de Val se vuelve duro. Me basta una mirada para saber que quizá vea mi miedo, pero que nunca lo va a aceptar. Lo importante nunca es nuestro bienestar. Es siempre el de la humanidad. Es la libertad. La venganza. La igualdad. Toda mi familia es así: al parecer, ajenos a nuestros propios deseos. Nuestras vidas están dedicadas únicamente a este gran objetivo que nos ha guiado durante tanto tiempo y que nos hace dejar atrás nuestra humanidad de vez en cuando.

En este momento, no soy la hermana de Val. No soy la hija de nuestros padres. Solo soy otra pieza en el tablero, un arma con alma, el medio para un fin. Y estoy fracasando estrepitosamente.

—¿Podemos confiar en ti? —me pregunta mi hermano con calma, con lo que el nudo en mi garganta se aprieta más.

—Sí —me esfuerzo por decir.

Me observa interrogante; es obvio que mi respuesta no le convence. Le sostengo la mirada en silencio. Cuando vuelvo a abrir la boca, se me ocurren verdades que no puedo decir. Emociones que no me tengo permitido sentir. Entonces, escupo toda la amarga decepción que siento ahora mismo. Debería haber sabido que reaccionaría así y, sin embargo, esperaba que Val me diera respuestas diferentes.

—¿Dónde están escondidas las dagas? —me pregunta como si fuera un examen.

Respiro hondo.

—En el invernadero, bajo el tablero de la mesa en la esquina de atrás, a la derecha, y en la sala de música, debajo del taburete del piano.

—Bien. ¿Y qué harás cuando lo hayas matado?

—Encender una vela en la ventana y esperar en el balcón.

Val asiente, satisfecho.

—Cumple tu parte y yo te sacaré. Te lo juro.

Trago saliva. Asiento. Callo.

Val cree de verdad que me podrá rescatar. No le da igual lo que me pueda pasar hasta entonces. Y, sin embargo, nuestras convicciones siguen siendo lo primero para mi hermano, no yo.

Eso es lo que acabará conmigo. Lento pero seguro.

Y cuando venga a salvarme, hará tiempo que me habré perdido.

Una vez que Val se despide de mí, vuelvo a mi habitación a pasos lentos. Pensaba que sería agradable volver a verlo por fin. Que disiparía un poco mi soledad y me mostraría el camino para los próximos meses. En lugar de eso, ahora me siento todavía más sola que antes y perdida, sin esperanzas.

Deambulo inquieta por la habitación hasta que en algún momento me siento en el sillón, doy pellizquitos a una de las magdalenas de Lyra y me como un pedazo de vez en cuando. La parte superior con glaseado está deliciosa, el resto parece hecho más bien para hundirlo en leche y dejarlo en remojo unos diez minutos.

Tocan la puerta y preferiría no contestar. No tengo ganas de compañía. Prefiero recrearme en mi autocompasión.

—Adelante —digo de todas formas, apartando de mí el plato en la mesita. Para mi sorpresa, no es Lyra la que entra, sino su hermano. Benedict lleva los rizos oscuros despeinados, como si se hubiera pasado varias veces los dedos por el pelo. Su aspecto es más natural que de costumbre, aunque lleva la barba tan bien recortada como siempre y su ropa está impecable.

Me encuentra en el sillón y levanta las cejas.

—Te veo con ganas de fiesta.

Es un chiste, sé que lo es. Pero no consigo contestar con más que un suspiro. Su expresión se suaviza de inmediato. El rey cierra la puerta a su espalda y se acerca a mí. Vacilante, se sienta a mi lado. Mira el pastelillo desmoronado que hay en el plato, pero no hace ningún comentario.

—¿Qué tal te fue con tu hermano? —pregunta en su lugar.

Levanto los hombros, incapaz de contestarle. La verdad no es algo que pueda revelarle, de todas formas. Y para mentiras no tengo fuerzas ahora mismo.

—Imagino que no como te esperabas.

—La verdad es que no, no —contesto en voz baja.

—¿Por qué? —La voz de Benedict es suave. Me dan ganas de apoyarme en su hombro y llorar toda la frustración, todo el dolor.

—Familia —me limito a contestar, evadiendo su mirada.

Con el rabillo del ojo veo cómo asiente. Quizá no sea respuesta suficiente para él, pero la acepta como si lo fuera.

—Mi hermana se me adelantó, por lo que veo —cambia de tema—. Aunque parece que sus creaciones fueron más comestibles aquella vez que la ayudaste tú.

—Se debió por completo a la ayuda de las personas a su servicio —le explico—. Pero, conociendo a Lyra, imagino que ya no dejó que la ayudaran.

—Nada le gusta menos que le expliquen las cosas dos veces —confirma con una sonrisa mientras se reclina en el sillón.

Me obligo a sonreír. Es muy amable por su parte intentar animarme. Pero tengo la cabeza demasiado llena de preocupaciones y el corazón encogido por las palabras de Val. Sigo sin estar segura de cómo debo tratar a Benedict ahora. Pero la realidad es que solo tengo una opción.

Benedict guarda silencio por un momento y yo casi espero que se vaya. ¿Por qué iba a quedarse si estoy de tan mal humor? Debería convencerlo de que se quedara, pero ahora mismo no me atrevo.

—Quería felicitarte por tu cumpleaños —dice, y yo levanto los ojos hacia él con una pregunta en la mirada.

—Gracias —le digo en voz baja.

Niega con la cabeza.

—Pero no así. No me parece adecuado.

—Ah. —No entiendo nada—. Lo siento.

—No era una acusación —responde—. No tienes nada por lo que disculparte.

Sin embargo, frunce el ceño, evidentemente descontento con la situación, y me mira pensativo. Sostengo su mirada, aunque me pone nerviosa. Y... ¿ahora? ¿Qué pretende?

—Estoy confundida —admito.

Benedict se pasa los dedos por el pelo y los rizos le caen todavía más despeinados que antes. Respira hondo.

—¿Ya tienes planes para esta noche?

Ahora me tengo que reír.

—¿Qué planes podría tener?

Mantiene la cara seria.

—Con Lyra y Briana, quizá.

Niego con la cabeza.

—No. Nada.

—Pues ahora sí tienes, de manera oficial. —Se levanta—. Te avisaré cuando llegue el momento.

Si antes pensaba que estaba desconcertada, ni punto de comparación con cómo me siento ahora.

—¿Avisarme? —pregunto—. ¿Avisarme de qué?

Benedict me observa un momento.

—Todavía no lo sé —admite—. Pero ponte algo bonito. Vamos a salir.

—¿A salir? —repito sin poder creérmelo. No se refiere a lo que creo que se refiere, ¿no?

—Si quieres —añade, con un dejo de pregunta en su voz.

—Me gustaría mucho.

Como si fuera a decir que no. Sea lo que sea «salir», siento curiosidad y agradezco cualquier tipo de distracción.

CAPÍTULO TRECE

RUN TOWARDS THE MONSTER

Benedict me manda llamar después de cenar.

Seis guardias me acompañan por el castillo y es la primera vez desde mi llegada que veo la puerta principal.

Benedict me espera en el pasillo exterior, flanqueado por Eris y otros innumerables guardias. Está diferente: ahora lleva el cabello peinado hacia atrás y un traje negro, lo que me recuerda nuestro primer encuentro sin poder evitarlo. Cómo me interpuse en su camino y nuestras miradas se cruzaron al pasar. Su olor, que memoricé de inmediato.

En ese momento todavía no sabía quién era. Y, sin embargo, el momento me pareció significativo. Casi como si tuviera el poder de reconducir los hilos del destino y llevar mi vida en direcciones inesperadas.

Benedict avanza los últimos metros hacia mí y me ofrece su brazo. Su proximidad me provoca un hormigueo excitante en la piel y el calor me sube a las mejillas.

—¿Preparada? —me dice a modo de saludo.

¿Preparada para qué? No me va a sacar del castillo de verdad, ¿o sí?

Puede que solo vayamos a dar un paseo. Pero con esta ropa... Llevo un vestido de noche dorado de tela fina y sedosa que cae hasta el suelo como una cascada. Con tacones altos y un abrigo grueso. No es exactamente el tipo de atuendo para explorar el Jardín Rojo por la noche.

Recorro con la mirada la puerta y los guardias que nos rodean. Los ojos de Eris me hacen vacilar. La mano derecha frunce el ceño. Es obvio que no está contenta con los planes del rey. Creo que es señal suficiente. Vamos a salir del Corazón Carmesí de verdad. La preocupación y la anticipación se entremezclan en mi pecho.

—Preparada —susurro, volviendo a mirarlo.

—Vamos. —Con un gesto de la mano, ordena a los guardias que nos abran la puerta. Hay más guardias esperando afuera, alrededor de un convoy de coches con una limusina negra estacionada en el centro.

Benedict me guía escalera abajo y a través del oscuro camino de grava. Me abre la puerta de la limusina y subimos en el asiento trasero. Eris sube en el lado del copiloto y el resto de los guardias se reparten en los otros coches.

Solo un par se queda en la puerta.

—¿Adónde vamos? —susurro.

—Es una sorpresa —responde Benedict. Es inesperado lo tranquilo que está teniendo en cuenta que acabamos de dejar atrás la seguridad de su castillo, en la que tanto énfasis ha puesto los últimos meses. Hay una cierta tensión en sus ojos, pero es subyacente. Ni punto de comparación con la de Eris Hyll, que está gruñendo órdenes en voz baja por radio para coordinar nuestra partida.

Nos ponemos en movimiento casi en completo silencio gracias al motor eléctrico del coche. La grava cruje bajo las ruedas y al poco tiempo llegamos a la muralla que separa el recinto del castillo del Distrito Interior. Esta puerta también se abre para nosotros y nos permite acceder al centro de la ciudad nocturna.

He estado por aquí muy pocas veces, y siempre que vengo me sorprende lo diferente que es esta parte de Londres de los barrios humanos. Las calles están limpias, las casas bien cuidadas. Los transeúntes llevan ropa elegante, ríen y se divierten. Salen por placer, para reunirse en un bar o ver una película en uno de los cines. Cosas que son un lujo para nosotros. Y no se trata solo de dinero. Cuando te pasas diez horas trabajando como una mula en una nave de producción mal iluminada, no te queda energía para algo así. Y cuando te pasas todo el tiempo preocupada por si tu hermano volverá vivo del trabajo, es difícil fingir relajación.

Los vampiros no se dan cuenta de lo dura que es nuestra vida. Les hacemos el trabajo sucio mientras ellos se divierten.

La gente se voltea para mirarnos y observan sin complejos nuestro convoy. Es obvio que alguien importante está sentado detrás de los vidrios polarizados. No es de extrañar que Benedict pase la mayor parte del tiempo en el castillo si cada vez que sale tiene la sensación de estar en el escaparate.

Un taxi pasa a toda velocidad junto a nosotros e inmediatamente pienso en Val. ¿Trabajará esta noche? ¿Le atormenta nuestro encuentro tanto como a mí? ¿O ya está pensando en nuevos planes en caso de que yo fracase?

Después de unos diez minutos de viaje, nos detenemos frente a un enorme edificio muy iluminado. No consigo ver más que la zona de la entrada. Una alfombra roja conduce a una gran escalera de piedra. Las puertas abiertas están enmarcadas por imponentes pilares y una cálida luz nos ilumina desde el interior. Unas cuantas personas se arremolinan delante, pero Eris ya está dando la orden de desalojar.

Esperamos en el coche mientras nuestros guardias salen y aseguran la zona. Cuando la limusina y el camino de entrada están rodeados de guardias, Eris sale y me abre la puerta.

No deja de mirar a su alrededor, como si tuviera que analizar cada pequeña amenaza. ¿Benedict sale siempre del castillo con tantos escoltas? ¿O es por lo que le pasó a Bonnie?

Vuelvo a acordarme de las palabras de Val.

«Tiene un traidor en sus propias filas».

¿Por eso vino Eris? ¿Porque ni siquiera pueden fiarse de los guardias? ¿Es posible que todo esto sea más grave de lo que pensaba? Me dijo que a sus padres los habían asesinado. ¿Podría ser...?

Pero eso fue hace veinte años. Y ya atraparon al asesino de entonces. ¿O no?

Benedict se baja del coche detrás de mí. Me toma suavemente por el antebrazo y me dirige hacia la escalera. La subimos y Eris nos guía hacia el interior con pasos apresurados.

El vestíbulo al que entramos es magnífico. La alfombra de color rojo oscuro se extiende hasta el último rincón, las paredes están decoradas suntuosamente con oro y cuadros. Quitando algunos guardias y dos hombres con frac, la sala está vacía. Pero oigo voces. Cientos de ellas. Un murmullo indistinguible que llega a través de una gigantesca puerta doble al otro extremo del vestíbulo semioscuro.

Nos dirigimos hacia allí, pero en lugar de atravesarla, giramos a la izquierda, donde, detrás de un pilar, se encuentra una discreta escalera de la que acaban de bajar dos de nuestros guardias. Uno de ellos, una mujer de largos rizos oscuros recogidos en una austera trenza, saluda con la cabeza a Benedict y Eris y se inclina ante nosotros.

—La tribuna está asegurada, majestad.

—Gracias, Juanita.

Sorprendida, miro a Benedict. ¿Se sabe sus nombres? Él se limita a señalar hacia la escalera con la cabeza, una orden.

—Las damas primero.

Estos escalones también están tapizados de terciopelo

rojo. El pasillo es estrecho, flanqueado por un barandal de madera oscura.

Cuanto más subo, más fuertes son las voces. Pero ahora también oigo algo más. De vez en cuando suenan notas sueltas de diferentes instrumentos.

Siento un hormigueo por todo el cuerpo y acelero el paso. Cuando llego arriba, se abre ante mí una espaciosa galería. El tejado de cobre del edificio se extiende por encima de nosotros, decorado con tanta elegancia como las paredes del vestíbulo. Cerca del balcón de madera hay sillones tapizados en terciopelo rojo.

Me acerco un paso para poder contemplar la sala y ahogo un grito de asombro.

Cientos de vampiros se sientan frente a un escenario en el que una enorme orquesta ha colocado sus instrumentos. Los están afinando mientras el público sigue charlando. Cuerda, viento, metal, percusión... Incluso hay un arpa de concierto. En el borde de la sala, noto movimiento y veo a algunos de nuestros guardias abriéndose paso entre las filas de asientos y colocándose a intervalos regulares por la sala.

—¿Te gusta? —La profunda voz de Benedict en mi oído me hace estremecer. Me volteo hacia él, completamente sin palabras.

—¿Un concierto? —es lo único que consigo decir.

—Pensé que podría animarte —responde, y siento un calor inesperado en mi corazón. ¿Todo este esfuerzo, solo por mí? Me sonríe—. Feliz cumpleaños, Florence.

Por un momento, no puedo hacer otra cosa que mirar fijamente a Benedict. ¿Cómo puede ser que este hombre y el monstruo del trono inglés sean la misma persona? ¿Que se esconda crueldad tras ese rostro tan atractivo? Cada vez me cuesta más recordar quién es. Pero sigo sin entender por qué.

Tal vez sea parte de su papel. Tiene que mostrarse encantador, diligente, atento, porque solo así podrá mantener unido este reino.

Pero ¿conmigo?

Conmigo no tiene nada que ocultar, ¿no?

Y da igual por qué lo haya hecho; estoy igual de conmovida.

—Gracias —susurro, y trago saliva.

Dos pasos nos separan. Dos pasos y todo lo que somos.

Pero tengo que acortar por fin esa distancia si quiero cumplir mi misión. Val me lo dejó claro, y en las últimas horas me di cuenta. Tengo que matar a Benedict. Y eso significa que tengo que seducirlo.

—¿Puedo abrazarlo? —consigo decirle.

A Benedict se le escapa un resoplido. Y entonces aparece de nuevo una sonrisa en su rostro. Mitad divertida, mitad conmovida, como si de verdad no se esperara algo así.

—Creo que es la primera vez que alguien me lo pregunta —confiesa.

Me pongo roja.

—¿Eso es un sí o un no? —pregunto sin aliento.

—Si quieres. —Él mismo parece un poco abrumado.

Asiento con la cabeza, camino hacia él y le rodeo la cintura con los brazos. Solo un segundo, porque su olor me envuelve de inmediato y su cercanía me acelera el corazón.

—Gracias —digo una vez más, y vuelvo a soltarlo.

Me acaricia la espalda antes de separarse de mí y esa sonrisa que me confunde por completo sigue ahí. Nunca lo había visto tan relajado. Es como si fuera un hombre totalmente diferente.

—Dame tu abrigo.

Benedict se coloca a mi espalda, me ayuda a quitármelo. Lo cuelga en el perchero. Cuando se gira hacia mí, se detiene. Su mirada recorre mi cuerpo, baja hasta el suelo y vuelve a subir hasta mi cara. Siento un cosquilleo en la piel, como si no solo me hubiera mirado, sino también tocado.

—Estás fantástica —me dice en voz baja, y me estremezco.

Tengo que aclararme la garganta.

—Solo puedo devolverle el cumplido.

Su sonrisa cambia; no deja de ser cálida, pero se vuelve un poco más provocativa, y noto el calor extenderse por la boca de mi estómago.

—¿Qué? —pregunto.

—Nada. Solo estaba pensando que hasta hace un par de semanas me llamabas monstruo. Y ahora quieres abrazarme y elogias mi aspecto.

Un escalofrío desagradable me recorre la espalda.

—Quizá deberíamos cambiar de tema —propongo.

—¿Porque no quieres discutir? Últimamente extraño tu temperamento.

Lo miro con curiosidad, pero Benedict no me da ninguna pista de si lo dice en serio o en broma.

—Pues es la primera vez que me dicen eso —replico.

Me mira con interés.

—¿Ah, sí?

—Por lo general mi familia se alegra cuando me porto bien y no me pongo a buscar pelea. Pensaba que usted opinaría lo mismo.

—¿Así que se supone que siempre tienes que estar de acuerdo con ellos y controlarte?

—Es lo que se espera de los humanos en general, ¿no? —se me escapa.

A Benedict le tiembla la comisura de la boca.

—Ah —dice con alegría exagerada—. Ahí está mi novia de sangre.

—¿Intenta darme ánimos o hacerme enojar? —pregunto, disimulando mi incertidumbre con un tono un poco insolente.

—Lo que funcione mejor para que vuelvas a ser tú misma.

—¿Tanto he cambiado?

Vacila un momento.

—Quizá solo me lo parece a mí, pero siento que te estás escondiendo de mí. Sé que sigues siendo la misma, pero no me dejas verte como eres. ¿Podría ser?

Hago una pausa. Desde la muerte de Bonnie, he intentado controlarme. He interpretado mi papel con más diligencia: el de la chica inocente y adorable. Y todo el tiempo Benedict se daba cuenta de que estaba fingiendo, mientras que en algún momento incluso yo he dejado de ser consciente de mi actuación. He aceptado la pasividad como propia. La espera como mi nueva dedicación. El silencio como lo más normal del mundo.

—Es verdad que no quería volver a discutir con usted —admito en voz baja. Al menos es parte de la verdad.

Porque ¿cómo voy a acercarme a él si estamos siempre como perros y gatos?

—Yo tampoco quiero —responde—. Pero para serte sincero, me gusta que me lleves la contraria. Que yo sea el rey no significa que tengas que complacerme. Puedes decirme si algo te molesta. Desde luego, tampoco es obligatorio, pero solo quería que lo supieras. Y ahora puedes hacer con esa información lo que quieras.

Hago una mueca, insegura de lo que espera sacar de esta revelación.

—No es que haya estado fingiendo del todo —me justifico—. Este lado más reservado también forma parte de mí.

—Lo sé —me dice con tranquilidad—. Pero no lo es todo.

—Y usted lo quiere todo —concluyo.

Benedict me atrapa con la mirada. Mientras tanto, la luz

de la sala se va apagando, las voces a nuestros pies se acallan y el verde de sus ojos me parece de golpe tan oscuro como el del bosque más profundo. Su aroma me envuelve. Y me imagino que siento el calor entre nuestros cuerpos a pesar de la distancia.

—Rara vez me conformo con menos —murmura Benedict, y las palabras se hunden como piedras ardiendo en la boca de mi estómago. Provocan un temblor, o tal vez un desprendimiento.

—Pero ¿también lo quiere todo de mí? —me atrevo a preguntar.

Mi respiración es entrecortada. Mi voz apenas un susurro.

Ahora, el silencio a nuestro alrededor es total. Se podría oír el aleteo de una mosca y, sin embargo, aquí estamos, hablando de algo que es tan desaconsejable como tentador.

Benedict se acerca a mí. Baja un poco la cabeza y contengo la respiración; no estoy preparada para nada, pero al mismo tiempo, lo estoy para mucho más. Pero él me pone la mano en la espalda y me lleva suavemente hasta las butacas de terciopelo. Respira hondo.

—No creo que pueda responder a esa pregunta hasta que dejes de esconderte de mí, Florence.

Siento el fuerte latido de mi corazón en mis oídos, como si se me fuera a salir.

Mostrarle todo lo que soy suena como la tarea más sencilla del mundo. Y, al mismo tiempo, como la más difícil.

No puedo permitir que vea todo mi ser. Ni siquiera una parte. Sin embargo, tiene que pensar que lo está viendo. Tengo que encontrar el equilibrio entre la verdad y la mentira, entre Florence Hawthorne y la novia de sangre. Pero es inevitable que se entremezclen. Y tengo la incómoda sensación de que es necesario que me haga pedazos para lograr este truco de equilibrista. Trocitos listos para que Benedict me devore.

Ya con las primeras notas de la orquesta me quedo boquiabierta. Cada uno de los instrumentos se entreteje en un tapiz sonoro que me engulle, más poderoso y cautivador que cualquier otra cosa en el mundo. Es como si mi corazón siguiera el ritmo de los golpes de los timbales. Como si mi respiración acompañara a las cuerdas, a veces más rápido, a veces más despacio. Como si mi sangre siguiera los movimientos del director de orquesta.

Las piezas están tan cargadas de sentimientos que casi se me olvida quién está sentado a mi lado. No puedo apartar los ojos del escenario, y cada emoción que la música hace llegar hasta nosotros se clava sin piedad en mi pecho, me atraviesa el alma.

Las primeras melodías son alegres, conjuran una sonrisa en mi rostro que enseguida hace que me duelan las mejillas. Pero poco a poco la melancolía se abre paso entre las notas, haciéndolas cada vez más pesadas hasta que se ciernen sobre nosotros como oscuros nubarrones de tormenta.

No sé nada sobre las canciones que están tocando hoy. Ni cómo se llaman ni quién las compuso. Nunca las había oído antes. Pero en mi cabeza van hilando una historia. Allí, el concierto simboliza el final de una vida. La de un ser querido que se aleja del mundo un poco más con cada nota.

Era muy pequeña cuando murió mi abuelo, pero por algún motivo necesito pensar en él en este momento. Siempre me decía que me parecía a mi abuela. La abuela a la que nunca conocí y a la que, sin embargo, extraño.

¿Estaría orgullosa de mí, si pudiera verme ahora? ¿Se alegraría de que vengáramos su muerte, o se preocuparía por nosotros? Quizá se habría opuesto a que me presentara como novia de sangre. Es posible que hubiera querido protegerme o que considerara que este desafío podría quedarme grande.

Voy a demostrarle también a ella que estoy a la altura. Haré que todos se sientan orgullosos y mi hermano no tendrá que volver a preguntarme si puede confiar en mí. Cuanto más pienso en la conversación con Val, más triste me pongo. Pensaba que él entendería mis dudas, mis miedos. Soy yo la que se está sacrificando, no él. Soy yo la que vive lo que él no quiere ni imaginar. Empieza a parecer que él es el titiritero y yo la marioneta. Y, carajo, eso me duele muchísimo.

Algo me roza la mano y me sobresalto. Confundida, miro hacia el descansabrazos y solo entonces me doy cuenta de que tengo que parpadear para quitarme un velo de lágrimas y poder ver con claridad. La mano de Benedict está junto a la mía y repite el movimiento que acaba de hacer, acariciándome ligeramente la piel con el meñique.

Levanto la mirada, con una pregunta en los ojos, y me encuentro con la suya. Se inclina hacia mí y mi meñique, como por voluntad propia, se entrelaza con el suyo y se aferra a él.

—¿Por qué lloras? —me dice al oído.

Mi corazón pierde el compás. Ya no late con los timbales, sino con el aliento de Benedict en mi mejilla y su tacto en mi piel.

—Por la tristeza de la música —susurro.

Vuelve a echarse hacia atrás y me mira con expresión preocupada.

—La verdad es que hacerte llorar no era parte del plan.

—No pasa nada —le aseguro, moqueando avergonzada y enjugándome una lágrima en la mejilla—. Enseguida se me pasa.

Pero Benedict me rodea los dedos. Se levanta y se inclina para darme un beso en el dorso de la mano.

—¿Me concedería este baile, señorita Hawthorne?

El recuerdo de la fiesta del solsticio se funde con este momento como si le hubieran superpuesto una película en negativo. En diciembre, Benedict me hizo la misma pregunta y llevaba la misma ropa. Pero entonces era un desconocido. Alguien que me daba tanto miedo que su mera presencia me ponía la piel de gallina.

Sigue teniendo ese efecto. Pero ahora es por motivos completamente diferentes. Puede que sea difícil ponerle nombre a lo que siento por él, pero hace tiempo sé que miedo no es.

Asiento y dejo que Benedict me levante. Me lleva entre los sillones hasta el espacio abierto del fondo de la galería y me pone la mano en la espalda. El calor de su mano se filtra a través de la fina tela de mi vestido, y contengo la respiración.

Benedict y yo entrelazamos primero nuestros dedos, luego nuestras miradas. Sus ojos siguen siendo el bosque más profundo y oscuro, al igual que su aroma. Y con el primer paso que da, me pierdo en él para siempre.

—Ten cuidado —me advierte con un deje divertido en la voz.

—¿Qué? —pregunto, confusa.

—Ten cuidado al bailar. Todavía hoy sigo sorprendido de que no me pisaras la primera vez.

Lo fulmino con la mirada, pero el recuerdo hace que se dibuje una sonrisa en mis labios. No, tropezarme con él no fue la mejor estrategia.

—Estaba nerviosa —me defiendo—. Y se lo habría ganado con lo maleducado que fue.

—Me temo que no puedo negarlo —admite—. Te pido mil disculpas.

—Mmm —es lo único que digo antes de dejar que me haga girar sobre mí misma. Cuando vuelve a jalarme hacia sus brazos, me dejo llevar—. Lo pensaré.

—¿No crees que deberíamos intentar hacer las paces? —pregunta con una sonrisa irónica—. ¿O prefieres volver a insultar a mi bisabuelo antes?

Se me escapa un resoplido.

—De acuerdo. Disculpas aceptadas. Por ahora.

Sacude la cabeza, divertido.

—La verdad es que no tengo derecho a quejarme cuando he sido yo el que te acaba de decir que deberías llevarme más la contraria.

—Correcto.

—Entonces yo también acepto tus disculpas. Por ahora.

—Creo que me voy a tropezar con tus pies...

Benedict me acerca un poco más a él.

—¿Con esos tacones? Dios me libre.

Nos quedamos en silencio y dejamos que la música nos envuelva. Benedict sigue guiando nuestro baile y yo me pregunto por qué eligió este lugar en concreto. ¿Solo por mí? ¿O también significa algo para él?

—¿Venís aquí con frecuencia? —pregunto al poco rato en voz baja.

—A veces. Cuando me lo permite el trabajo o cuando inauguro algún evento.

Observo su rostro.

—¿Y siempre trae tantos guardias?

—No —admite en voz baja—. Eso es nuevo.

No responde a mi mirada inquisitiva y no quiero parecer demasiado curiosa, así que dejo atrás el tema. De nuevo. Pero al final descubriré lo que esconde. Hay algo más. Me está ocultando algo. Cada vez dudo más de que todas estas precauciones de seguridad se hayan tomado solo porque alguien haya intentado envenenarme.

—¿Hay alguna razón para que supieras el nombre de esa guardia de antes? —pregunto en su lugar.

—¿Tiene que haber algún motivo? —responde.

—Es que no me lo esperaba —admito.

—Me sé todos sus nombres.

—¿Todos?

—Claro. Trabajan para mí. Me protegen. Lo mínimo que puedo hacer es aprenderme sus nombres. Además, entreno con ellos casi a diario.

—¿Por qué?

—Porque me mantiene en forma y, además, así puedo hacerme una idea de sus capacidades.

Lo mantiene «en forma». Sí, podría decirse así. Pero cuando pienso en el torso desnudo de Benedict, me parece el eufemismo del siglo.

—Ah —digo, notando cómo me pongo roja.

—¿Qué? —insiste.

Cómo no, a pesar de la oscuridad, se dio cuenta de que mis pensamientos se desviaron. Me acerca a él y noto cómo se tensan los músculos de sus hombros, lo que no me ayuda precisamente a concentrarme.

—¿En qué estás pensando? —me pregunta cerca del oído, y su profunda voz me enciende por dentro.

Trago saliva.

—En nada. Solo pensaba que, con todo el papeleo, no tendría usted este aspecto.

—¿Qué aspecto? —insiste, con lo que solo consigue que me ardan más las mejillas.

—A eso no voy a responder —digo.

—¿Por qué no?

—Tenga cuidado con los pies.

—¿Eso es una amenaza?

Su mano se desliza hacia abajo por mi espalda.

No sé si es adrede o solo se debe a cómo nos movemos, pero me sorprendo a mí misma imaginando que sigue bajando. Que inclina la cabeza hacia mí. Que roza mi piel con sus labios, hunde sus dientes en mi cuello.

Está claro que no estoy bien de la cabeza.

Pero hace unos días que no bebe de mí. Y estamos tan solos aquí arriba que podríamos hacer cualquier cosa.

Cualquier cosa...

¿Cómo puede una frase tan nimia ponerme la piel de gallina así?

La música se ralentiza, pero en lugar de adaptar nuestro ritmo, Benedict se detiene por completo e interrumpe nuestro baile por alguna razón. Pero no me suelta de sus brazos. Seguimos tan cerca el uno del otro que es probable que pueda sentir mi corazón acelerado. Incluso cuando mi boca no me traiciona como de costumbre, el resto de mi cuerpo sí lo hace.

Benedict me suelta la mano despacio, pero su otra mano permanece en mi espalda. Me acaricia el brazo con la punta de los dedos hasta el hombro. Un contacto abrasador que me hace estremecer.

—¿Tienes frío? —murmura.

No consigo responder nada. Ni una verdad, ni mucho menos una mentira.

—¿Florence? —Sus palabras son poco más que un murmullo.

—¿Mmm? —Fijo la mirada en su prominente mandíbula y su cuello. Veo su manzana de Adán moverse mientras traga lentamente.

—¿En qué piensas?

La voz de seda negra de Benedict me envuelve y ojalá pudiera hundirme en ella. Ojalá pudiera ahogar todos mis pensamientos. Ojalá la respuesta a su pregunta no fuera a destruirme.

Lo que me quema la lengua es una verdad horrible. Una por la que mi familia me despreciaría... y yo misma más.

Y, sin embargo, se la ofrezco. Permito que la verdad me

destruya. Le confío a Benedict ese primer trocito de mi ser. Tengo que dejar de aferrarme a mi integridad. Al fin y al cabo, ya estaba perdida en cuanto entré en el castillo hace tres meses.

—En ti, Benedict —susurro, y Benedict se tensa. Noto el tuteo extraño en la lengua. La confesión permanece entre nosotros, pesada.

No consigo descifrar su reacción. ¿Me sobrepasé? ¿O se está preparando para saltar? Quizá su fachada amable caerá en algún momento. Revelará a un hombre dispuesto a devorarme.

Mantengo los ojos fijos en él, como cautivada. Él respira hondo y abre la boca como si quisiera decir algo. Pero justo en ese momento se detiene la música y, antes de que pueda pronunciar una palabra, estalla un atronador aplauso a nuestros pies.

Benedict se separa de mí y se vuelve hacia el perchero con una mirada casi de disculpa.

—Es nuestra señal. —Toma mi abrigo y me lo acerca para que me lo ponga—. Tenemos que haber salido antes de que abran las puertas del vestíbulo. Si no, Eris se encargará personalmente de atormentarme por el descuido.

—De acuerdo —digo, algo desconcertada, y dejo que me ayude a ponerme el abrigo.

Benedict parece compungido, pero no dice nada más y se dirige a la escalera. Lo sigo a regañadientes. Era como si acabáramos de empezar a tocar nuestra propia pieza y justo antes del gran final, nos han interrumpido sin previo aviso.

Quizá podamos retomar la música más tarde. Y hasta entonces, para bien o para mal, intentaré apagar el fuego que Benedict despertó en mi interior antes de que me consuma por completo.

Con una última mirada de anhelo hacia la orquesta, bajo los escalones y sigo a Benedict hacia la entrada.

CAPÍTULO CATORCE

DROWNING

Salimos del auditorio mientras los aplausos aún resuenan tras las puertas cerradas. Eris y los guardias ya nos esperan al pie de la escalera y no se apartan de nuestro lado hasta que estamos sentados y seguros en la limusina.

Las calles están más vacías que antes, seguro que debido a la hora. Dejo vagar mi mirada por los espacios verdes, los adoquines y los escaparates iluminados, e intento ordenar mis pensamientos.

Benedict no vuelve a tocarme ni una sola vez. Parece distraído, por no decir distante. El hechizo entre nosotros se rompió y no sé por qué. Mi confesión todavía resuena en mis oídos. No ha dicho nada más. Pero ¿qué podría decir?

Llegamos al castillo sin complicaciones, pero Eris permanece tensa hasta que la gran puerta del vestíbulo se cierra a nuestra espalda. Con el rostro ligeramente afligido, nos desea buenas noches a Benedict y a mí y agradece a los guardias su trabajo.

Me sorprende el respeto con el que los trata. Pero seguro que se debe a que son vampiros. Me imagino que a los sirvientes del castillo los debe de tratar diferente.

¿También se sabrá Benedict sus nombres? Lo dudo.

Me acompaña en silencio por los pasillos poco iluminados hasta mi puerta. Siento que no debería dejar que la velada acabara así. Debería intentar convencerlo de que se quedara, retomar el momento de antes, acortar la poca distancia que nos separa.

Me vuelvo hacia Benedict, todavía buscando las palabras, pero él se me adelanta.

—¿Puedo molestarte un poco más? —me pregunta, y no puedo evitar pensar en sus dientes en mi cuello, sus labios en mi piel, sus manos en mi cintura. Siento calor por todo el cuerpo.

—Desde luego —consigo decir.

Benedict asiente. La sonrisa de antes desapareció, casi como si se la hubiera dejado olvidada en el auditorio. ¿Qué pasó? ¿Dije algo malo? ¿Se arrepiente de lo mucho que nos acercamos? ¿O es quizá este castillo lo que lo convierte en otra persona? En un rey en lugar de un hombre corriente. Su carácter y su libertad enterrados bajo miles de toneladas de piedra vetusta.

—Te daré tiempo para cambiarte —dice.

—Pero me gusta mucho el vestido —digo bromeando.

Benedict vuelve a dejar que su mirada recorra despacio mi cuerpo, y bien podría haber deslizado sus manos bajo la tela del vestido. Puede que incluso quiera que lo haga. Un agradable hormigueo se extiende por la boca de mi estómago. Vuelve a mirarme a la cara, con un brillo de deseo en los ojos que no parece querer mostrarme.

—Quizá encontremos otra ocasión para que te lo pongas —murmura.

La esperanza germina en mi interior. Esperanza de tener más noches así, pero también esperanza de... tenerlo a él.

—Me gustaría mucho.

—Veré lo que se puede hacer.

Se despide y entro en mi habitación. La velada me robó toda la tranquilidad. Me tiritan las manos y me tiembla el pulso mientras me cambio de ropa, me lavo los dientes y me peino. Pensar que Benedict está a punto de volver me pone tan nerviosa que no puedo soportarlo. He levantado muros entre nosotros todos estos meses. Y ahora se desploman. De improviso y más rápido de lo que me hubiera gustado.

Al cabo de media hora, que más bien me parece media eternidad, llaman a la puerta. Ya estoy acostada en la cama, con un libro en el regazo. Fue un intento inútil de distraerme, porque, si soy sincera, no recuerdo ni una palabra.

Benedict entra en mi habitación y no soy capaz de levantarme para recibirlo. Desde la primera vez, solo bebe de mí estando de pie. Desde que decidí que eso era lo que quería, se ha mantenido firme. Pero ya es hora de derribar también este muro.

Dejo el libro a un lado y observo cómo se acerca a mí, con una mano detrás de la espalda. Se deja caer en el descansabrazos del sillón en el que tantas veces se ha sentado junto a mi cama hasta que me duermo.

Él también se cambió. Ahora lleva uno de esos pantalones sueltos de algodón con los que parece dormir y una camisa clara de lino con las mangas remangadas.

—Tengo algo más para ti —dice en voz baja.

Busco su mirada, interrogante.

—¿Un regalo?

—Sigue siendo tu cumpleaños, ¿no?

—Sí, y ya movilizó incluso a la guardia del castillo para que yo pudiera ir a un concierto.

En cuanto pronuncio las palabras, me arrepiento. ¿Quizá me equivoqué y él habría ido al concierto de todas formas? Pero Benedict despeja mis dudas.

—Eso fue una decisión espontánea. Ya tenía planeado

otro regalo. Y sería una pena que se quedara acumulando polvo en uno de mis cajones.

Levanto las cejas, sorprendida. Eso no me lo esperaba. Ya es extraño que me regale algo. Pero ¿dos regalos a la vez, uno de los cuales sería imposible superar y el otro obviamente planificado con detenimiento? ¿No es demasiado esfuerzo solo por mí?

Benedict se saca el brazo de detrás de la espalda y me entrega una carpeta de papel negro. Está cerrada con un moño de seda dorada y los bordes están decorados con ornamentos en relieve.

La recibo con reverencia. Incluso sin saber lo que es, me siento abrumada. No sabía que el papel pudiera ser tan bello. Vacilante, paso el pulgar por el relieve. Siento como si tuviera algo de un valor incalculable en las manos. Que me regale algo ya es maravilloso.

—Ábrelo —me ordena Benedict en voz baja.

Coloco con cuidado la carpeta sobre mi regazo y desato el listón. Aparece una fina pila de partituras para arpa de concierto, archivadas con pulcritud. Sobre ella está escrita «La canción de las penas», y es inconfundible que es de su puño y letra. Es la pieza que escribió su madre. Ha...

Lo miro y me faltan las palabras. No me siento como si Benedict me hubiera regalado un par de notas, sino una parte de sí mismo.

—Dijiste que te gustaba la pieza —me explica—. Me parecía algo más personal que regalarte flores o un libro. Y así no caerá en el olvido.

Sacudiendo la cabeza, examino el papel y recuerdo la triste melodía. La imagen de Benedict sentado ante el arpa entretejiendo su tristeza en las delicadas notas. Trago saliva.

—Es el regalo más bonito que me han dado en la vida —admito. Porque una cosa es encontrar algo que me guste.

Pero revelar tanto de ti mismo en el proceso, mostrarte tan vulnerable... significa más—. Gracias. Es un honor, majestad.

A Benedict le tiembla la comisura de la boca.

—Pensaba que ya me llamabas Benedict.

Se me corta la respiración.

—Lo siento, no quería...

—Florence —me interrumpe con calma, y esboza una sonrisa apenas visible—. No era una queja. Más bien, una oferta.

Lo miro fijamente.

—¿Me está ofreciendo que lo tutee y lo llame por su nombre de pila? —pregunto para asegurarme.

—¿Tienes otra forma de dirigirte a mí en mente? —pregunta, divertido—. De todas formas, nunca has seguido el protocolo.

—Puede que no al pie de la letra... —Hago una mueca de disculpa.

El hoyuelo de su mejilla derecha reaparece, seguido de cerca por el de la izquierda.

—Recuerdo algunas veces en las que tu «majestad» sonó más bien a insulto.

—¿Esa parte de mi lado temperamental no la extraña? —concluyo.

Él resopla.

—Sí, un poco. —Entonces, su voz se vuelve más dulce. Más seria—. Pero extraño más que me llames Benedict.

Sus palabras desatan un cálido hormigueo en la boca de mi estómago.

—Solo lo he hecho un par de veces —señalo.

Benedict sacude la cabeza, como si su afirmación le sorprendiera tanto como a mí.

—Y, sin embargo, fue suficiente. —Se levanta del sillón y me dedica una suave sonrisa—. Pero es decisión tuya. Como siempre.

—¿Ya se va? —pregunto, confusa, mientras Benedict se voltea hacia la puerta. Pensé que querría mi sangre. O al menos quedarse aquí hasta que me durmiera. Pero al parecer solo quería de verdad darme el regalo. No lo entiendo. En el concierto estuvimos más unidos que nunca, pero en el coche parecía distante. Y ahora se ofrece a que lo trate de tú y lo llame por su nombre, solo para dejarme sola al momento siguiente. ¿Qué quiere de mí?

Benedict vacila y casi espero que me dé la espalda y se vaya. Pero no se mueve.

—¿Quieres que me quede? —me pregunta, y el hormigueo que siento en el estómago se convierte en un aleteo.

—No me quejaría —respondo con una evasiva, y Benedict resopla, divertido.

—No consigues decidir si quieres ser directa o reservada en realidad, ¿podría ser?

—Pensaba que querías las dos partes, Benedict —replico en voz baja. Trago saliva. Su nombre se me hace extraño en la lengua, pero al mismo tiempo me produce una satisfacción inesperada dirigirme a él así.

Benedict echa un poco los hombros hacia atrás. Respira hondo, como si tuviera que acostumbrarse él mismo al sonido, y al instante me siento más valiente. Quizá tengo más poder sobre este hombre de lo que pensaba. Es del todo irrelevante que esté por encima de mí si accede a mis deseos.

—Sí —responde con voz ronca—. Pero no disfruto especulando. Así que, ¿qué quieres, Florence?

Busco su mirada.

—Quiero que te quedes.

Benedict vuelve a dejarse caer despacio en el sillón.

—¿Volvieron a empeorar tus pesadillas? —me pregunta, pero niego con la cabeza.

—No. Es solo que... me gusta tu compañía.

A Benedict le tiembla la comisura de la boca. Pero en vez de responder a mis insinuaciones, se reclina en el sillón.

—Entonces me quedaré hasta que te duermas.

Reprimo un gemido de frustración. ¿Por qué es todo tan difícil? Siento que está poniendo límites con sus palabras. Y estoy tan agradecida como enojada. Al fin y al cabo, hoy fue él quien empezó a derribar todos los muros que nos separaban. Y ahora parece haber cambiado de golpe de opinión. Deja intacto lo que quedaba, incluso lo refuerza, echa cemento fresco en las grietas. Es probable que también se haya dado cuenta de que pronto estaremos rodeados de ruinas si no nos contenemos.

Pero ese es precisamente mi objetivo: reducir a escombros y cenizas este reino. Ante todo, a él.

Las palabras de Val resuenan en mi interior. Ya perdí tres meses. He perdido el tiempo aferrándome a algo a lo que ya debería haber renunciado al llegar. Por muy enojada y decepcionada que esté, Val tiene razón. Tengo que arrancarme de una vez esta curita y empezar a seguir el plan. Cuanto antes mejor, porque si al final me quedo sin tiempo, sufriremos todos.

Retiro a toda prisa las sábanas y salgo de la cama. La mirada de Benedict recorre mis piernas desnudas durante un instante antes de detenerse en mi cara. Frunce el ceño.

—¿Pasa algo? —pregunta en voz baja.

Asiento con la cabeza y me acerco al sillón; subo por el descansabrazos con los dedos hasta llegar a acariciar el brazo de Benedict. Tiene que echar la cabeza hacia atrás para poder seguir mirándome a la cara, pero por lo demás no se mueve. Todo su cuerpo parece tensarse con anticipación mientras un escalofrío recorre el mío. Ojalá fuera el frío del aire. Pero no lo es. Es la mirada de Benedict que me ha hechizado.

Me mira como si lo hubiera hipnotizado. Casi expectante, como si no estuviera seguro de lo que voy a hacer a continuación o de cómo debería reaccionar. Le pongo la mano en el hombro y, cuando él no hace nada por detenerme, me siento lentamente en su regazo. Siento su cuerpo caliente bajo el mío; respira casi con reverencia.

—Florence. —Tiene la voz ronca. Mi nombre en sus labios carnosos es tanto una advertencia como una invitación.

Mi mirada se posa en su boca durante un momento y siento el aleteo cada vez más intenso en mi interior. En realidad solo quería hacerle creer que lo deseo, pero me temo que ya hace tiempo que me lo creo yo misma.

—Hoy ha sido una de las mejores noches de mi vida —susurro. Una verdad entre las mentiras.

Benedict cierra los ojos un momento. Cuando vuelve a abrirlos, su mirada hace que el corazón me dé un vuelco. En sus ojos verdes brilla deseo puro. Sus dedos se sueltan del respaldo y me acarician la espalda. Noto su calor a través de la fina tela del camisón y siento un cosquilleo en la piel ante su contacto.

—Me alegro —contesta en voz baja. Benedict me rodea con un brazo, con lo que sus dedos rozan mi cintura, y se detiene vacilante. Respiro hondo y le pongo una mano en el pecho. Su aroma me envuelve. El olor a bosque y chimenea, a hogar y a algo extraño y seductor—. ¿Qué quieres? —murmura. Noto las palabras vibrar en su pecho y un estremecimiento silencioso recorre mi cuerpo. Con cuidado, dejo que mis dedos sigan subiendo, pero antes de que lleguen al cuello de su camisa, me toma la mano con dulzura y me detiene.

Parece tranquilo, casi impasible, pero el deseo ardiente sigue brillando en sus ojos. El mismo deseo que se extiende por mi estómago y parece tragarse toda mi moderación, todos mis miedos.

—Quiero que bebas de mí —digo con un jadeo y voy a

inclinar la cabeza para ofrecerle mi cuello, pero la mano de Benedict se posa en mi nuca y sus dedos me acarician el pelo. No me deja mover la cabeza. Y aunque deja muy claro lo superior que es físicamente, siento como si fuera yo quien lo controlara a él. Me acerco un poco más a su pecho y me pone una mano de inmediato en el muslo, como si quisiera detenerme. Su mano se desliza un poco por debajo de mi camisón, acaricia mi piel desnuda, y ambos tragamos saliva.

—¿Por qué? —me pregunta, y su voz ya no me suena a seda. Ahora es ronca, letal, cargada de oscuros deseos borboteando demasiado cerca de la superficie.

—Porque al menos así siento que compenso un poco —susurro. Pero mis palabras no son toda la verdad. Y desde luego, no son suficientes. Me armo de valor. Le ofrezco otro pedazo de mí. Doy otro paso hacia mi perdición—. Y porque me gusta cómo me siento cuando me muerdes.

Benedict se estremece, pero sigue sin moverse. Parece que está luchando consigo mismo, y puede que así sea. Quiere hacerlo. Me quiere a mí. Pero sigue habiendo algo que lo detiene.

Estiro la barbilla un poco más, pero los dedos de Benedict en la nuca me detienen. Junto con su mano en mi pierna, siento que apenas podría moverme. Mi instinto me hace querer liberarme, intenta impedirme que me ofrezca a él, pero mi deseo lo ahoga. Anhelo tanto sentir los labios de Benedict en la piel que me duele.

Se aferra a mí con más fuerza, más posesivo. Mi corazón no hace más que acelerarse.

—Por favor —jadeo, y el calor entre nuestros cuerpos parece estallar en llamas y propagar un incendio descontrolado por mis venas.

Benedict me hace echar la cabeza hacia atrás y yo cierro los ojos. Su aliento caliente me roza el cuello. Expectante, me acerco aún más hacia él, pero él me hunde los dedos con más fuerza en el muslo.

—Estate quieta —murmura. Acaricia con los pulgares la piel sensible de mi pierna y yo tomo aire con fuerza. Se me pone de gallina la piel de los brazos y empiezo a sentir la humedad entre mis piernas. La forma en la que me retiene sin esfuerzo me excita. Pero en realidad debería ser al revés. No poder defenderme de él debería asustarme. Pero nada de esta situación, nada de Benedict, me parece peligroso. Excitante, sí. Inesperado. Pero mi subconsciente parece estar convencido por completo de que puede confiar en él.

Siento los labios de Benedict en la piel y suspiro involuntariamente. Sus afilados colmillos se hunden en mi carne y por fin empieza a beber. Ardo por dentro, me dejo caer en el fuego que se apodera de mi cuerpo, pero Benedict termina antes de lo habitual. Tras unos pocos sorbos, pasa la lengua por la herida del mordisco para cerrarla y yo reprimo un gemido de frustración.

Quiero más. No quiero que pare. No quiero que vuelva a soltarme. Aunque... no lo hace.

Los labios de Benedict permanecen en mi piel. Su respiración es agitada y casi puedo sentir cómo su cuerpo tiembla bajo el mío. Pero justo cuando le pongo una mano en la mejilla para pedirle más, se echa hacia atrás y me suelta.

La desilusión se siente como un chorro de agua fría, pero no consigue apagar las llamas en la boca de mi estómago.

—¿Qué pasa? —pregunto en voz baja mientras le acaricio la barbilla con dulzura y noto la barba incipiente, áspera, bajo los dedos.

Niega con la cabeza, me agarra de la muñeca y me aparta de él.

—Ya tienes lo que querías —afirma con voz ronca—. Creo que es hora de que me vaya.

Siento presión en el pecho. Decepción amarga mezclada con miedo. Miedo a haber ido demasiado lejos. A haberlo espantado. A fracasar.

—¿Tú no querías? —consigo decir, y Benedict traga saliva.

—Da igual lo que yo quiera.

—Desde luego que no da igual —replico irritada.

—Es tarde —murmura. Por un segundo vuelvo a sentir esperanza, porque me pone la mano en la cintura y me acerca a él, pero al momento siguiente se levanta conmigo en brazos, me pone en pie y da un paso atrás—. Deberíamos irnos a dormir.

Sacudo la cabeza, intentando aclararme los pensamientos. Es preocupante la facilidad con la que el tacto de Benedict desdibuja todos mis planes, sin dejar tras de sí más que un ardiente deseo. Él parece estar igual de afectado por las chispas que saltan entre nosotros. No puedo dejar que el miedo nos separe. Ni el mío ni el suyo. No puedo echarme para atrás ahora. Benedict está tan al borde del precipicio como yo. Y si puedo persuadirlo de dar un pequeño paso más, habré ganado.

Lo miro y vuelvo a acercarme a él.

—Podrías quedarte aquí esta noche —susurro, e intento ponerle las manos en el pecho, pero él se aparta de mí. Niega con la cabeza y se pasa los dedos por los rizos oscuros.

—No es una buena idea, Florence.

Puedo ver el conflicto en sus ojos. Sin embargo, es un rechazo y duele. Sobre todo porque no lo entiendo.

—¿Por qué? —insisto.

Benedict hace una pequeña mueca.

—Porque primero deberíamos tener claro lo que queremos.

Entorno los ojos, irritada.

—Dijiste que lo querías todo —le recuerdo.

No contesta de inmediato y empiezo a sentirme incómoda bajo su atenta mirada. Me abrazo a mí misma y alzo la barbilla animándolo a seguir.

—No se trata de lo que yo quiero —dice al final—. Sino de lo que tú quieres. Y de lo que crees querer...

Está claro que mi ceño fruncido no es suficiente estímulo, porque Benedict no intenta explicarse.

—No lo entiendo... —empiezo a decir—. Creía que acababa de dejar bien claro lo que quería.

Sacude la cabeza despacio.

—¿Estás segura de que sabes lo que quieres, Florence? Hace un par de semanas todavía me odiabas, y ahora... ¿Lo haces por ti misma o por mí?

—¿Qué insinúas? —pregunto indignada—. ¿Crees que estoy fingiendo todo esto solo para complacerte?

El corazón se me acelera. La insinuación se acerca demasiado a la verdad. Y los límites que pone entre nosotros hacen que mis objetivos vuelvan a parecer inalcanzables.

—No te lo tomes como un ataque personal —dice Benedict—. Pero soy el rey y eso supone que a veces las motivaciones se difuminen. Y no puedo evitar preguntarme si se trata de verdad de tus sentimientos o si es la corona lo que te atrae de mí.

Aprieto los labios, molesta.

—Me estás insultando.

Benedict hace una mueca.

—Lo hago con frecuencia. Te pido disculpas.

Tengo el corazón encogido.

—¿No confías en mí? —deduzco.

Pero él niega con la cabeza.

—Es más bien que no confío en mí mismo, no sé si me explico...

No se explica.

—¿Y ahora qué? —pregunto.

Quizá esto es todo. Quizá está poniendo punto y final. La idea me entristece más de lo que debería. Pero Benedict vuelve a pasarse las manos por el pelo y a respirar hondo. Por un momento casi parece indefenso.

—Ahora necesito un baño frío —murmura, estudiándome con la mirada—. Deberíamos darnos algo de tiempo para reflexionar.

—No necesito reflexionar —replico inflexible, aunque mi voz traicionera se rompe un poco y no puedo reprocharle que no me crea. Quizá no me habría creído de todas formas.

—Buenas noches, Florence —murmura.

Alzo la barbilla y respiro hondo.

—Buenas noches, Benedict.

En silencio miro cómo abandona mi habitación, mientras al mismo tiempo intento mantener vivo mi espíritu de lucha.

Puede que no haya ganado esta noche, pero todavía no he perdido ni de lejos. Benedict me desea, de eso me he dado cuenta. Es solo que no cree que deba ceder a ese deseo, y eso por sí solo no será suficiente para detenerme.

Al fin y al cabo, el límite que trazó no es más que una fina línea en la arena. Y no hará falta más que un toquecito para volver a borrarla.

Cuando me despierto a la mañana siguiente, lo primero que me viene a la mente es el recuerdo al rojo vivo de los labios de Benedict en el cuello. Frustrada, entierro la cabeza en la almohada.

Teniendo en cuenta que ayer me pasé horas en vela, no debería estar despierta todavía. Pero es imposible volverme a dormir cuando el calor de las caricias de Benedict parece seguir consumiendo mi cuerpo e infiltrarse lenta pero inexorablemente en mi corazón. Así que paso la mañana bañándome, desayunando en el balcón, sentada en el sillón con un libro y devanándome los sesos con sus palabras. No tengo intención de esperar a que él dé el siguiente paso. Pero también tengo que pensar con mucho cuidado cómo proceder. Al final, Benedict sigue llevando las riendas, y si cometo un error, podría arruinar mis posibilidades con él. Necesito un plan. Por suerte, hoy es sábado, lo que significa que Benedict no me espera en su estudio. Eso me da tiempo para ordenar mis pensamientos y calmar de nuevo mi alterado corazón.

Tal vez debería pedirle ayuda a Lyra. Al fin y al cabo, hasta ahora ha sido una forma segura de acercarme a Benedict. Sin embargo, no parecía muy entusiasmada aquella vez que pensé que su hermano quería acostarse conmigo. ¿Y si se opone por principios y se lo dice a Benedict? Tiene mucho poder sobre él. Benedict valora su opinión, como demostró en la celebración del solsticio. En ese caso, tendría un grave problema.

Pero mientras sigo dudando si arriesgarme, la puerta se abre de golpe y entra corriendo la princesa, seguida de cerca por Briana. Solo tengo que echar un vistazo a Lyra para darme cuenta de por qué está aquí. Se enteró de lo de anoche.

—¿Ben te sacó del castillo? —suelta cuando la puerta apenas se acaba de cerrar a su espalda.

Por un momento, me quedo paralizada del susto. No consigo interpretar la reacción de Lyra. ¿Está enojada? ¿O solo sorprendida? En cualquier caso, no parece muy entusiasmada. Bajo despacio el libro a mi regazo y busco desesperada las palabras adecuadas. En vano.

—Sí —digo al final con cautela, y Lyra se queda boquiabierta.

—Entonces, ¿es cierto? —insiste—. ¿De verdad te llevó al auditorio?

—¿Sí? —¿Por qué mi respuesta suena a pregunta? Siento los nervios hasta en la punta de los dedos. ¿Por qué no me preparé mejor para esta situación? Tendría que haber supuesto que Lyra lo averiguaría y me exigiría respuestas. Lyra sacude la cabeza y se deja caer a mi lado en el sillón.

—¿Florence? —Me estudia, su rostro serio, sus ojos verdes muy abiertos.

Reticente, le sostengo la mirada. Estoy abrumada e incluso tengo remordimientos y un poco de culpa por no habérselo dicho yo misma.

—¿Sí? —vuelvo a preguntar. Dios, ¿no voy a conseguir decir otra cosa?

Lyra respira hondo.

—¿Estás preparada para lo que te voy a decir ahora mismo?

—¿Qué...? —empiezo, pero lo dejo pasar. Mejor no decir nada.

Lyra hace una mueca.

—Bueno... Seguro que esto va a ser una sorpresa para ti, pero me temo que le gustas a mi hermano.

Se me escapa un grito ahogado. Me apresuro a volver a apretar los labios, pero ya siento un calor delator en las mejillas.

—Oh —no puedo evitar decir, y Briana se echa a reír a carcajadas.

Lyra tiene los ojos abiertos como platos de la sorpresa.

—¡No! —grita.

—¿Qué? —balbuceo, hojeando nerviosa mi libro sin ni siquiera bajar la vista hacia las páginas. Se me resbala de la mano y cae con un estrépito en la alfombra.

Briana apenas puede contenerse. Se retuerce en el sillón en el que acaba de sentarse y se seca las lágrimas de la risa.

—¡Te gusta! —exclama Lyra, indignada—. Ay, Dios, ¿por qué no me lo había dicho nadie?

—Pues... —Ahora sí que tengo la cara como un tomate. Al final, consigo decir—: No pasó nada.

—¿No pasó nada? —repite Lyra, agitada—. ¡A mí ni siquiera me saca sin que me pase meses acosándolo para que lo haga! ¿Desde cuándo...? ¿Cómo...? ¿Cuándo...? —Se frota la cara, abrumada—. ¡Briana, por favor, deja de reírte!

Briana ahoga la risa, se endereza con dificultad y cruza las piernas. Solo entonces me doy cuenta de que la falda negra que lleva es en realidad un pantalón holgado de campana. Se pasa el pelo oscuro por detrás de la oreja y sacude la cabeza.

—Tendrían que haberse visto las caras —jadea.

—¿Podemos tomarnos esto en serio, por favor? —se queja Lyra—. ¡Ben no sale con mujeres! ¡Y mucho menos con novias de sangre! Así que... ¿¡cómo!?

—Lo siento, no se lo pedí yo —me defiendo—. De verdad...

Lyra me interrumpe con un gesto de impaciencia.

—¡Déjate de excusas! ¡Cuéntanoslo todo! Ay, Dios, qué emocionante.

Me quedo mirándola, completamente atónita. Briana empieza a reírse otra vez.

Un momento.

—¿No estás... enojada? —pregunto para asegurarme.

—¿Enojada? ¿Por qué tendría que estarlo? —me pregunta confusa. Le lanza a Briana una mirada fulminante acompañada de un cojín, que ella atrapa con facilidad.

—¿Porque soy yo... con tu hermano...?

—¡Así que es verdad! —grita Lyra, y vuelve a girar sobre sí misma para mirarme—. Pero ¿por qué iba a enojarme por eso? Por si no te has dado cuenta, me caes bastante bien. Lo estaba esperando. ¿Y tú vas y no me dices nada?

—¿Ah? —es todo lo que consigo decir. No entiendo nada—. ¿Cómo que lo estabas esperando?

Lyra pone los ojos en blanco.

—Ay, Florence. ¡He querido desde el principio que hubiera algo más entre ustedes! Pero si hubiera dicho algo, Ben se habría metido en su caparazón como una tortuga y yo no sabía cómo te sentías tú. Así que, por una vez en mi vida, mantuve mi bocota cerrada.

—A mí sí que me diste lata —le recuerda Briana, seca.

—Bueno, luego no te quejes de que nunca te doy nada —contraataca Lyra y le saca la lengua.

—Pero ¿cómo te enteraste? —quiero saber, todavía sorprendida. No tenía ni la más remota idea de que Lyra se hubiera dado cuenta de nuestros intentos de acercamiento, por llamarlos de alguna manera.

—Pero es que es tan obvio... —afirma—. Cómo se miran... Y cómo habla de ti...

—¿Habla de mí? —se me escapa.

—De vez en cuando. —Sonríe—. Si con «de vez en cuando» quieres decir «todo el tiempo». Además, pasan una cantidad sospechosa de tiempo a solas en el estudio de Ben a puerta cerrada. Ahora empieza a hablar. ¡Quiero todos los detalles! Excepto si hay desnudos, por supuesto. De eso no quiero saber nada, la verdad.

—Yo sí —deja caer Briana.

—¡Puaj, Brie! —Lyra le lanza otro de los cojines del sillón.

—¿Qué? —se queja Briana—. ¿A Florence le puede parecer que tu hermano está bueno y a mí no?

—¡Florence no ha crecido conmigo y, por lo tanto, no es como una hermana para mí!

Briana pone los ojos en blanco fingiendo fastidio.

—Está bien. Entonces solo los detalles para todas las edades. Y ya me contarás el resto cuando la pequeña Lyra esté en la cama.

¿Cómo acabé teniendo esta conversación?

—No hay nada más —aclaro—. Y parece que no va a cambiar la cosa.

—¿Cómo? ¿Por qué? —pregunta Lyra con insistencia, levantando las cejas con preocupación—. Pero ¡hay que arreglarlo! ¡Si Benedict sigue mucho tiempo soltero, vamos a tener que comprarle un gato! ¿Es que no te gusta? ¿Hizo algo horrible?

Suspiro.

—No es eso.

Las dos me miran interrogantes. Así que les cuento de mala gana lo que pasó ayer. Desde la cercanía y mi confesión hasta el confuso rechazo de Benedict.

Lyra gime y deja caer la cabeza hacia atrás.

—¡Pero quééé típico! —se lamenta.

—¿A qué te refieres? —le pregunto insegura. Puede que haya afirmado que Benedict no saldría con nadie, pero eso no quiere decir que no se haya visto con otras mujeres.

Lyra hace una mueca.

—Ben siempre encuentra excusas para ponerse las cosas difíciles, siempre. Se le da genial convencerse a sí mismo de que algo está mal. Uno pensaría que si quiere algo, iría por ello y ya, pero no es capaz.

—Entonces quizá es que no lo quiere lo suficiente —replico, pero ella niega con la cabeza, enfática.

—Siempre es así. Si no quiere algo, simplemente dice que no. Sin explicaciones. Pero cuando busca excusas... Entonces, va en serio.

—Pero eso no tiene ningún sentido —murmuro, frustrada.

Sus frases me dan vueltas en la cabeza. Siempre encuentra excusas para ponerse las cosas difíciles. Casi suena como si se estuviera castigando a sí mismo. Como si se tratara más de él que de mí. Y tal vez eso es lo que no llegué a entender ayer. Toda esa conversación sobre cómo no podía estar seguro de que yo lo quisiera... ¿y si no estaba cuestionando mis intenciones, sino las suyas propias?

Pienso en mis primeras semanas en el castillo. En lo mucho que se enojaba cuando pensaba que yo no estaba aquí por voluntad propia. En cómo nunca me obligó a beber su sangre, aunque era obvio que era lo correcto. ¿Así que Benedict mantiene las distancias porque cree que inconscientemente me está presionando para hacer algo que en realidad no quiero?

—Benedict nunca tiene ningún sentido —afirma Lyra—. Hay como un nódulo en su cerebro que hace que sea imposible seguir su extraño hilo de pensamiento. Al menos esa es mi teoría, pero por desgracia se opone con vehemencia a que le hagamos una resonancia magnética para comprobarlo. En cualquier caso, yo que tú no me preocuparía demasiado. La verdadera pregunta es: ¿tú lo quieres a él?

El calor vuelve a hacerse con mis mejillas.

—Ajá —comenta Briana, divertida, y Lyra sonríe con alegría.

—Eso estaba claro. Bueno. Entonces es tan sencillo como difícil: tienes que demostrárselo. La mejor manera de combatir su inseguridad es estar segura de ti misma.

—Eso mismo no me funcionó muy bien ayer —admito, y Lyra hace una mueca de disculpa.

—Ya, bueno... Al final vas a tener que ser un poco más persistente. Es un hueso duro de roer.

Dejo que sus palabras reposen en mi cabeza un momento. La sugerencia de Lyra no difiere mucho de la brusca estrategia que tenía en mente. Aunque...

—¿Y cómo lo hago sin presionarlo? —pregunto.

Lyra niega con la cabeza.

—A Ben no se le puede presionar. Y no deberías intentarlo. Solo hay que darle unos empujoncitos. Demostrarle que lo dices de verdad. Y recordarle de lo que se pierde si te deja ir.

—Hoy es noche de juegos de mesa —menciona Briana.

Lyra sonríe radiante.

—¡Es verdad! ¡Perfecto! Tienes que venir, Benedict odia las noches de juegos de mesa.

—¿Y eso cómo va a ayudarme? —pregunto con escepticismo.

—Porque así seguro que se da cuenta mejor de lo mucho que le gustas —afirma Lyra. Yo resoplo.

—¿Están seguras de que pedirle consejo a su hermana es una buena idea? —murmuro, entre divertida y frustrada.

—Lyra es la que mejor lo conoce —confirma Briana.

—Exacto, ¡no hay nadie más calificado que yo para aconsejarte!

Es verdad. Al menos, esa es la razón por la que había pensado en ponerla al corriente. La miro pensativa.

—¿Y qué debería hacer yo en esa noche de juegos de mesa, en tu opinión?

Ella me sonríe.

—A Ben le gusta la gente directa. Así que, limítate a ser la encantadora Florence de siempre. Solo con un poco más de confianza.

CAPÍTULO QUINCE

FANTASIES

La noche de juegos tiene lugar en el salón, un piso por debajo de nuestras habitaciones. Como se nos permite volver a movernos con más libertad por el castillo, nadie nos detiene cuando Lyra, Briana y yo pasamos junto a los guardias en nuestro pasillo después de cenar. Se limitan a seguirnos escalera abajo a una distancia prudente.

Ahora sé que esta velada se organiza una vez al mes. Los consejeros y administradores más cercanos a Benedict se reúnen con él, juegan al brag o al ajedrez, fuman y beben. Lo más seguro es que Lyra y Briana también estén siempre invitadas, pero nunca participan. En cuanto entramos en la sala, me doy cuenta de por qué.

Ocho personas se sientan en sillones de terciopelo alrededor de una gran mesa redonda, con vasos de cristal grueso con líquido de color ámbar y cartas en las manos. El humo de los puros flota en el aire y se mezcla con el olor de al menos cinco tipos diferentes de loción para después del afeitado. Un hombre y una mujer juegan al ajedrez en una pequeña zona de estar frente a la ventana, otros tres vampiros observan y charlan en voz baja. La edad media del grupo parece bastante elevada. Observo algunos rostros arrugados, pero también hay otros más jóvenes. Eris Hyll está sentada en uno de los sillones, de cara hacia la puerta, y me lanza una mirada breve cuando entramos. Tiene cartas desplegadas en las manos, pero en lugar de alcohol bebe sangre de su copa de cristal. Le dedico una sonrisa reservada a modo de saludo. Ella me lo devuelve con un simple movimiento de cabeza.

Por lo demás, nadie nos presta mucha atención. Mi mirada se detiene en una masa de rizos oscuros que me da la espalda desde la mesa de cartas. Benedict agita el *whisky* de su vaso sin prestarle atención y parece concentrado en lo que le dice un hombre mayor, delgado y de piel clara, que está a dos asientos de distancia.

—Tu padre vuelve a atacar —le susurra Lyra a Briana, y esta pone los ojos en blanco.

Las miro, confusa. ¿Su padre?

A primera vista, el desconocido no se parece en nada a Briana. Su pelo corto y ralo es castaño arenoso y está ligeramente rizado, mientras que el de Briana es negro y le cae recto hasta los hombros. Luego está la nariz respingada que no se parece en nada a la nariz grande y recta de su padre, pero supongo que se puede ver el parentesco en los ojos azules.

—¿Ese es tu padre? —susurro, volviendo a mirar hacia la mesa. Quizá se refieran a otra persona.

Justo en ese momento el hombre nos mira y se queda parado. Benedict vuelve la cabeza al mismo tiempo, me ve y levanta las cejas con una mueca.

—Florence —es todo lo que dice. No estoy segura de si es un saludo o una advertencia. Mejor que no le dé muchas vueltas.

—Buenas tardes —contesto.

Mientras tanto, ya hemos llamado la atención de los demás. Algunos parecen bastante irritados de vernos allí. O, lo más seguro, de verme a mí.

—La cena está servida —bromea un vampiro de sienes grises, y algunos de los hombres se ríen.

Benedict los hace callar con una mirada.

—Muestra un poco más de respeto, Phinneas. Tu trabajo no es ni la mitad de importante que el suyo.

Sus palabras hacen que un murmullo recorra la sala y calman el escozor que el desconocido acaba de provocarme, pero no consiguen evitar que me hierva la sangre de ira.

—Disculpe, majestad —gruñe Phinneas, cuyo rostro pasa al rojo vivo en cuestión de segundos. Es más que obvio por su tono que no lo dice en serio. Eso me enfurece aún más. ¿Qué había dicho Lyra? Que tenía que ser yo misma. No hay nada más fácil.

—¿No debería más bien disculparse conmigo? —pregunto, lo suficientemente alto como para que me oiga toda la sala.

Se hace el silencio. El corazón me late en los oídos, pero ya es demasiado tarde para retirarlo. Doy un paso hacia la mesa con decisión, busco los ojos del hombre y le sostengo la mirada fijamente desde arriba.

Él resopla, un sonido a mitad de camino entre la ira y el asco. Por el rabillo del ojo, veo que los demás se voltean hacia Benedict con curiosidad, pero no rompo el contacto visual. Esto es entre nosotros dos. Entre ese monstruo imbécil y yo.

Fuera del castillo quizá pueda tratarnos así a los humanos. Pero a mí no. Aquí no. Con los aretes que llevo y con el papel que represento, no.

O, al menos, eso espero. Es posible que esté a punto de llevarme una amarga decepción.

El silencio se alarga, eterno.

—¿Cómo dices? —termina por decir el hombre, desviando la mirada hacia Benedict, y ahora también cedo yo al impulso de observarlo. No sé qué me voy a encontrar. Solo sé lo que espero. Y me duele el corazón, lo tengo encogido, cuando imagino cómo está a punto de decepcionarme. Pero los ojos de Benedict no están fijos en mí, sino en Phinneas, su rostro completamente indiferente.

—Ya la escuchaste.

A mi lado, oigo a Lyra tomar aire. Toda la sala parece hacer lo mismo. Phinneas, en cambio, se hincha como un gallo territorial. Echa los hombros hacia atrás y saca pecho como si eso lo hiciera más impresionante. Me fulmina con la mirada, puro asco en los ojos.

—No tenemos todo el día —señala Benedict con toda la calma del mundo y da un trago de *whisky*.

Creo que al tipo está a punto de estallarle la cabeza. Está rojo como un tomate.

—Mis disculpas. —Apenas se entienden las palabras debido a lo fuerte que aprieta los dientes.

Le sonrío sin alegría.

—Te costó bastante decirlo —comento. Me doy la vuelta y me encuentro con la mirada de Benedict. Puede que me lo esté imaginando, pero creo que esconde una sonrisa de satisfacción tras su copa de cristal.

Lyra, Briana y yo nos sentamos en un sillón en un rincón del salón y sacamos nuestra baraja de cartas. Pasa un momento hasta que el incómodo silencio abandona la habitación y los vampiros vuelven a hablar relajados. Aunque lo más probable es que ahora tengan un nuevo tema de conversación.

—Carajo, Florence —susurra Lyra, reprimiendo una risilla—. Te quiero. En serio. Si Benedict no quiere nada contigo, quédate conmigo.

—Eso fue una castración pública sin anestesia —dice Briana, seca, y Lyra y yo no podemos hacer otra cosa que reírnos.

Mientras tanto, hago todo lo posible para que no se note lo azorada que me siento. Habría sido tan fácil que saliera mal. Puse en evidencia a uno de los consejeros más importantes de Benedict. Y sí, él me defendió, pero también podría haberme hecho sufrir las consecuencias por pasarme de la raya.

—¿Quién es ese? —pregunto en voz baja mientras tomo mis cartas. Lanzo una mirada hacia la mesa. La cara del hombre sigue salpicada de rojo y muestra una mueca ofendida. Se lo merece.

—Es subordinado de Eris, se encarga de la formación y la gestión de la guardia —me explica Lyra.

Fantástico. ¿Se supone que ese tipo es el que garantiza nuestra seguridad?

Quiero apartar la mirada, pero mis ojos se detienen en Benedict, como pasa tan a menudo. Me estudia, con una sonrisa apenas perceptible todavía en los labios, y causa un hormigueo en la boca de mi estómago. ¿Por qué tiene que sentarse tan lejos? Me gustaría saber qué tiene que decir sobre lo que acaba de pasar. Además, tengo demasiadas ganas de tocarlo.

Un carraspeo hace que me gire. Lyra me sonríe y mueve las cejas con un gesto cargado de significado.

—Ay, cállate —murmuro, y despliego mis cartas, avergonzada.

—Pero si no dije nada.

—¿Por qué ibas a decir algo? —comenta Briana, seca—. La cosa está más que clara.

Tengo el corazón encogido. Debería alegrarme de que se traguen con tanta facilidad que me gusta Benedict, aunque solo sea un papel. Al menos, en teoría. Porque si soy sincera, hace tiempo que mis sentimientos son demasiado reales para tratarse solo de una actuación.

Jugamos un par de rondas, pero apenas consigo concentrarme en las cartas. No dejo de sentir la mirada de Benedict en mi cuerpo. Un suave cosquilleo me recorre la espina dorsal como gotas de agua. No puedo quedarme sentada al otro lado de la habitación para siempre. En algún momento tendré que dar el paso y acercarme a él. Pero sigo esperando el momento adecuado.

Phinneas hace un rato que se fue, no sin antes fulminarme una última vez con la mirada. Y aunque sé que no puede hacerme daño, sigo teniendo una sensación de malestar en el estómago. No necesito más enemigos. Aunque, hay que reconocerlo, prefiero tener diez enemigos conocidos que uno que se mantenga oculto. Que todavía no hayan encontrado al responsable de la muerte de Bonnie y de lo de las pastillas me está matando.

—¡Ve con él de una vez, Florence! —me susurra Lyra, cuando ya he perdido cinco partidas seguidas.

—¡No puedo si siguen aquí sentadas! —explico.

—¿Por qué no?

—¡Porque se vería raro que me sentara en la mesa de los fósiles vivientes en vez de con ustedes!

Briana hace un sonido de gallina clueca, divertida.

—Oye, mi padre tiene la tierna edad de ciento treinta años, es un poco pronto para meterlo en un museo.

—No sobreviviría al transporte —comenta Lyra—. Ya veo los titulares: «El tesorero real se convierte en polvo».

—Todavía no está tan hecho polvo.

Solo las escucho a medias. Me dedico más bien a observar lo que ocurre en la mesa. Ahora se acaba de quedar otro sitio libre, justo al lado del padre de Briana y casi enfrente de Benedict.

—¿Pueden irse? —les pregunto a mis amigas, y Briana recoge nuestras cartas en un segundo.

—Ya nos fuimos —ofrece mientras se levanta.

—¡Pero yo quiero verlo! —se queja Lyra, aunque deja que Briana la jale. Su amiga pone los ojos en blanco.

—Estoy segura de que Florence nos lo contará todo mañana. Si no, nuestra ira caerá sobre ella.

Me guiña un ojo y yo esbozo una sonrisa que consigue ahogar algo de mi nerviosismo.

—Claro —confirmo. Me levanto yo también.

—De acuerdo —cede Lyra—. Pues buenas noches.

Las dos me desean buena suerte y se van del salón. Me ajusto el suéter y me dirijo a la mesa de juego. Como ya ha pasado varias veces, atraigo la mirada de Benedict. Sus ojos verdes me queman bajo la piel y me aceleran el pulso, ya de por sí embalado. Sin embargo, cruzo el salón y me dejo caer en el sillón que acaba de quedar libre.

—¿Puedo jugar una ronda? —pregunto, estudiando a los vampiros que me rodean. El rostro de Eris es imposible de leer. Seguro que está analizando todos y cada uno de mis movimientos y me va a aniquilar sin duda en el brag. El padre de Briana me sonríe con amabilidad. Los otros tres hombres y mujeres parecen un poco más escépticos ante mi llegada. Y Benedict me mira con tanta intensidad que me recorre un escalofrío.

—¿Sabes jugar? —pregunta el padre de Briana.

Le sonrío con la misma amabilidad.

—Me sé las reglas.

—Mmm. —Asiente pensativo—. Pero tienes que apostar. Jugamos con dinero.

Como para resaltar sus palabras, recoge algunas de sus fichas de la mesa y las vuelve a colocar en el plato con un ruido seco.

—Ah —digo. Me lo temía, así que no me sorprende. Pero sigue suponiendo un problema. Por supuesto que no tengo dinero. Y dudo mucho que Benedict me deje empeñar partes de mi vestuario para poder unirme a la partida.

—Toma —oigo entonces su voz al otro lado de la mesa.

Levanto la mirada y veo que ha empujado por la mesa hacia mí un tercio de sus fichas.

—¿No le da miedo que pierda su dinero apostando, majestad? —pregunto en broma, pero tomo las fichas de todos modos. No se me escapa la mueca apenas perceptible en su cara cuando oye la formalidad con la que lo trato. Pero poco después, esboza una sonrisa.

—Estoy bastante seguro de que van a volver a mí en apenas unos minutos.

Se me escapa un resoplido.

—Está muy seguro de usted mismo.

El padre de Briana niega con la cabeza.

—Por desgracia, lo está con razón. Nos alegramos mucho de no disfrutar de su compañía para el juego todas las semanas. No les vendría bien a nuestras carteras.

—Has tenido ciento treinta años para practicar, Morgan —señala Benedict.

Morgan Farrell, tesorero real. Me acuerdo de que Lyra me lo dijo cuando me presentó a Briana. Mientras tanto, Eris toma el mazo de cartas del centro de la mesa y empieza a barajarlas.

—Yo reparto —dice.

—¿Y si no pierdo el dinero? —le pregunto a Benedict, levantando las cejas desafiante.

Él mira primero el montoncito que tengo entre los dedos y luego a mí.

—Puedes quedarte con todo lo que ganes —decide.

—¿Y cuánto valen las fichas?

—Lo que te acabo de dar son unas cinco mil libras.

Me quedo helada.

—Está bromeando.

Pero Benedict levanta los hombros, toma las cartas que le ofrece Eris y las despliega.

—¿Algo para beber, señorita Hawthorne? —me ofrece el padre de Briana, y yo asiento sin prestar atención.

La cantidad que tengo en las manos ahora mismo es mi sueldo de cuatro meses. Pero no puedo dejar que eso me distraiga. Aunque ganara todo el bote, el dinero no es nada comparado con lo que está en juego en mi misión.

La velada se alarga mientras jugamos ronda tras ronda. En la sastrería, solíamos jugar al brag de vez en cuando durante nuestros descansos, pero nunca con dinero, así que al principio soy cauta con mis apuestas. Pero poco a poco me atrevo a apostar más y voy reuniendo unas cuantas fichas más, lenta pero segura.

El padre de Briana, que insiste en que lo llame por su nombre de pila, es sorprendentemente fácil de leer y ha perdido todo lo que había apostado a las pocas rondas. El resto de los vampiros juegan un poco mejor. Y Benedict hace honor a su papel de rey. Es por completo inescrutable, pero parece poder leer todos mis pensamientos en los movimientos de mi cara. Que me esté mirando fijamente todo el tiempo y yo me ponga cada vez más nerviosa tampoco ayuda. Sin embargo, después de unas dos horas, creo haber descubierto algunas señales reveladoras. Cuando farolea, su mandíbula se tensa casi sin que se note, como si apretara los dientes. Es probable que solo me dé cuenta de este detalle porque no dejo de mirarle los labios, pero aun así lo considero un éxito y a partir de entonces juego con más confianza.

El salón se va vaciando a nuestro alrededor y nuestros compañeros de partida han ido perdiendo uno detrás de otro. Al final, solo quedamos Benedict y yo. Eris sigue repartiendo las cartas mientras los demás miran. Y entonces me da una mano realmente buena. Cuando Benedict sube la apuesta, veo un músculo delator que tiembla en su mandíbula.

Una sonrisa se extiende por mi cara.

—Sé que está faroleando —le digo con alegría mientras subo su apuesta.

Benedict levanta las cejas y en su boca se dibuja una leve sonrisa. Aparece el hoyuelo de su mejilla y tardo un momento en apartar la vista y volver a mirarlo a los ojos.

—Nadie sabe cuándo estoy faroleando —afirma, tirando más fichas al plato.

—¿Ah, sí? Creo que no es tan inescrutable como piensa. —Vuelvo a subir la apuesta. El montón del centro crece mientras el mío se reduce, pero intento que no me afecte. En lugar de agobiarme, bebo el último sorbo del *whisky* que Morgan me ha servido antes. Pero no puedo evitar hacer cuentas. Ahí debe de haber veinte mil libras. Si gano de verdad... ¿Qué hago con tanto dinero? ¿Se lo envío a mi familia o lo dono a uno de los orfanatos de la ciudad?

Benedict tensa de nuevo la mandíbula y toma unas cuantas fichas. Sacudo la cabeza, resoplando.

—¿Son limosnas, majestad? ¿O es que está desesperado por deshacerse del dinero?

Se detiene en seco. Me mira pensativo y vuelve a colocar las fichas en su pila. La satisfacción me invade, pero solo dura hasta que Benedict abre la boca.

—Con todo —anuncia, y se echa hacia atrás en su sillón.

Me quedo paralizada. Durante un momento, dudo. ¿Me habré equivocado en mis observaciones? Pero no puede ser. Me he fijado lo suficiente en cuándo farolea y cuándo no. Solo intenta intimidarme con esta estrategia porque supe leerlo claramente. Y me daría mucha rabia dejar que se llevara el bote cuando tengo tan buena mano.

—Con todo —repito, enseñando mis cartas. Él les echa un vistazo y vuelve a mirarme a los ojos. Todo mi cuerpo hormiguea de nerviosismo, me sudan las manos.

Benedict respira hondo, se inclina hacia delante y apoya los codos en el tablero de la mesa.

—Te lo advertí —anuncia, y me enseña su mano.

Me quedo helada. Miro sus cartas con horror. Benedict tiene la mejor mano del juego... y ha ganado.

—Pero... —De mal humor, cierro la boca sin terminar la frase. Estaba tan segura... Estaba tan claro...

—¿De verdad crees que tendría reputación de buen jugador si se viera que faroleo tan fácilmente? —pregunta, tensando de nuevo la mandíbula. Luego sonríe.

Frunzo el ceño.

—Me engañaste —afirmo.

—Estaba faroleando —responde, señalando a nuestros espectadores con un gesto de la mano que la partida ha terminado—. Solo que no de la forma que esperabas. Yo diría que es suficiente por hoy.

Es una manera de decirlo. La realidad es que ya no tengo con qué apostar y, por lo tanto, ya no puedo jugar. Obviamente canté victoria antes de tiempo. Subestimé a Benedict. Y perdí un montón de dinero. Frunzo el ceño y aparto mis fichas perdidas.

El resto de los presentes se despide. Eris deja la baraja de cartas y se levanta de la mesa. Yo también me levanto. Esta podría ser mi oportunidad de ver a Benedict a solas, pero sería demasiado directo intentar acercarme a él ahora. Haber estado sentada aquí durante las últimas horas ya lo deja todo lo suficientemente claro. Un paso más y voy a parecer una lapa; después de la derrota, quizá incluso quede patético. Lo mejor es que ponga un poco de distancia entre nosotros.

Pero en el momento en que paso por al lado del sillón de Benedict y le deseo buenas noches, sus dedos ásperos se aferran a mi muñeca. Me sujeta con dulzura y atrapa mi mirada con la suya. Mientras tanto, los demás abandonan el salón. Por el rabillo del ojo, veo que Eris es la última en cerrar la puerta a su espalda, dejándonos solos.

—¿Te enojaste? —pregunta Benedict en voz baja.

Sus dedos aprietan tan poco que podría soltarme sin problemas, pero su pulgar acaricia la palma de mi mano en un movimiento casi imperceptible que acaba con toda mi voluntad de separarme.

—Solo era un juego —replico.

Benedict levanta una ceja.

—Con una apuesta más alta que tu sueldo anual hasta ahora.

—Puede ser. Y duele haber perdido el dinero —admito—. Pero no jugaba para ganar.

—¿Y para qué jugabas?

—Por la compañía.

—¿La de los vejestorios de mis consejeros?

—¿Hablas en serio? —respondo—. La tuya, Benedict. Estoy aquí por ti.

Frunce el ceño como si no me creyera. Hay duda en su mirada.

—¿Por qué? —pregunta—. Explícamelo.

Se me escapa un gemido de fastidio. ¿Qué quiere que le diga ahora? Podría darle un largo sermón sobre todo lo que tiene de atractivo. Ni siquiera tendría que mentir. Pero eso es lo que intenté hacer ayer, básicamente, aunque no con palabras. El problema no soy yo, sino él. Así que ha llegado el momento de un cambio de estrategia.

—No entiendo qué se supone que tengo que explicarte —respondo, irritada—. La atracción no es algo racional, Benedict. Quizá te cueste tanto entenderlo porque no pareces corresponder mis sentimientos. Y en este caso, ninguna explicación del mundo servirá de nada. Será mejor que me vaya. No quiero hacerte perder el tiempo ni presionarte para que hagas algo que no quieres hacer.

Me doy la vuelta, pero los dedos de Benedict aprietan con más fuerza mi muñeca.

—Espera.

Lo miro, interrogante. Su expresión parece dolida. Creo que mi estrategia sirvió para algo, porque cuando sale de sus labios la siguiente palabra, sé que gané.

—Quédate.

Levanto la barbilla casi sin que se note. No voy a ponérselo tan fácil.

—¿Por qué? Explícamelo.

Con un profundo suspiro, Benedict me jala hacia él y me sienta en su regazo de lado. Me rodea la cintura con un brazo. Su otra mano se apoya en mi pierna.

Tomo aire, sorprendida. Enseguida se me acelera el pulso. El calor del cuerpo de Benedict me envuelve y un hormigueo se extiende por la boca de mi estómago de los nervios.

—No tengo claro del todo qué debería hacer contigo —me susurra al oído. Su frustración es casi tangible.

Esas palabras no deberían sonar tan alentadoras, ¿verdad? No debería ser posible que su voz y su mano en mi pierna bastaran por sí solas para hacerme perder la cabeza. Pero eso es exactamente lo que está ocurriendo.

—¿Qué opciones tienes? —pregunto con un suspiro.

El brazo de Benedict me rodea la cintura con más fuerza. Su pulgar me recorre el muslo, apretando con dulzura.

—No me lo preguntes —gruñe.

—Demasiado tarde.

Benedict traga saliva, pero no dice nada. Oigo cómo le da vueltas la cabeza. Es evidente que se trata del mismo bucle que anoche. Giro con cuidado el torso para poder verlo mejor.

—No es necesario que me protejas tanto —susurro.

—No —murmura él. Su mirada me recorre la cara—. Tengo más bien la sensación de que debería proteger a los demás de ti. A mí incluido.

—¿Me tienes miedo?

No debería ser más que un chiste provocativo, pero oigo cómo Benedict toma aire.

—Un poco.

—¿Por qué?

—Porque no consigo leerte. Nunca hubiera apostado todo si no hubiera sabido que no podía perder con la mano que me habían repartido. No tenía ni idea de lo que estabas pensando, Florence. Sigo sin saberlo.

—Quizá porque siempre me infravaloras —replico. Tengo que reconocer que es irónico, puesto que solo perdí la partida porque lo infravaloré yo a él.

—Ya hace tiempo que no.

—Sí —le llevo la contraria—. Lo hiciste ayer mismo por la noche. Y lo vuelves a hacer ahora. De lo contrario, no debería explicarte por qué me siento atraída por ti y por qué tu corona no tiene nada que ver con mi decisión.

Su respuesta vuelve a hacerse esperar.

—Sigues sin creerme —afirmo en voz baja.

—Es que no tiene sentido.

Hago amago de levantarme, pero Benedict no me deja. Al contrario, me acerca aún más a él hasta que mi espalda descansa contra su cálido pecho y siento el calor propagarse por mi interior.

—Te creo —me murmura al oído.

Me cuesta respirar. Sin embargo, volteo la cabeza, lo miro a los ojos y me armo de valor.

—Pues demuéstralo.

Benedict vacila. Sus dedos me acarician el muslo, un contacto casi imperceptible. Su mano en mi cintura se mueve unos centímetros bajo el dobladillo de mi suéter hasta que puedo sentir su piel caliente sobre la mía.

—¿Qué quieres exactamente? —murmura.

Trago saliva.

—Todo lo que quieras darme.

Su nariz acaricia mi mejilla.

—¿Y si no es suficiente? —dice sin aliento.

—No tiene que ser todo de una vez, Benedict —respondo con sinceridad.

—¿Y si es demasiado?

Un agradable escalofrío recorre mi cuerpo.

—Es imposible que sea demasiado —susurro—. Lo quiero todo. Soy tuya en sangre y alma. Y en todo lo demás, si me dejas.

—Así te tomo como mía —repite en voz baja el juramento que nos hicimos al principio y la piel de gallina se extiende por todo mi cuerpo. Benedict me acaricia la cintura bajo el suéter y el hormigueo se hace cada vez más intenso.

—¿Ya no me vas a rechazar? —pregunto sin aliento.

—Cambié de opinión.

—¿Pasa con frecuencia?

—De vez en cuando. Cuando alguien me da un buen motivo.

Pongo la mano sobre la suya, recorro su antebrazo con las puntas de los dedos y noto cómo se le eriza el vello.

—¿Soy un buen motivo? —susurro.

Él resopla.

—Vas a ser mi perdición, Florence Hawthorne.

Trago saliva y me deslizo un poco hacia atrás, apretándome más contra su pecho.

—Un simple sí habría bastado, Benedict Tudor.

Lo oigo tomar aire y siento el primer signo de su excitación a través de la tela de nuestra ropa. Benedict me clava los dedos con más fuerza en el costado y siento calor en el centro de mi deseo.

—¿Vendrás esta noche a mi cuarto? —digo con un jadeo, poniendo la mano en su antebrazo desnudo. Noto cómo se le tensan los músculos.

—No —me susurra al oído. Su aliento caliente me roza la sien.

—¿Por qué no?

—Porque no puedo dormir cuando te tengo cerca.

—¿Quién dijo algo sobre dormir? —consigo decir, y ahora sí que noto su erección claramente en la parte baja de mi espalda.

—Estás jugando con fuego —me advierte con voz ronca—. Espero que lo sepas.

—No te tengo miedo.

—No se trata de eso, Florence. Solo intento no perder el control.

—Quizá quiero que pierdas el control —se me escapa. ¿En qué momento se me soltó tanto la lengua? ¿De verdad es una buena idea mover mi ficha ahora?

Benedict me aprieta más contra su regazo. No sé si quiere retenerme o sentir más mi cuerpo, pero sea lo que sea, lo disfruto. No quiero esperar más. Lo quiero ahora.

Volteo de nuevo la cabeza para mirarlo. Su cara. Los rizos que le caen por la frente. La sombra de barba en sus mejillas. Sus labios carnosos y sus ojos verdes, ahora oscurecidos por el deseo.

El silencio nos envuelve, cargado de nuestra respiración demasiado fuerte y el martilleo de mi corazón. Nos miramos y el deseo que siento en mi interior casi me mata.

Benedict sigue subiendo la mano por debajo de mi suéter y empuja lentamente la tela hacia arriba. Se me corta la respiración.

—Puedes pedirme que pare en cualquier momento —murmura, apoyando su mejilla contra la mía.

Cierro los ojos.

—Lo sé...

La mano de Benedict se desliza más arriba, recorriendo la fina tela de encaje de mi brasier lentamente. Suelto un suave gemido y él baja la cabeza y me besa el cuello. El contacto se extiende por mis terminaciones nerviosas como un incendio forestal. Normalmente solo siento sus labios cuando bebe de mí. Nunca de otra forma. Nunca así. El suave roce de sus dientes en mi cuello me hace suspirar. De forma automática, inclino la cabeza hacia un lado para permitirle un mejor acceso.

—Explícame una cosa —me ordena, y su voz oscura causa escalofríos por todo mi cuerpo.

—¿Qué? —susurro.

—Cuando dijiste que cuando te muerdo te vuelves sumisa...

—Sin comentarios —suelto.

—Mmm. —El sonido me vibra en el abdomen—. Es respuesta suficiente.

Lentamente, me desliza un tirante del brasier por encima del hombro, por debajo del suéter, y libera mi pecho derecho de la tela. Benedict pasa las yemas de los dedos por mi piel sensible, su pulgar rodea mi pezón.

Reprimo un gemido. Esto está mal. No debería disfrutarlo. Ni cuando me muerde, ni cuando me toca. Pero disfruto de cada segundo, me restriego más contra su regazo, le clavo los dedos en el antebrazo.

Benedict gime.

—Carajo, Florence...

—No te atrevas a darme otro sermón sobre moralidad —jadeo.

Benedict respira hondo y me pone la mano libre en el muslo.

—Ahora tengo otros planes —murmura, y me levanta la pierna por encima de sus rodillas, con lo que termino sentada sobre su regazo con los muslos separados. Noto claramente su erección en el trasero, y el mero hecho de saber que parece desear esto tanto como yo me excita todavía más. Benedict me acaricia el pecho, me pasa la otra mano por el interior del muslo y yo me derrito. Pero justo antes de llegar al centro de mi deseo, se detiene.

—Más —suplico sin aliento, y noto a Benedict estremecerse. Separa las piernas, con lo que separa también las mías, me desabrocha el pantalón, mete la mano por mi ropa interior y yo gimo su nombre. Sus dedos ásperos se deslizan sin esfuerzo por la humedad entre mis piernas y encuentran mi clítoris.

Se le escapa un sonido que casi parece un gruñido y me estremezco bajo su tacto, moviéndome con su mano, intentando sentirlo más, desesperada. Me penetra lentamente con un dedo, haciendo que me sea imposible pensar con claridad. Todo esto me parece algo absolutamente prohibido. Y quizá por eso me excita tanto.

Benedict saca sus dedos de mí, me frota, me vuelve a

penetrar. Su erección se me clava en las nalgas, su otra mano me masajea el pecho, sus labios me rozan el cuello. Es todo demasiado de golpe y, al mismo tiempo, no es suficiente.

Quiero voltear la cabeza. Quiero besar a Benedict, desnudarlo, sentirlo por completo dentro de mí. Pero solo puedo aceptar lo que él me da. Me penetra con dos dedos, entra cada vez más rápido, me masajea al mismo tiempo con el pulgar... y entonces me hunde los dientes en el cuello.

El leve dolor se ve eclipsado por mi orgasmo. Todo mi cuerpo se tensa de placer mientras Benedict bebe de mí y sigue moviendo los dedos sin parar. Me aferro a su brazo e intento en vano ahogar mis gemidos. Los suyos quedan amortiguados por mi piel bajo sus labios y, sin embargo, me producen otro cosquilleo por todo el cuerpo.

Las caricias de Benedict se vuelven más suaves. Mis temblores van disminuyendo y yo me dejo caer contra su pecho, mi cuerpo superado de golpe por el esfuerzo de mantenerse erguido.

Despacio, Benedict retira la mano, me vuelve a abotonar el pantalón y me recoloca la ropa. Lame con suavidad la herida del mordisco y me deja un dulce beso en el cuello.

Sigo notando su erección. Pero no soy capaz de moverme. Siento las piernas como gelatina y mi respiración es entrecortada.

Presiono más mi espalda contra su pecho, y él me rodea con los brazos sin decir una palabra. Noto el latir de su corazón, tan acelerado como el mío, y apoyo la cabeza contra su mejilla.

—¿Todo bien? —pregunta. Tiene la voz ronca y de inmediato me siento más segura de lo que me he sentido hasta ahora.

—Más que bien —susurro.

Benedict no dice nada. Y mientras el torbellino de hace

un momento se va tranquilizando, poco a poco me nace una sensación de malestar en la boca del estómago.

—¿Y tú? —pregunto bajito.

Él se aclara la garganta.

—Sí. —Hay un dejo extraño en su voz. Benedict se levanta conmigo, pero en vez de apretarme contra él, se separa y me da un beso fugaz en el pelo—. Buenas noches, Florence.

Se gira.

—¿Buenas noches? —repito, confusa.

No me contesta. En unos pocos pasos está junto a la puerta y me deja sola en el salón, como si nada hubiera pasado. Ni siquiera se voltea para mirarme.

Será... imbécil.

Tengo claro por qué se fue. Es su último intento desesperado de volver a establecer límites entre nosotros. Pero, carajo, eso no evita que me vuelva a hacer daño.

Ya no sé qué debería sentir. Una parte demasiado grande de mí ha disfrutado lo que acaba de pasar. Y al mismo tiempo me siento mal. No es más que un plan. Solo un papel que represento. El problema es que la línea se difumina cada vez más. Y cuanto más consciente soy de mi situación, más clara tengo una cosa: quiero más.

CAPÍTULO DIECISÉIS

GREEN EYES

Dos guardias me esperan junto a la puerta y me acompañan a mi habitación. Mantengo la mirada en el suelo, una mezcla de vergüenza y remordimiento en mi pecho. Por un lado, porque seguro que lo escucharon todo; primero, la despedida de los demás y, un poco después, la marcha precipitada de Benedict. Y, por otro lado... porque duele.

Duele que Benedict me haya abandonado así. Duele que me engañe a mí misma. Duele que nada haya sido real o pueda siquiera serlo.

Me preparo deprisa para irme a dormir, apago la luz y me meto bajo el edredón. Pero da igual lo mucho que lo intente, no consigo dormirme. Aunque estoy segura de que me vendría bien algo de distancia para proteger mi corazón, anhelo estar cerca de Benedict. Sería tan fácil dar un último paso. Tanto mi misión como mi cuerpo me lo piden. Lo único que me frena es mi cerebro.

Pero rondando las doce y media ya no lo aguanto más. Seguro que Benedict ya está durmiendo, pero al menos quiero intentar hablar con él. Salgo de la cama y recorro con sigilo y de puntitas el frío pasillo, la mirada de los guardias a mi espalda. Para no despertarlo, toco muy suavemente a la puerta. Para mi sorpresa, oigo de inmediato un claro «adelante».

Entro vacilante en la *suite* de Benedict. La sala de estar está cerrada, pero Benedict aparece por la puerta del despacho. Sigue llevando la misma ropa que antes. Tiene el pelo despeinado, la camisa arrugada. Por mi culpa. Pensarlo me quita la respiración.

Benedict me mira y se queda de piedra. Nos miramos un momento sin palabras.

—¿Sigues trabajando? —se me escapa. Por algún motivo, resuena una acusación en mi voz. Quizá porque no entiendo cómo puede concentrarse en el papeleo mientras en mi cabeza reina el caos.

—No habría podido dormir de todas formas.

Cierro los puños e intento no dejar que se note mi dolor. Pero es evidente que colorea mis palabras igual que la luz del sol cuando atraviesa un vitral.

—¿Y en las dos últimas horas no se te ha ocurrido ni una sola vez venir a verme después de haberme dejado tirada así?

—Necesitaba un momento —responde en voz baja—, para despejarme la cabeza.

—¿Y ahora está despejada?

Benedict me sostiene la mirada.

—Nunca lo está cuando te tengo cerca.

Respiro hondo.

—¿Te presioné de algún modo?

Es una pregunta calculada. Solo lo digo para que Benedict me contradiga. Pero me deja un regusto amargo en la lengua. Porque la respuesta no es ni de lejos tan clara como se piensa. Él hace una mueca.

—A duras penas. Fui yo el que perdió el control antes.

Trago saliva. El recuerdo sigue ardiendo al rojo vivo en

la boca de mi estómago. Cada vez que pienso en ello, parece resurgir de nuevo.

—Entonces no entiendo el problema —afirmo.

Benedict resopla.

—El problema es que ya no puedo pensar con claridad. Y se trata de un asunto que hay que meditar bien, Florence. Ya intenté explicártelo ayer.

—Lo vuelves más complicado de lo que es —me quejo.

Él sacude la cabeza, frustrado, y se acerca más a mí.

—¿Sabes que llevo veinte años respetando este estricto límite? Me juré a mí mismo que no abusaría de mis novias de sangre como hicieron mis predecesores. Están aquí por su sangre... para nada más. Así que no las toco. Con la mayoría ni siquiera he llegado a hablar de verdad. Y, entonces, llegas tú al castillo y le prendes fuego a todo. A mis principios. A mis normas. A mí. ¡Dios, ya ni sé cómo debería comportarme!

—¿Y crees que para mí es diferente? —le increpo, y de momento se descarga todo mi miedo, toda mi tensión, en mis duras palabras—. Había planeado lo que está pasando tan poco como tú, pero ¡tenías que ser tan dulce todo el tiempo, tan atento! ¡Carajo, me has hecho querer más, Benedict!

—No era mi intención.

—¡Pero eso no cambia el resultado! Y resulta irónico, la verdad. ¡Me quieres proteger de todo y al mismo tiempo juegas con mi corazón como si eso no pudiera hacerme daño!

—¡No juego contigo!

—¡Pues eso es lo que parece! —Me volteo, frustrada, pero él da un último paso hacia mí y me hace darme la vuelta tomándome del hombro.

—Dijiste que no tenía que ser todo de una vez —me recuerda. Encuentro su mirada. La expresión en su rostro es de molestia. En sus ojos veo reflejadas tanto ira como desesperación.

—¡Y no tiene por qué serlo! ¡Pero me dejaste allí abandonada, como si fuera de usar y tirar! ¡Ni siquiera me besaste! ¡Es como si no hubiera significado absolutamente nada para ti!

—Carajo, ¡porque no sabía lo que debía hacer! —Hace ademán de apartarme un mechón de pelo de la cara, pero apenas me roza la mejilla con los dedos antes de dejar caer la mano y alejarse un paso de mí—. Y sigo sin saberlo, la verdad.

Trago saliva. Ahora incluso ese pequeño roce me quema la piel y no puedo dejar de pensar en los labios de Benedict en mi cuello. Los labios de Benedict, que me encantaría sentir en los míos. Porque por muy bien que se hayan sentido sus dedos entre las piernas, lo que realmente anhelo es otro tipo de intimidad. Una que debería desear incluso menos de lo que deseo su cuerpo.

—Quizá te ayudaría dejar de pensar como el rey por una vez —digo en voz baja, ganándome un bufido de impotencia.

—¿Y cómo debería pensar en tu opinión, Florence?

—Como el hombre al que escondes tras esa corona —replico, firme.

Veo en su expresión que esta petición es demasiado para él. Quizá porque no sabe cómo separar a esas dos personas: él mismo y el rey de Inglaterra. Quizá hasta crea que no existe diferencia entre ambos.

En silencio, espero a que Benedict se mueva. Yo podría dar un paso hacia él. Intentar disipar la tensión incómoda entre nosotros, convertirla en algo completamente diferente.

Pero estoy segura de que entonces simplemente volveríamos a acabar en este mismo punto. Me temo que el único que puede decidir lo que va a pasar a continuación es Benedict.

—Se te van a enfriar los pies —afirma en algún momento, sombrío, enterrando así el tema por completo.

—Sí. Eso pasa cuando el nivel de calefacción de una *suite* es el mismo que el de una tumba. Es decir, ninguno —me quejo.

Benedict esboza una sonrisa débil. Su mirada recorre mi cuerpo y, finalmente, se fija en la puerta de su dormitorio a mi espalda.

—Mi cama está caliente —murmura—. Por si no quieres irte a dormir sola. Puedo encargarme del resto del papeleo en la mesa del dormitorio.

No me hago ilusiones de que tenga en mente nada más que dormir. Reconozco sus palabras como lo que son: una ofrenda de paz. Aun así, no puedo reprimir mi nerviosismo. Me basta con pensar en la cama de Benedict para sentir un hormigueo en cada fibra de mi cuerpo.

—De acuerdo —acepto.

—Siéntete como en tu casa —murmura. Se vuelve hacia el estudio.

Entro vacilante en la habitación de Benedict. Ya la he cruzado varias veces para usar su cuarto de baño durante nuestras mañanas juntos, pero es la primera vez que me dirijo a su cama y me meto bajo el edredón de seda. Casi con reverencia, me envuelvo en la tela oscura e inmediatamente el aroma familiar de Benedict me envuelve. Está por todas partes. En las almohadas, en el edredón, incluso en las sábanas. Huele a bosque y a chimenea.

Hundo la nariz en el suave edredón y cierro los ojos un momento. El denso aroma a madera me hace sentir segura y excitada al mismo tiempo. No es una buena combinación. Y menos cuando no hay nada que pueda hacer con esta última emoción.

Suspiro. Estos sentimientos son del todo inapropiados. Por otro lado, puedo dar gracias de que mi cuerpo quiera a

Benedict de verdad. La excitación no es fácil de fingir. Y ya he llegado demasiado lejos para echarme para atrás.

Ahora todas las cartas están sobre la mesa. No me gusta tener que esperar a que Benedict tome una decisión. Pero tampoco me preocupa, en realidad. No puede pasar mucho tiempo antes de que su autocontrol se derrumbe por fin. Tarde o temprano querrá llegar más lejos, estoy segura. Y cuando llegue el momento, podré disfrutarlo igual.

Benedict entra en la habitación, cierra la puerta a su espalda y coloca en silencio su computadora portátil en la mesita que hay frente a la ventana. Enciende la lámpara de pie del rincón y apaga la luz principal de la habitación. Luego se pone a apilar leña en la chimenea. Hasta que la pequeña pila empieza a crepitar y arder no se endereza de nuevo para captar mi mirada interrogante.

—¿Quién querría dormir en una tumba? —susurra, y no puedo evitar reírme.

—Gracias —digo con voz baja, y recibo una media sonrisa como respuesta.

Observo en silencio cómo Benedict se sienta a la mesa y abre la computadora. Apoya la cabeza en una mano, entierra los dedos en sus rizos y empieza a leer con el ceño fruncido.

Es hermoso de verdad. La tenue luz de la lámpara de pie dibuja reflejos dorados en su pelo. La luz del fuego parpadea en su cara, dibujando suaves contornos en su firme cuerpo. De vez en cuando, Benedict me mira con sus ojos verdes. Y con cada mirada, me derrito un poco más.

Quiero seguir mirándolo. Pero un aire cálido y perfumado llena la habitación y mis párpados se vuelven cada vez más pesados. Estoy agotada de las emociones de la velada y la cama de Benedict es demasiado blanda, el edredón demasiado agradable, su presencia demasiado tranquilizadora. Y antes de poder torturarme con esa idea, ya estoy cabeceando.

El sonido de una silla que se arrastra con cuidado por el suelo me despierta, pero estoy demasiado cansada para abrir los ojos. Medio dormida, oigo el crepitar del fuego. El calor de la cama. Unos pasos apenas audibles se acercan.

Noto un contacto suave en la sien. Incluso con los ojos cerrados, sé que es Benedict, que me ha quitado un mechón de la cara, un gesto tan cariñoso que mi respiración es un suspiro. Las ásperas yemas de sus dedos se detienen un segundo bajo mi oreja, luego Benedict vuelve a separarse de mí y se aleja en silencio.

Con un gruñido de descontento, abro los ojos y me volteo para mirarlo, pero ya ha cruzado la habitación y ha desaparecido en el cuarto de baño.

Debo de haberme dormido otra vez, porque al siguiente parpadeo, Benedict está volviendo al dormitorio y se acerca a su armario. La lámpara ya está apagada, el fuego es lo único que sigue proporcionando una cálida luz. Somnolienta, observo cómo saca la ropa, la coloca en el tocador que tiene al lado y se desabrocha lentamente la camisa de espaldas a mí.

El calor me sube a las mejillas. ¿Sabe que lo estoy viendo? ¿Debería apartar la mirada? ¿Voltearme?

Pero justo antes de quitarse la camisa, gira la cabeza y me mira a la cara.

Trago saliva. Sabía que lo estaba observando, pero no parece molestarle. Al contrario. Se voltea de nuevo y sigue desvistiéndose.

Observo, como si estuviera hipnotizada, cómo Benedict se quita la camisa de los hombros. Los músculos de su espalda se tensan. La luz del fuego ilumina su tersa piel, proyectando suaves sombras sobre su cuerpo definido.

Las manos de Benedict se deslizan hasta el cinturón, desabrochan despacio el pantalón. Mi respiración se vuelve entrecortada, el corazón me late con fuerza en la garganta y, sin embargo, no aparto la mirada. Veo cómo se desnuda con toda la tranquilidad del mundo delante de mí y se pone unos pantalones negros de algodón sueltos.

La imagen de su cuerpo desnudo se graba inevitablemente en mi memoria, pero no me arrepiento. Al contrario. Ojalá hubiera podido verlo de frente. Y, más aún, ojalá pudiera tocarlo.

Benedict coloca la ropa, bien ordenada, sobre el respaldo de un sillón y por fin se voltea para mirarme. Su mirada se cruza con la mía y el corazón me da un vuelco. Se acerca lentamente a la cama y, de repente, estoy demasiado cautivada por la expresión de su cara para fijarme en su torso desnudo. ¿Cómo puede un hombre resultar tan embriagador? Tan áspero y suave al mismo tiempo. Abierto, sincero y, sin embargo, indescifrable.

Benedict levanta el edredón y se tumba en el lado libre del colchón. No me muevo, todavía sin estar segura de lo que quiere. Si es que quiere algo. Pero se acerca más a mí, levanta la mano y vuelve a acariciarme suavemente la sien.

Vacilante, me deslizo hacia él, y cuando Benedict me envuelve con su brazo bajo la manta, respiro aliviada. Me estrecha contra su pecho y por fin siento su piel desnuda y caliente bajo los dedos, su aliento en la frente. Me besa suavemente en la frente y yo me acurruco más en sus brazos. De repente, el resto de la cama me parece terrible y fría. Solo él puede calentarme. Solo con él me siento segura.

—¿Te puedo preguntar algo? —dice con voz baja, y el latido de mi corazón se convierte en un aleteo nervioso.

—Todo —susurro.

Benedict toma aire, su respiración es profunda.

—¿Lo ves? —pregunta—. ¿Al hombre detrás de la corona...?

Levanto la cabeza despacio. Hay una incertidumbre en los ojos de Benedict que no suelo encontrar en ellos. Como si no estuviera seguro de si él mismo sigue viendo a ese hombre.

Dejo vagar mis dedos. Por su ancho hombro, su cuello, hasta su mejilla. Le paso con cuidado el pulgar por la barba y Benedict aprieta la cara contra la palma de mi mano, derritiéndome aún más el corazón.

—Lo he estado viendo todo el tiempo —le aseguro en voz baja, y un escalofrío recorre su cuerpo. Es mucho más grande que yo, mucho más fuerte. Infinitamente más poderoso. Y, sin embargo, en este momento me siento como si estuviéramos en igualdad de condiciones. Como si ya no fuéramos el monstruo y su víctima, sino solo dos... amantes. Aislados del resto del mundo. Me aferro a esta ilusión como si fuera todo lo que tengo.

Acaricio con ternura la sien de Benedict y enrollo uno de sus rizos oscuros con el dedo. Él observa mi rostro, su mirada es indescifrable.

Como si tuvieran vida propia, las puntas de mis dedos recorren su frente. El puente de su nariz. Sus labios. Y cuando vuelvo a llegar a sus mejillas, mi mano deja de moverse y empieza a hacerlo la suya, por fin.

Apretando suavemente, Benedict sube por mi columna vertebral hasta que su mano llega a mi nuca y aplica más fuerza. Todo dentro de mi interior estalla en llamas. Me acerco más a él mientras baja la cabeza.

Benedict posa sus labios sobre los míos y yo suelto un suspiro de alivio que se pierde en nuestro beso. Por fin. Por primera vez me doy cuenta de lo mucho que he deseado este momento. Cuánto necesitaba esta cercanía, esta silenciosa concesión de afecto. Benedict sabe a menta, con un dejo del *whisky* de antes. Sus labios son suaves pero exigentes, su cuerpo se aprieta con fuerza contra el mío.

Entierro los dedos en sus rizos, abro un poco más la boca y permito que me devore. Mi corazón arde en llamas. Benedict se inclina sobre mí, presionándome con fuerza contra el colchón. Siento que lo necesito para seguir respirando. Necesito más. Todo.

Mientras hundo mis dedos en su espalda desnuda, Benedict coloca una de sus piernas entre las mías, con lo que es inevitable que se suba la tela de mi camisón. Su erección presiona contra mi cadera y siento todo su cuerpo a través de nuestra finísima ropa.

Gimo. Impaciente, meto los pulgares por la cintura de sus pantalones y se los bajo de las caderas.

—Florence —gruñe y, sin embargo, no se aparta. Benedict me pone una mano en el muslo y empuja la tela de mi camisón hacia arriba, por encima de mi vientre, mis pechos, exponiéndome parte por parte. Se endereza, me quita el camisón por la cabeza y yo me quedo acostada, desnuda y sin aliento ante él.

Entonces también se quita él los pantalones, pero no me da la oportunidad de tocarlo. En lugar de eso, baja sus labios hasta mi pecho y deja que su mano recorra mi entrepierna como en el salón. Me frota el clítoris con dos dedos y no tardo ni un minuto en retorcerme de placer bajo él. Mi cuerpo parece estar hecho de lava ardiente y lo único que quiero es...

—Más —gimo.

Me penetra con dos dedos, pero sacudo la cabeza con fuerza y lo retengo por la muñeca.

—Más de ti, Benedict —jadeo—. Lo quiero todo.

Me mira vacilante. Le tomo la cara entre las manos y lo jalo hacia mí. Esta vez no se resiste. Accede a mi petición. Su dura erección me presiona el vientre y yo empujo mi pelvis hacia él sin poder evitarlo. Quiero sentirlo dentro de mí. Quiero que se hunda en mí tanto como yo me quiero hundir en él. Y puede que incluso quiera que deje atrás por fin su suave moderación. Que pierda los estribos por completo y me devore de una vez como temía al principio que me devoraría.

—Confío en ti —digo, besándolo desde la áspera barbilla hasta la boca.

Él jadea.

—Dios sabe por qué.

Se endereza de nuevo y me da la espalda. Estoy a punto de protestar cuando abre el cajón de la mesilla y saca un preservativo.

Me quedo confundida por un momento. ¿Por qué querría utilizar métodos anticonceptivos? Los vampiros no contraen enfermedades y es tan raro que tengan descendencia que Benedict se lleva veinte años con su hermana. Debería aprovechar cualquier oportunidad de tener hijos, ya sea conmigo o con quien fuera.

Pero una vez más me doy cuenta, de tal forma que me duele, de que Benedict no es el rey que yo pensaba que era. No es el monstruo que nos imaginábamos. Y quizá...

Quizá me fío de él de verdad.

Una mezcla de alivio y gratitud fluye por mi interior. Gracias a la píldora que conseguí meter en el castillo, no tendría que preocuparme, pero de todas formas me siento más segura así. Y creo que Benedict lo hace por mí. Porque respeta mi cuerpo. Quiere darme libertad de elección y eso me hace querer besarlo de nuevo.

Se pone el preservativo y vuelve a inclinarse sobre mí. Apoya un brazo a cada lado de mí, conquista mi boca con la suya y frota su erección contra mi entrepierna.

El contacto me hace olvidarlo todo. Me muevo con él, una súplica silenciosa pidiendo más. El cuerpo de Benedict me presiona contra el colchón. Recorre a besos mi cuello hasta llegar al lugar de donde ha bebido antes. La herida lleva tiempo curada y, sin embargo, sus labios me queman más en ese punto. Con su rodilla me hace separar más las piernas y las abro para él.

Benedict me penetra despacio. Me llena por completo y yo le clavo los dedos en la espalda con un gemido.

Él también gime. Se aleja, solo para volver a entrar en mí, más profundo, una y otra vez. Sus embestidas se hacen más fuertes, hasta que tengo la sensación de deshacerme bajo él. Rodeo sus caderas con las piernas para sentirlo aún más dentro y dejo ir los últimos resquicios de autocontrol. De forma natural, salgo al encuentro de sus movimientos, gimo su nombre. Su aroma me envuelve, me nubla la razón.

Sin previo aviso, Benedict sale de mí. Se endereza, me da la vuelta y me pone en cuatro patas. Y entonces vuelve a entrar, su mano vuelve a estar entre mis piernas. Me frota el clítoris y me deshago bajo sus dedos como nieve en agua caliente. La respiración de Benedict se entrecorta, sus embestidas se vuelven más bruscas y terminamos los dos.

Me tiembla todo el cuerpo y me desplomo sobre el colchón, agotada. Benedict se inclina y me besa suavemente en la sien. Desaparece un momento en el cuarto de baño, pero vuelve antes de que yo consiga controlar mi respiración. Su cálido cuerpo se acurruca contra el mío. Siento los latidos de su corazón en la espalda y me aprieto más contra él. Benedict me rodea con los brazos y nos envuelve en el edredón de seda.

Nos quedamos un momento así, respirando con dificultad. Mi propio pulso no ha empezado siquiera a calmarse y me cuesta pensar con claridad. Pero quizá no sea necesario tampoco. Quizá, por una vez, esté bien no planear ni cuestionarse nada. Quizá, al menos por una vez, pueda simplemente disfrutar de lo bien que me hace sentir estar tan cerca de Benedict.

Respiro hondo y me volteo para mirarlo. Casi tengo miedo de que me vuelva a apartar de él, pero en vez de eso, me besa con dulzura la frente, la punta de la nariz y, finalmente, los labios.

Aunque es peor que la alternativa, tiene que dejar de ser tan cariñoso conmigo. Mi corazón se derrite bajos sus labios y yo no tenía intención de dejar que me lo robaran al entrar aquí. Y menos él. Sin embargo, le devuelvo el beso. Absorbo en mi interior cada pizca de afecto.

—Creo que voy a necesitar un par de principios nuevos —murmura Benedict contra mi boca—. Todos los relacionados con la novia de sangre los acabo de tirar por la borda.

Se me escapa una risa ahogada.

—Creo que te quedan más que suficientes.

—Seguro que tienes razón. —Apoya la frente contra la mía y me acaricia el pelo—. Y es obvio que Lyra también tenía razón.

Lo miro, interrogante. Al hacerlo, le rozo la nariz con la mía, y aunque no es más que un contacto nimio, casi me parece más íntimo que todo lo que acabamos de hacer.

—¿Sobre qué?

Hace una mueca divertida.

—Me convenció en la fiesta del solsticio de que tenía que elegirte a ti. Dijo que eras perfecta. No sé exactamente a qué se refería, pero estoy de acuerdo con ella.

Todavía tengo la cara ardiendo por la actividad de hace un momento, pero creo que me estoy poniendo más roja.

—Tú tampoco estás mal —balbuceo, completamente abrumada, como respuesta, y Benedict se ríe.

Sonriendo, me coloca un mechón de pelo por detrás de la oreja.

Se le marcan los hoyuelos y su rostro parece más relajado de lo que lo he visto nunca.

—Qué barbera.

No puedo hacer otra cosa que mirarlo.

—¿Qué? —pregunta.

Dejo escapar un bufido exasperado.

—Nada. Solo tengo que acostumbrarme a algunas cosas. Por ejemplo, a que sabes sonreír de verdad —bromeo.

—Lo creas o no, pasa de vez en cuando —responde, divertido.

—No desde que estoy yo en el castillo. Al menos, no sonrisas de verdad. Y menos que no sean sarcásticas.

—Nunca he dicho que pasara a menudo —contesta.

Lo observo, todavía abrumada.

—¿Qué? —vuelve a preguntar.

—Te ves guapísimo cuando sonríes —se me escapa, y su sonrisilla se hace más amplia.

—Por lo menos, «no estoy mal», o eso me han dicho. —Me endereza un poco y recoloca la almohada bajo nuestras cabezas.

—No —susurro y tengo que tragar saliva para deshacerme del repentino nudo en la garganta—. Nada mal.

Me besa la punta de la nariz.

—¿Puedo hacerte una pregunta?

—Lo que quieras —consigo decir, y mi corazón vuelve a acelerarse. ¿Qué querrá saber ahora? ¿Y qué estaría dispuesta a desvelar? Demasiado, eso lo tengo claro.

Benedict se echa hacia atrás para poder mirarme a la cara y frunce el ceño con seriedad.

—¿Qué demonios le dijiste a Lyra en la fiesta del solsticio para que se encaprichara tanto contigo?

Ahora sí que me pongo roja. Y antes de que pueda siquiera intentar disimular mi vergüenza, Benedict me descubre. Levanta una ceja expectante.

—Ah. Nada en especial —balbuceo.

—Florence.

De mala gana, le sostengo la mirada y alzo la barbilla.

—¿De verdad quieres saberlo?

—Te lo pido por favor.

Tengo que carraspear.

—Te insulté —admito.

Benedict suelta otra profunda carcajada que vibra en mi pecho.

—La verdad, no sé qué me esperaba —dice, sacudiendo la cabeza y apretando más la manta a nuestro alrededor—. Cómo no, me insultaste.

—Qué bien que no te moleste —digo, y mi voz ha adquirido un inusual tono provocativo.

—La verdad es que no —murmura, dándome un beso en la frente—. Pero en algún momento podríamos repasar lo que dijiste allí y comprobar si lo volverías a decir ahora.

—Puede que no sea una buena idea. Estoy segura de que la palabra «arrogante» apareció por ahí —musito, con lo que me gano tanto otro bufido divertido como un beso en la sien.

—Buenas noches, Florence —murmura.

Tengo que tragar saliva.

—Buenas noches, majestad —digo con énfasis en el título.

Benedict me abraza con más fuerza.

—Vas a acabar conmigo, de verdad.

CAPÍTULO DIECISIETE

GOLIATH

La primavera transcurre en un frenesí de llovizna y sábanas enredadas. Paso los días y las noches entre el estudio de Benedict y su cama, perdida en este papel que quizá ya no sea tal. He pasado incontables horas tratando de ordenar mis sentimientos. Intento entender lo que está pasando entre nosotros. Por qué salen con tanta facilidad palabras dulces para él de mis labios y por qué su cercanía me llena tanto. Pero no encuentro respuesta.

La discrepancia entre mis sentimientos y mi misión me destroza por dentro cada vez más. La mayor parte del tiempo intento no pensar en lo que tengo que hacer dentro de unas semanas. Lo ignoro, como si la amarga realidad que hay fuera de los muros de este castillo no existiera, pero cada vez que me acuerdo, me afecta más.

Para no fracasar, intento mirar por separado a Benedict y a lo que es. Tal como hace él. El hombre tras la corona es tierno y respetuoso. Un buen conversador y todavía mejor amante. Alguien que me consiente demasiado y me pone todo lo que tiene a los pies.

El rey, por otro lado...

El rey es un monstruo y siempre lo será. Un gobernante duro que acepta de buen grado el sufrimiento en su país. Que nos oprime y explota a los humanos y hará lo que sea para mantener su poder. Al menos eso es lo que me repito a mí misma con firmeza, porque en cuanto dejo de hacerlo es cuando me pierdo de verdad. Es entonces cuando me derrumbo bajo el peso de las dos verdades que cada día son más pesadas y abrumadoras:

Uno de esos dos hombres ocupa más espacio en mi corazón de lo que debería.

Y, a pesar de todo, el otro debe morir. Eso no ha cambiado en los cinco meses que llevo viviendo en este castillo.

Valerian está a punto de venir al Corazón Carmesí y me dan ganas de vomitar con tan solo pensar en la conversación que tendremos que tener. No ha venido desde mi cumpleaños, pero no porque no se lo permitieran. Benedict ha ido levantando las restricciones en el castillo. A Briana y a su padre se les permitió volver a visitar a su familia hace unas semanas, y a Lyra incluso le permitió una visita al teatro. Intentó convencer a su hermano de que me dejara ir con ella, pero el rey no quiso correr el riesgo. Ya era suficiente esfuerzo proteger a una de nosotras. Y a diferencia de Lyra, no hace falta clavarme una daga de plata en el corazón para matarme.

La larga ausencia de Val es única y exclusivamente culpa mía. No quería que viniera porque no soy capaz de controlar mis sentimientos divididos. No quería arriesgarme a que me descubriera. Que me lo reprochara. Que volviera a quitarle importancia a mis dudas y mi dolor. De todas formas, no tenía ninguna información digna de mención, así que a cambio él podría haberme hecho preguntas a las que yo preferiría no tener que responder. Preguntas sobre Benedict y nuestra relación.

Es absurdo. He hecho exactamente lo que se esperaba de mí y, sin embargo, me da vergüenza decírselo.

Con total seguridad habría esquivado la conversación durante más tiempo si hubiera podido, pero ahora, dos semanas antes del solsticio de verano, no puedo evitar encontrarme con él. Benedict está planificando nuestro viaje a la residencia de verano en el campo, y si quiero seguir adelante con mi misión, necesito el apoyo de mi familia. La confirmación de que es la decisión correcta, cueste lo que cueste.

Me levanto por enésima vez en lo que va de tarde y echo un vistazo por la ventana del estudio de Benedict. Desde aquí no veo llegar a Val, pero ni mi libro ni el arpa me distraen de la conversación que me espera.

El Jardín Rojo brilla ahora en todo su esplendor. Las hojas de los arces reales carmesíes han adquirido un vibrante color rojo y las rosas empiezan a florecer. Ayer mismo Benedict hizo recoger un ramo para mí y me alegré más de lo que debería. Solo son flores, por favor. Pero el jarrón está ahora en el buró de Benedict, porque de todas formas ya no duermo nunca en mi cama, y me pasé la mitad de la noche en vela mirándolo.

Suspirando, vuelvo a apartarme de la ventana y paso el dedo por los lomos de los libros de las repisas. Quizá solo necesite otro material de lectura para distraerme. O podría empezar a contar los libros. La idea me resulta tentadora. Podría tener un efecto tranquilizador, como contar ovejas, y con la ansiedad que tengo, haría cualquier tarea que encuentre.

—Me estás poniendo nervioso —murmura Benedict, y me volteo hacia él. No levanta la vista de sus papeles mientras habla, pero tiene el ceño ligeramente fruncido.

Cruzo la habitación y me siento en el descansabrazos de su silla.

—Pues distráeme —exijo, echando un vistazo al documento que tiene delante. Solo es una solicitud de autorización para un edificio nuevo en la Universidad de Londres. La firma del padre de Briana como tesorero real ya está estampada debajo. Solo falta la de Benedict. Suspiro para mis adentros.

Una vez más, información inútil con la que no puedo hacer nada. Temo que me oculte los documentos importantes, porque de vez en cuando tiene reuniones y no suelta prenda sobre lo que pasa en ellas. Sin embargo, aún no me he atrevido a registrar en secreto el estudio. Benedict suele tener el sueño profundo, pero el riesgo de que se despierte por la noche y me atrape con las manos en la masa es demasiado alto. No es que estemos buscando nada en particular. Simplemente tengo que conseguir lo que pueda. Ante todo, su corazón y su confianza.

—Tú me estás distrayendo a mí —se queja, jalándome para que pase del descansabrazos a su regazo.

Le beso en la mejilla, que pica, y, como siempre, el gesto me parece demasiado familiar, demasiado natural.

—De todas formas, trabajas demasiado.

—Es lo que conlleva mi trabajo —me recuerda, pero se vuelve a inclinar hacia atrás y aparta la solicitud de financiamiento.

Niego con la cabeza.

—¿Y qué pasaría si te tomaras un día libre? ¿Quién se quejaría de la pausa? ¿Dios?

Benedict levanta una ceja.

—Mis consejeros son más persistentes de lo que pareces creer.

Pongo los ojos en blanco.

—¿Dónde puedo presentar una solicitud de vacaciones para ti?

Su sonrisa me provoca un agradable calor en el estómago.

—Será un placer averiguarlo.

—Estupendo —respondo con ironía—. Más trabajo.

—Sobreviviré. —Benedict me toma la cara con las manos y me besa. Primero suavemente, luego con más urgencia. Entierro los dedos en sus rizos y él gime suavemente en mi boca, su aliento caliente en mis labios—. Quizá descansar unos minutos sería una buena idea —murmura mientras me pasa las manos por los costados, bajando por la tela de mi fino vestido de verano, hasta llegar a mis muslos desnudos. Su contacto me deja la piel ardiendo.

—Me alegro de que estemos de acuerdo —susurro, profundizando el beso todavía más.

Un golpe en la puerta nos hace detenernos. Con un suspiro de frustración, Benedict se separa de mí y me recoloca el dobladillo del vestido.

—Adelante.

No espera a que me levante de su regazo. Ya no parece importarle que nos vean juntos. De todas formas, es probable que todo el castillo sepa lo nuestro desde la primera noche. A los guardias también les gusta chismorrear.

Y esos mismos guardias acaban de entrar en la *suite*; son fáciles de reconocer por los pasos de sus pesados zapatos, que resuenan en el suelo de parquet de la sala de estar. Dos hombres aparecen en la puerta del estudio y nos saludan.

Los he visto varias veces antes, aunque creo que fueron trasladados al castillo hace apenas unas semanas. Sin embargo, todavía no me sé muchos nombres, cosa que se debe sobre todo a que la mayoría de los guardias siguen evitando hablar conmigo. Creo que tienen algún problema conmigo. O, más probablemente, con mi relación con Benedict. Pero estos dos siempre me han tratado con educación. El que es un poco más bajito de los dos se llama Harris, si no recuerdo mal. Aunque lo de bajito es relativo, porque me saca unos centímetros.

—¿Señorita Hawthorne? —saluda ahora—. Ha llegado su hermano. La espera en el jardín.

—Con quince minutos de antelación —murmura Benedict, soltándome para que pueda levantarme de su regazo.

—¿En el jardín? —repito, sorprendida—. ¿Por qué no lo trajeron aquí?

Eso es lo que había acordado con los organizadores de la visita. Quería darle la bienvenida a Valerian aquí antes de que fuéramos a dar un paseo. Le habría dado la oportunidad de hacerse una idea él mismo del interior del castillo y del pasillo del rey. Quién sabe si vamos a necesitar esta información en algún momento, para planes futuros cuando el trono esté libre.

Los guardias se miran avergonzados y yo sacudo la cabeza. Al parecer, las instrucciones no llegaron a donde se suponía que tenían que llegar, pero supongo que tampoco es para tanto. Quizá Val y yo podamos terminar nuestro paseo aquí, en vez de empezarlo.

—La llevaremos con él —sugiere el más alto.

Me abstengo de hacer comentarios y me limito a dedicarles un breve asentimiento de cabeza. Se dan la vuelta y regresan a la puerta.

—Diviértete —susurra Benedict, me da la mano y me atrae hacia él de nuevo para darme un beso rápido—. Si tu hermano te vuelve a poner triste, tendré que hablar seriamente con él.

Resoplo. Si supiera qué es lo que me hizo perder los nervios la última vez, mi estado de ánimo dejaría de ser tan importante para él, seguro.

—Solo si puedo mirar. Quiero ver cómo intentan hacer que el otro baje la mirada antes.

Me dedica una sonrisa débil y no dice nada más. Lo más probable es que su instinto protector le incite a acompañarme en esta conversación y poner a Val en su lugar. Pero me conoce lo suficiente como para no proponerlo. Sabe que puedo defenderme y que no lo necesito para decir lo que pienso.

Sigo a los dos hombres hasta la planta baja. Los guardias al pie de la escalera asienten con cortesía cuando pasamos deprisa por su lado. Juanita está entre ellos y me sonríe un segundo. Aunque no somos amigas ni de broma, ahora me siento sorprendentemente cómoda con ella. A menudo dirige los turnos de guardia nocturna junto a nuestras habitaciones y, en general, creo que tiene un papel importante. Benedict y Eris parecen confiar en ella y eso me hace querer hacer lo mismo. Otro vampiro al que le confío mi vida.

Para mi sorpresa, mis acompañantes no eligen el camino que lleva directamente a la puerta, sino que van en la otra dirección. Frunzo el ceño. Desde aquí también se puede entrar en el jardín, pero es sin duda un desvío si Valerian me está esperando frente a la entrada. Pasamos por dos esquinas con pasos rápidos. Me estoy absteniendo de hacer preguntas; tal vez ya hayan llevado a mi hermano al jardín, pero cuando al final nos metemos por un pasillo vacío que por lo demás solo usan los sirvientes, dudo de mi decisión. ¿Saben siquiera adónde tenemos que ir? El castillo puede ser un buen laberinto para los que no lo conocen bien. Con un poco de mala suerte vamos a salir por el lado que no es.

—¿Y dónde me espera mi hermano? —pregunto. Ellos se limitan a ignorar la pregunta y seguir avanzando sin frenar—. ¿Hola? ¿No teníamos que...?

Los guardias se detienen tan de golpe que choco contra la espalda de Harris. En ese mismo momento, el otro me agarra. Mi grito se ve amortiguado cuando me tapa la boca con la mano mientras me arrastra hacia una discreta bodega que tenemos a la izquierda. La puerta se cierra a nuestra espalda. Me retuerzo en sus brazos, pero él es más fuerte y me sujeta con tenacidad.

A través de una pequeña ventana sucia que hay en la parte superior de la pared entra una tenue luz que ilumina la habitación. Tres estantes alineados, uno detrás del otro a un lado, forman dos pasillos estrechos, mientras que en la esquina de enfrente se apilan escobas y aspiradoras. Estamos solos aquí. Harris se ha quedado fuera, lo más probable es que sea para hacer guardia mientras su cómplice me hace quién sabe qué.

Se me acelera el pulso y el pánico en el pecho amenaza con asfixiarme. Me retuerzo en vano, pero mi atacante me empuja bruscamente contra el lado de uno de los estantes. Su mano permanece sobre mi boca y me da la espalda mientras parece estar buscando algo con la otra.

Ay, Dios. No veo lo que hace, pero estoy segura de que saca un arma. Me quiere matar.

Va a terminar lo que las pastillas no consiguieron.

No.

No voy a dejar que pase.

Tengo un brazo libre, porque el hombre sigue ocupado en tomar su arma. A ciegas paso la mano por el estante que tengo al lado, frenética. Cuando no encuentro más que trapos y esponjas, mis esperanzas se desvanecen, pero un estante más arriba toco algo duro. Parece una jarra grande. Consigo agarrarla del asa y tomo impulso con todas mis fuerzas.

Le doy en la cabeza y me sorprendo yo misma del ímpetu que hay en mi golpe. Retrocede un paso y me suelta un poco. Aprovecho para liberarme y voltearme para enfrentarme a él. Lo que veo me deja sorprendida. Le brota sangre de un corte en la frente y tiene los ojos muy abiertos con horror. Sin embargo, no lo dudo ni un segundo. Le golpeo de nuevo con todas mis fuerzas.

Esta vez, sin embargo, me ve venir. Bloquea mi ataque con una mano levantada. Un breve destello de metal pulido brilla entre sus dedos, se oye el crujido de la jarra estallando y su jadeo de dolor llena la habitación.

La sangre ahora también le corre por la mano. Deja caer la daga que acababa de sacar y me mira con una mezcla de sorpresa y desprecio. Noto el corazón latirme en la garganta. No entiendo qué está pasando aquí, ni cómo conseguí hacerle tanto daño a un vampiro. Aunque Val y mi padre han entrenado conmigo toda mi vida, nunca destaqué por mi fuerza muscular. Siempre me decían que confiara en mi agilidad y en los puntos débiles de mi oponente. Pero algo así...

—Te arrepentirás de esto —escupe el desconocido y se abalanza sobre mí de nuevo. Sigo teniendo solo el asa de la jarra en la mano y no me queda más remedio que intentar esquivarlo. El hombre choca contra el estante que hay a mi lado, sacudiendo todo lo que tiene, pero no consigo alejarme más que un paso de él antes de que me agarre del pelo y me jale hacia atrás. Pierdo el equilibrio y caemos al suelo. Presa del pánico, me alejo de él y le doy una patada en la cara.

Sacude la cabeza aturdido e intenta agarrarme de nuevo, pero ahora tiene sangre en los ojos por la herida en la frente. Ya no creo que vea nada. Sin embargo, me agarra la pierna y me atrae hacia él con un bufido despectivo, casi indiferente.

No necesita verme para matarme, eso está claro. La habitación es pequeña, me agarra la espinilla con las manos como si fuera un grillete, su cómplice espera justo junto a la puerta. No puedo escapar.

La daga.

Aunque todo en mí se resiste a perder de vista al hombre, miro a mi alrededor en busca del arma. La veo solo a unos pocos pasos de mí y toco el suelo con las manos, desesperada, hasta que siento el frío metal bajo los dedos.

El desconocido aprovecha el momento en el que no me estoy fijando en él. Me clava una rodilla en el pecho, apoya todo su peso en mis costillas y yo grito de dolor. Es como si fuera a estallarme el tórax bajo su golpe, como si estuviera haciendo saltar en pedazos todos y cada uno de mis huesos en cámara lenta. Sin embargo, consigo agarrar con los dedos la empuñadura de la daga y atraigo el arma hacia mí.

No puedo vacilar. No puedo pensarlo dos veces.

Mi primera puñalada le da en la barriga y esta vez es él el que grita de dolor. De inmediato empieza a correrme sangre por las manos y el vestido. Las lágrimas me nublan la vista, pero parpadeo para quitármelas. Antes de que el hombre se dé cuenta de todo lo que está pasando, vuelvo a apuñalarlo. Esta vez, directamente entre las costillas. En su negro y perverso corazón.

La puerta se abre de golpe.

—¿Qué mierda pasa...?

El hombre que tengo encima se desploma sin vida a un lado y Harris se queda con la palabra en la boca.

Ni siquiera tengo tiempo para tomar aire. En un segundo lo tengo sobre mí y me golpea tan fuerte el pecho que mi cabeza se estrella contra el suelo. Se me oscurece la visión y lucho desesperada para no desmayarme. Si pierdo el conocimiento ahora, estoy muerta. Incapaz de hacer otra cosa, me aferro a la daga e intento alcanzar a Harris con ella, pero él desvía el ataque sin problemas. Se arrodilla sobre mí, retiene el brazo en el que sujeto el arma con una pierna y me rodea el cuello con las manos.

—Agradece que no tenga tiempo para disfrutarlo, zorra —gruñe, mientras aprieta—. Te abriría en canal, dejaría que te desangraras y me relamería con todas y cada una de las gotas.

Quiero replicar, pero de mi boca sale solo un jadeo de agonía. El hombre sigue apretando y me impide respirar. Me duele el cuello y me arden los pulmones. Con la mano libre, intento soltarle las suyas en vano. Le araño los dedos con mis uñas cortas, pero él se limita a mirarme, implacable. Observa cómo me muero lentamente.

Vuelven a brotar lágrimas de mis ojos, pero... No. No son de autocompasión. Es solo... incomprensión. Confusión. Ira cegadora.

Se oyen pasos por el pasillo. Incontables, rápidos y pesados. Harris gira la cabeza y yo consigo echar una mirada a la puerta entreabierta. La expresión en su cara cambia. De odio puro a pánico.

Me suelta el cuello y se estira para tomarme las muñecas. Va por la daga. Quiere acabar con esto antes de que alguien pueda detenerlo. Y aunque parece que queda tan poco para que me rescaten, sé que no voy a vivir para contarlo. Harris va a ser más rápido que los guardias que debe de haber fuera.

Sin embargo, lucho, me resisto con todas mis fuerzas. Me aferro al arma como si mis dedos fueran de hierro y grito pidiendo ayuda todo lo fuerte que puedo.

—¡Cierra la boca! —me ordena. Me suelta los dedos uno a uno. Oigo un crujido fuerte cuando me rompe uno, y vuelvo a gritar, esta vez de dolor. Y entonces, pasa. Me quita la daga y alza el brazo para clavármela.

La puerta se abre de golpe. En un momento tengo al hombre todavía sobre mí, y al siguiente Benedict lo agarra de la nuca, lo endereza y lo estrella de lado contra la pared. El suelo vibra bajo mi cuerpo por la fuerza del golpe, y el crujido que se oye ahora seguro que es el de una mandíbula contra la piedra.

Por el rabillo del ojo veo cómo entra todavía más gente

en la pequeña sala, aunque no puedo apartar la mirada de Benedict, que tiene a Harris en jaque con una sola mano con una expresión de ira incontenible. Es el monstruo de mis pesadillas. El hombre al que me han enseñado a temer.

Benedict sacude la cabeza, como si intentara controlarse una fracción de segundo. Y entonces aprieta. Los músculos en su antebrazo desnudo se tensan y oigo cómo se le parten las vértebras a mi agresor.

El sonido me llega hasta la médula. Resuena una y otra vez en mis oídos y hace que me tiemble todo. En un segundo, el cuerpo de Harris se relaja y Benedict se limita a dejarlo caer. Lo aparta como si no fuera más que un cerillo usado que ya no tiene ninguna utilidad. Una llama apagada que ya no supone una amenaza para él.

Perpleja, miro fijamente el cuerpo sin vida del hombre que acaba de estar a punto de matarme. Sé que se volverá a levantar. En apenas un par de días, cuando su sangre vampírica vuelva a regenerarlo. Da igual lo graves que parezcan sus heridas ahora, en menos de una semana seguirá con su vida como si no hubiera pasado nada.

Pero la cruda brutalidad con la que Benedict acaba de destrozarlo me sobrecoge de todas formas. Y el poder bruto del que hace gala todavía más.

Benedict se arrodilla ante mí y me ofrece una mano. Me alejo instintivamente y solo entonces desaparece la ira de su rostro. Sus rasgos se vuelven amables, la preocupación reluce en sus ojos verdes.

—Lo siento —termina por decir con la voz ronca. Suena extraño, roto.

Más roto de lo que estoy yo ahora mismo, y eso es lo que más me abruma de todo.

Me tapo la boca con la mano, pero no consigo ahogar mis sollozos. Y entonces, de repente, ya no puedo parar de llorar. Todo es demasiado. El estupor se va disipando poco a poco y ahora siento el dolor en todo el cuerpo.

Benedict no se mueve, al parecer inseguro de si debería tomarme o no.

—Abrázame —es todo lo que consigo decir entre gimoteos, y él enseguida abandona su rigidez.

Me rodea con los brazos y me aprieta con cuidado contra su pecho.

Mi respiración es rápida y entrecortada, por mucho que intente volver a tenerla bajo control. Me arde la garganta y me duelen las costillas con cada movimiento.

—Déjennos solos un segundo —ordena Benedict al resto de la gente que hay en la habitación sin apartarse de mí.

Salen de la sala. Con una mirada por encima de su hombro encuentro un rostro conocido. Pelo castaño rojizo, ojos azules, ceño fruncido. Se me vuelve a escapar un gemido. Entonces se vuelve a cerrar la puerta a su espalda.

—Val —digo con voz ronca.

—Lo trajeron al estudio —murmura Benedict mientras me aparta de la frente un mechón de pelo húmedo por el sudor—. Poco después de que te fueras. Por suerte. De lo contrario...

De lo contrario, no se habría dado cuenta hasta dentro de diez minutos de que mis captores me habían llevado con falsos pretextos. De lo contrario, me habrían encontrado ya muerta.

Intento tragar, pero me duele tanto la garganta que se me escapa un quejido de dolor.

—Toma —murmura Benedict. Se abre con los dientes una vena y me la ofrece. Su sangre brota de la herida, pero mis ojos permanecen clavados en la daga que hay junto al cuerpo sin vida de Harris.

—Eso no es plata, ¿verdad? —susurro—. Porque... —Miro con incertidumbre al primero de los dos hombres.

Se ha formado un charco de sangre alrededor de su cuerpo que ha empapado todo el costado de mi vestido.

—No —me asegura Benedict, con voz baja—. Una daga totalmente normal de nuestra armería. Se volverá a despertar pronto. Aunque no va a suponer ninguna diferencia. Se le interrogará y entonces se le juzgará por alta traición.

No sé cómo me siento. ¿Aliviada por no haber acabado con una vida? ¿Satisfecha porque va a tener que pagar por atacarme?

—Bien —es lo único que susurro.

—Bebe —me pide Benedict en voz baja, ofreciéndome su muñeca.

Acepto su oferta. Los primeros tragos son un infierno, pero pronto se atenúa el dolor de mi garganta, aunque no llega a desaparecer del todo. Cuando Benedict retira la muñeca, un latido sordo permanece por todo mi cuerpo.

—Tendrás que hacer el resto tú sola—murmura, tocando con cuidado la mano con el dedo roto que he colocado en mi regazo—. Hêlîn te va a examinar enseguida. Necesitamos asegurarnos de que no tienes lesiones importantes y de que tus huesos se suelden como es debido. ¿Te importa si te llevo en brazos? ¿O te duele demasiado?

—No pasa nada —digo con una exhalación débil y Benedict me levanta en sus brazos sin dudarlo un segundo más. Da una orden seca y la puerta se abre desde fuera. Entonces, me saca de la habitación, pasando junto a la multitud de guardias que se encuentran frente a ella; unos cuantos nos flanquean de inmediato, protectores.

—¡Flo! —La voz de Val me hace estirar el cuello a pesar de mi cansancio. Se mete entre dos de los guardias para poder caminar directamente junto a nosotros. Su mirada recorre mi cuerpo y sus ojos se abren alarmados.

—No es mi sangre —le aseguro con voz ronca, haciendo

que me mire a la cara. Tal vez sea mi imaginación, pero me parece ver un destello de un sentimiento que no logro reconocer en sus ojos. Mezclado con un alivio inconfundible.

—¿Dónde la llevan? —le pregunta a Benedict con tono exigente.

—A mi médico. Podrán hablar después —decide.

Val resopla.

—No. Nosotros somos los que vamos a hablar después. ¡Por ejemplo, me encantaría saber cómo es que llego aquí y me encuentro a mi hermana tirada en un charco de sangre con signos de estrangulamiento!

No puedo evitar agarrarme el cuello y hacer una mueca de dolor. La expresión de Benedict se oscurece y pienso que pondrá a Val en su lugar. En lugar de eso, cede.

—Está bien. Pero hasta entonces no quiero oír ni una palabra, carajo. No hasta que nos ocupemos de Florence.

—Estoy bien —digo con voz ronca, aunque me arrepiento al momento.

Por un lado, me duele hablar; por otro, mis palabras me ganan dos miradas sombrías casi idénticas. Quizá Ben y Val se parecen más de lo que yo pensaba, porque en sus ojos veo ahora la misma advertencia: ni se te ocurra intentar engañarnos.

—Me quedaré cerca —me promete Val, y permite que los guardias lo aparten de nuevo y cierren el círculo a nuestro alrededor. Desaparece de mi vista y estoy demasiado cansada para estirar el cuello hacia él.

—Todo irá bien —me promete Benedict en voz baja. Pero su voz no es tan firme como antes. Puedo ver que él mismo duda de sus palabras. Y eso me da más miedo que todo lo demás.

CAPÍTULO DIECIOCHO

NO TIME TO DIE

Por suerte, la exploración de la doctora Demenan no dura mucho tiempo y pasamos la mitad del proceso discutiendo. A duras penas consigo disuadirlos a Benedict y a ella de llevarme al hospital para hacerme una radiografía. Tal vez tendría sentido, pero estoy agotada por completo. Y si soy sincera, lo que menos me apetece es abandonar la seguridad de la *suite* de Benedict.

Al final, solo acceden a mi petición porque los huesos de mi dedo roto ya se están soldando gracias a la sangre de Benedict y lo más probable es que los dos hayan visto que estoy al borde de un ataque de nervios.

Aunque me alegro de la decisión que han tomado, no puedo evitar tener una pequeña duda. ¿Qué pasa si el dedo no se cura como debería? El miedo irracional a no poder volver a tocar el arpa se extiende por mi interior. La música siempre ha sido un refugio para mí. Aunque está muy ligada al legado de los Hawthorne, es la única parte de mí que no pertenece a mi familia, ni a nuestra rebelión, sino solo a mí misma. Y aunque no sé dónde podré tocar después del solsticio de verano, cuando tengamos que escondernos, quiero al menos tener la oportunidad de volver a ella algún día.

La doctora Demenan se despide con instrucciones estrictas de que me mueva lo mínimo posible y de que aplique frío en los moretones y contusiones. Cuando acto seguido por fin nos deja a Benedict y a mí solos, me desplomo en el sillón. Estoy muerta de cansancio y, sin embargo, incapaz de dormirme.

—¿Necesitas algo? —susurra Benedict, que se arrodilla frente a mí y me toma la mano buena entre las suyas. Me ayudó a quitarme el vestido arruinado antes para que la doctora pudiera examinarme. Ahora llevo una de sus batas, pero la sangre de mi atacante todavía se me pega a la piel.

—¿Puedes ayudarme a lavarme? —digo. Solo de pensarlo, es como si pudiera sentir sus manos sobre mí otra vez. En mi cuello, en mi cabello, en mi boca. La daga vuelve a descansar pesada y fría en la palma de mi mano. La sangre caliente cala en mi vestido. Y luego está ese sonido que probablemente resonará en mi cabeza para siempre. El crujido de huesos cuando Benedict le rompió la columna a Harris.

Quedan pocas semanas para el solsticio de verano. Los vampiros ya no deberían ser tan superiores a nosotros en esta época del año, con su poder debilitado por los días largos y las noches cortas.

Pero hace un momento Benedict me dejó claro una vez más que no es un vampiro cualquiera. Es el rey de las bestias.

Si hubiera luchado contra él en lugar de contra esos dos, sin duda ya estaría muerta. Me habría aplastado antes de que me diera cuenta de lo que estaba pasando, mi final apenas un esfuerzo mayor que un chasquido de sus dedos. Aunque sabía que él era más fuerte que el resto de los vampiros, ahora darme cuenta me asusta. Y más aún me asusta la brutalidad que ha mostrado en ese breve momento hoy.

Ahora, sin embargo, su contacto es suave. Cariñoso. Me

lleva con cuidado al baño y me ayuda a entrar en la tina. Me gustaría darme un baño, pero con los moretones recientes no es buena idea.

En lugar de eso, Benedict ajusta la temperatura del agua de la regadera lo suficiente como para que no me congele y comienza a lavar con cuidado la sangre de mi cuerpo. También me lava el pelo y yo cierro los ojos mientras él masajea suavemente mi cuero cabelludo con los dedos.

Debo de haberme quedado dormida unos minutos, porque no me despierto hasta que Benedict me está sacando de la tina. Me seca y me envuelve en una bata esponjosa. Luego me acuesta, me arropa e incluso me ahueca las almohadas.

Este es el hombre tras la corona. Cuidadoso, cariñoso, gentil. Hace que me sea imposible detestarlo. Sencillamente, no es justo. Benedict me observa con atención.

—¿Hago llamar a tu hermano o prefieres descansar?

—Llámalo —le pido.

Hace una pequeña mueca.

—Espero que se comporte.

—No puedo prometértelo —murmuro.

Normalmente, Valerian hace gala de autocontrol, en especial a la hora de mostrarse ante los demás. Pero hace un momento parece que incluso él perdió los nervios. El tono que usó con el rey no es típico de él. Benedict se acerca a la puerta del dormitorio y habla en voz baja con los guardias que están fuera en la sala de estar. No pasa mucho tiempo hasta que Val entra en la habitación con una expresión sombría. Apenas le dedica a Benedict un breve asentimiento. Se sienta con cuidado a mi lado en el borde de la cama y me da un beso rápido en el pelo húmedo.

—¿Todo bien? —pregunta en voz baja.

—Lo estará —le aseguro, y le enseño mi dedo recién entablillado.

La mirada de Val, sin embargo, se dirige a mi cuello y a los moretones que tengo allí. No puedo culparlo. Me vi en el espejo del baño y yo misma me horroricé.

—Quiero una explicación —se gira hacia el rey—. Sobre todo porque no es la primera vez que la vida de mi hermana corre peligro en su castillo.

Benedict me mira y yo me sonrojo. Estrictamente hablando, me prohibió contarle a Val lo de las pastillas. Pero no parece sorprendido. O no esperaba que se lo ocultara a mi familia de todas formas, o no le importa en este momento. Se deja caer en uno de los sillones frente a la ventana y lo oigo soltar aire.

—Siento que haya pasado todo esto —aclara—. Haremos todo lo posible para evitar que vuelva a suceder algo así.

—¿Y eso debería bastarme? —pregunta Val con un bufido—. Obviamente no tiene ni idea de quién está detrás de estos ataques, ¿y ahora quiere que nos contentemos diciendo que va a intentar evitarlo en el futuro?

—Val —murmuro.

—¿Qué? ¡Tuvo meses para encontrar al culpable y no pasó nada!

—Sabemos quiénes son los culpables —replica Benedict, su voz casi un gruñido—. Y, créeme, si fuera posible eliminarlos, ya lo habríamos hecho hace veinte años.

Frunzo el ceño, confusa.

—¿Sabes quién ha intentado envenenarme?

Niega con la cabeza

—No conocemos a las personas en sí. Es un grupo de insurgentes que usan cualquier método para conseguir sus objetivos.

Recuerdo las palabras de Val en nuestro último encuentro. Dijo que Benedict tenía enemigos dentro de sus propias filas. Y recuerdo algo que dijo Benedict. Mucho antes.

Sus medidas de seguridad no eran solo para mí. Y Bonnie no había sido la primera víctima de asesinato entre estas paredes.

Un escalofrío me recorre la espalda.

—¿Son los mismos que mataron a tus padres? —pregunto, tentativa.

Benedict vacila un momento. Entonces asiente. La expresión de Valerian se ensombrece todavía más.

—¿Hay una rebelión contra la corona?

Benedict asiente.

—Se hacen llamar la Lluvia Roja. Tras la muerte de mis padres, pensamos que estaban desarticulados, pero al parecer nos equivocamos.

—¿Y por qué diablos quieren a Florence?

Benedict me observa, su mirada ilegible. Hay tantas emociones mezcladas que no puedo distinguirlas.

—Me temo que esto es culpa mía —confiesa en voz baja.

¿Qué quiere decir? ¿Cree que me quieren matar porque soy importante para él? Veo arrepentimiento en su mirada y me duele el corazón.

—Benedict...

Él niega con la cabeza y se endereza.

—Eso es todo lo que puedo decirles. Y esta información no se la pueden contar a nadie, ¿está claro? Ni a sus padres, ni mucho menos a sus amigos. Por la seguridad de todos nosotros. Los dejaré que hablen tranquilos.

Sale de la habitación y cierra la puerta a su espalda. Valerian lo sigue con la mirada, su ceño fruncido en profundas arrugas. Parece tan confuso como yo.

—¿Qué opinas? —susurro.

Me mira y hace una mueca.

—No estoy seguro de que este sea el mejor lugar para hablar del tema.

Genial. Habla en código. Cree que podrían estar escuchándonos.

—Es la habitación de Benedict —le recuerdo—. ¿Crees de verdad que el rey deja que lo espíen en su propia habitación?

—Y, ahora mismo, también es la tuya, por lo que parece.

El calor me sube por las mejillas. Habla por sí mismo que Benedict me haya llevado en brazos por todo el castillo y al final me haya dejado en su cama como si ese fuera mi lugar.

—Más o menos —susurro.

Se aclara la garganta.

—Me alegro.

No es verdad.

Le repugna. Lo veo en su cara. Pero sabe por qué lo hago. Que tengo que hacerlo. Y mientras crea que solo represento mi papel, puede vivir con ello. Mientras no descubra lo que siento de verdad, seguiré siendo su querida hermanita.

Pero si le confesara la verdad...

Si la admitiera ante mí misma...

Creo que entonces me consideraría tan monstruo como al mismo Benedict.

—¿Te trata bien? —pregunta con voz ronca.

—Siempre —es lo único que digo.

Val me observa, pensativo. No está seguro de si digo la verdad o solo mantengo nuestra tapadera.

—Es muy respetuoso. Cariñoso...

Se me hace un nudo en la garganta y mi hermano frunce el ceño.

Tengo que tragar saliva. Mierda, no puedo hacerlo. ¿Cómo voy a poder clavarle una daga en el corazón a Benedict dentro de dos semanas?

Necesito más tiempo, primero tengo que reconsiderar el plan, especialmente ahora que sé más de la situación.

—Quizá deberíamos esperar... —susurro.

—¿Esperar para qué? —pregunta mi hermano en voz baja.

—Para todo. Esta rebelión... es algo serio. Primero deberíamos esperar y ver cómo se desarrolla. Recopilar más información sobre ellos.

Se cruza de brazos, descontento. Sé que no cifro mis declaraciones lo suficientemente bien, pero estoy segura de verdad de que no nos están espiando aquí. Excepto quizá nos espían los propios rebeldes... Después de todo, han conseguido incluso infiltrarse en la guardia del castillo. Siempre hay cuatro vampiros en el pasillo, pero no es imposible.

—No podemos esperar —gruñe Val, apenas audible.

—¡Pero quién sabe lo que planean! Quizá lo empeoremos todo...

—Eso lo veremos cuando llegue el momento.

—Val...

—Basta, Florence. Seguiremos con nuestro plan, ¿entendido? Si esperamos, puede que no volvamos a tener esta oportunidad.

Impotente, clavo los dedos de mi mano sana en el edredón de Benedict.

—¿Y si cometemos un error? —susurro.

—No es un error. Quizá esto resuelva por sí solo el problema de la sucesión.

Lo miro confusa. ¿La sucesión? ¿Qué...?

Lyra. Claro. Sería la siguiente en la sucesión al trono y con el caos de la muerte de Benedict, los rebeldes seguro que lo tendrían fácil para quitarla de en medio.

Se me revuelve el estómago.

—No te vengas abajo ahora, hermanita —murmura Val—. Eres demasiado fuerte para eso.

Solo consigo dedicarle un asentimiento débil.

Su rostro se suaviza.

—Mamá y papá te mandan recuerdos. Te extrañan.

Se me corta la respiración. Me duele todo. El cuerpo. El corazón. Siento que todo está mal. Los sentimientos encontrados amenazan con partirme en dos y las palabras de Val me recuerdan que hay un después. Cuando haya cumplido mi misión y él me haya sacado de aquí, podré por fin volver a ver a mi familia. La vida será diferente a como era antes, eso seguro, pero por fin volvería a ser mía. Ya no tendría que fingir ante nadie, por fin se acabaría este eterno ir y venir.

Pero Benedict...

Lyra...

Me doy cuenta de que no debería tener tantos sentimientos por estos vampiros. Pero los tengo. Fui imprudente. Dejé que se ganaran mi corazón porque estaba demasiado ocupada intentando ganarme yo el suyo.

—¿Confías en nosotros? —pregunta Val, buscando mi mirada.

Sus ojos azules son mi hogar y, sin embargo, no lo son. ¿Cómo podrían serlo si no puedo evitar pensar en los de Benedict al mismo tiempo? En su verde cálido. En su olor. En su voz como la seda negra y en sus brazos rodeando mi cuerpo.

Trago saliva.

—Por supuesto que confío en ustedes.

¿Qué otra cosa puedo decir? Si dejara de confiar en ellos, estaría completamente perdida. Pero al mismo tiempo, dudo. Dudo más que nunca.

—¿Podemos fiarnos también de ti? —pregunta Val con voz engañosamente suave.

—Desde luego que sí —suelto antes de poder pensarlo. Nunca los traicionaría. Por mucho que dude, son mi familia.

Son todo lo que tengo. Le pedí a Val que pospusiera nuestra misión, se negó. Así que el plan sigue siendo el mismo, y yo lo seguiré. Porque no tengo otra opción. No soy una traidora. Al menos, no los traicionaré a ellos...

Los nudos que tengo en el estómago se aprietan todavía más.

—Bien. —Valerian me rodea con el brazo y me atrae hacia él. Me da un beso en el pelo y yo busco su calor, respirando su olor a infancia y a hogar—. Saldremos de esta —me promete en voz baja, y yo asiento débilmente—. Solo tienes que aguantar dos semanas más y volveremos a estar juntos. Estoy orgulloso de ti. Vi cómo le diste una paliza a ese tipo antes. Impresionante para una florecilla tan pequeña...

Oigo el tono burlón de su voz, pero no consigo responder. Acordarme de lo de antes me revuelve el estómago. Puede parecerle increíble a Val que me haya cargado a uno de los dos hombres yo sola, pero yo no lo veo así. No me siento fuerte, ni poderosa, ni segura. Al contrario, fui poco más que una víctima indefensa. Si Benedict hubiera llegado diez segundos más tarde, estaría muerta. Y todavía siento esa impotencia. Nuestro plan también hace que me sienta así. Quizá sea yo la que vaya a matar al rey, pero a fin de cuentas no soy más que un peón en el tablero de ajedrez de mi familia.

Se oye un golpe enérgico en la puerta y Val me suelta. Hago pasar a la persona que llama y miro a mi hermano con incertidumbre. Casi espero que los guardias entren corriendo porque nos han oído. Pero solo es Lyra, que asoma la cabeza en la habitación con expresión preocupada.

—¿Puedo pasar? —pregunta. Su mirada se posa en mi hermano, que se levanta y vuelve a acariciarme la espalda.

—De todas formas, debería ir yéndome —afirma—. Nos vemos en dos semanas, hermanita. Alteza...

Hace una reverencia y espera junto a la puerta a que ella lo deje pasar.

Lyra lo observa sin disimulo y le sonríe.

—Señor Hawthorne.

Da un paso hacia un lado y Val sale de la habitación.

Durante un momento, ella se queda mirándolo, como perdida en sus pensamientos. Entonces vuelve en sí, cierra la puerta y se voltea.

—¿Cómo te encuentras? —me pregunta, viniendo hacia la cama a toda prisa.

Se me escapa una risa desesperada. Buena pregunta, la verdad. No consigo para nada mantener mis emociones a raya.

—He estado mejor —digo, evasiva.

—Ah... —Lyra se queda de pie a mi lado. Parece abrumada, como si quisiera abrazarme pero tuviera miedo de hacerme daño, así que le doy una palmadita débil al colchón junto a mí. Ella se sienta a toda prisa y apoya con cuidado la cabeza en mi hombro—. ¿Hay algo que pueda hacer para ayudarte? —pregunta—. ¿Te traigo algo de comer? ¿Chocolate? ¿Galletas? ¿Alcohol?

—No, no hace falta —murmuro. Tiene la mano junto a la mía, la sana, así que la busco con cuidado y entrelazo nuestros dedos. No sé por qué. Simplemente es como si necesitara tocarla.

Lyra me aprieta la mano como si ese gesto fuera lo más natural del mundo, y yo me relajo un poco.

—¿Dónde está Benedict? —murmuro.

—Intentando controlar el caos. Y es posible que haciendo rodar un par de cabezas...

Cierro los ojos. Lo decía como un chiste, pero yo vuelvo a ver ante mí cómo tomaba a Harris del cuello. Con la fuerza que tiene Benedict, podría arrancar una cabeza sin problemas. Y comparto la cama con él...

Por algún extraño motivo, pensarlo no hace que entre en pánico. ¿Por qué no? ¿Por qué estoy tan segura de que a mí nunca me haría nada? Antes su ira incontenible me asustó, pero el miedo no ha perdurado. Con toda la facilidad del mundo, dejó de lado su ira. Por mí. Mantuvo una fachada de tranquilidad porque sabía que yo lo necesitaba. Se quedó conmigo, me lavó el pelo mientras lo más probable es que se estuviera muriendo de rabia por dentro. Hay una insurrección en el castillo y...

Me dio prioridad. Pensó antes en mi bienestar e hizo que todo lo demás esperara. ¿Cómo podría temerle?

—Tengo miedo —murmura Lyra de repente, y yo abro los ojos. La miro, inquisitiva.

Tiene una línea inusualmente dura en su boca. Ya no queda ni rastro de la sonrisa risueña de antes.

No sé cuánto le habrá contado Benedict. Pero si sabe lo de la rebelión, puedo imaginarme cómo se siente.

Esa gente mató a sus padres. Intentaron quitarle todo lo que tiene. Y ahora han vuelto para terminar lo que empezaron hace años.

Me gustaría consolar a Lyra. Asegurarle que todo saldrá bien, que no podrán hacerle nada. Pero no consigo hacerlo.

Solo serían mentiras piadosas antes de una traición despiadada.

No son los rebeldes los que deberían darle miedo.

Sino yo.

Lyra se acurruca conmigo en la cama y en algún momento debo de haberme quedado dormida, porque cuando me despierto, se ha ido, y fuera luce el sol. Me froto los ojos y me enderezo. Todavía me duele todo el cuerpo, pero ya no tanto como antes. Está claro que la sangre de Benedict está surtiendo efecto. Me toco el cuello y compruebo aliviada que ahora me duele un poco menos. Seguro que todavía se ven los moretones que dejaron las manos de Harris en mi piel, pero no durarán mucho.

En el buró hay una bandejita con sándwiches y uvas, pero no puedo ni pensar en comer. Me limito a beberme un vaso de agua y hago el esfuerzo de salir de la cama para buscar a Benedict.

La sala de estar de la *suite* está vacía, pero del estudio me llegan voces. Me acerco a la puerta cerrada y estoy preparada para tocar cuando unas palabras apagadas me detienen.

—¡Sé que confías en ella, pero no tiene ningún sentido, Benedict! Se defendió ella sola de dos vampiros. ¿No hace eso que desconfíes aunque sea un poco?

¿De quién es esa voz? ¿De Eris? Trago saliva y se me acelera el corazón. ¿Sospecha de mí porque no estoy muerta? Si ni siquiera he utilizado ninguna técnica de mi entrenamiento. O eso creo, al menos. Seguro que asimilé hasta el tuétano alguna de las cosas que me ha enseñado mi padre.

Por poco que me guste admitirlo, Eris tiene razón. Si yo fuera de verdad la florecilla indefensa por la que me hago pasar delante de Benedict, entonces no habría sobrevivido el tiempo suficiente para que me rescataran. Qué irónico que sea justamente esto lo que vaya a poder usar contra mí.

—No, Eris, no. Para serte sincero, solo estoy agradecido —responde otra voz. Profunda y tranquila, completamente impasible ante las acusaciones. Benedict.

—¿Me estás diciendo que te parece normal que una joven inexperta como ella acabe con un vampiro adulto? Incluso teniendo en cuenta la época del año, eran dos y Florence estaba sola.

—Quizá no sea normal, no —afirma, y se me hace un

nudo en el estómago—. Pero dadas las circunstancias, tampoco me sorprende.

—¿De qué circunstancias hablas?

Silencio. Contengo la respiración.

—Benedict. ¿Qué me ocultas?

—Sigue bebiendo de mí —confiesa, y un ruido blanco empieza a bramar en mis oídos. ¿Qué quiere decir eso? ¿Su sangre hace algo más que curarme? ¿Por eso soy tan fuerte?

—Dime que estás bromeando. —La voz de Eris es fría como el hielo y hace que me recorra un escalofrío.

—Me temo que no.

—¡No puedes hablar en serio! —Cada vez habla más fuerte y mi confusión no hace más que aumentar. Nunca la había visto tan enojada—. Por el amor de Dios, ¡¿se puede saber por qué le das tanta sangre?!

—¡Para que pueda defenderse! —le replica Benedict, y yo me alejo un paso de la puerta de golpe—. Cosa que claramente es necesaria, porque de lo contrario estaría muerta.

—Benedict...

—¡Ahórrate los sermones, Eris! Sé lo que hago y no vas a hacer que cambie de opinión de todas formas. ¿Por qué crees que no te había dicho nada?

Se hace el silencio. ¿Ya está? ¿Va a aceptar sin más esa orden? Siento un hormigueo en los dedos de nerviosismo. ¿Qué hay de malo en que me beba su sangre?

—Estás enamorado de ella —suena la voz de Eris tras la puerta, y yo me quedo paralizada. Un escalofrío me recorre el cuerpo. «No», resuena en mi cabeza. No es verdad. ¡No puede estar enamorado de mí!

Benedict tarda un buen rato en contestar. Contengo la respiración, incapaz de tomar aire. Temo perderme su respuesta. Si no la ahoga el martilleo en mis oídos de todas formas, pero no quiero oírlo. Por favor, no. Por favor...

—Eso parece.

Se me escapa un grito ahogado. Mi pecho se queda pequeño para los sentimientos que se extienden por él. Mi corazón no se rompe, se desgarra. Sacudo la cabeza, desesperada, como si pudiera borrar sus palabras.

—Qué necio eres —afirma Eris con voz queda.

No tendría que haber oído eso. No, de hecho, no lo escuché. Quizá pueda olvidarme. Hacer como si nunca hubiera pasado. Mierda... Hago un gran esfuerzo para levantar los pies y volver corriendo a la habitación.

Pero no soy lo suficientemente rápida. Sigo oyendo la voz de Benedict. Se me clava hondo, hasta los huesos.

—Entonces prefiero ser un necio.

Con esas palabras graba a fuego la dolorosa verdad. Es hermosa y devastadora al mismo tiempo. Benedict me quiere. Y yo tengo que traicionarlo.

Se abre la puerta. Me volteo atemorizada. Todavía me quedan tres pasos para llegar al dormitorio y me encuentro con los ojos de Eris, que me mira primero sorprendida y luego con el ceño fruncido.

—Señorita Hawthorne —me saluda con tono gélido. No deja entrever todo lo que puede leer en mi cara. Por supuesto, no sabe si escuché o no su conversación. Pero su expresión me dice que no confía en mí. A pesar de la explicación de Benedict. O tal vez precisamente por eso. A partir de ahora no me va a perder de vista, eso lo tengo claro.

Sin decir una palabra más, se voltea y sale de la *suite*. La veo irse, completamente abrumada.

—¿Florence?

La voz de Benedict me llega hasta la médula. Aparto los ojos de la puerta y lo miro. Está de pie delante del estudio, con peor aspecto que nunca. Tiene la camisa arrugada. Los botones de arriba están desabrochados y las mangas echadas hacia atrás sin ningún cuidado. Va despeinado y la expresión de su rostro está cargada de agotamiento.

Tengo que decir algo. Conseguir de alguna forma que no se dé cuenta de que lo acabo de escuchar todo. Simplemente porque...

Porque...

Porque no puedo soportarlo. Si no puedo ignorar esta información, fracasaré.

—¿Qué le pasa a Eris? —consigo decir—. Parecía enfadada.

Mi corazón tiene que dejar de latir con tanta fuerza. Apenas consigo escuchar mis propios pensamientos.

—Fue un día difícil para todos —responde Benedict en voz baja—. No te preocupes por ella.

Ni siquiera parece pasársele por la cabeza que pueda haber estado espiando. Confía en mí de verdad. Me quiere de verdad.

Mierda, no puedo soportarlo. No quiero nada de esto. Necesito más tiempo, carajo.

—¿Se sabe algo más? —pregunto, tensa.

Niega con la cabeza.

—Los atacantes aún no se han despertado. Pero estamos interrogando a Phinneas. Organizar a los guardias en el castillo es su trabajo y no te ha mostrado mucha simpatía.

—¿Interrogar significa...? —pregunto con cuidado.

Benedict hace una mueca.

—No lo estamos torturando, si es lo que te preguntas.

Niego con la cabeza a toda prisa y me abrazo a mí misma.

—Lo que quería decir es si tiene permitido ir con total libertad por el castillo o...

—Está en la Torre —me contesta Benedict con tranquilidad—. En este caso, le deniego al acusado el beneficio de la duda.

Al menos eso me hace sentir un poco mejor. Aunque no

sea del todo legal. ¿Y ahora qué? Estoy completamente abrumada.

Vuelve a mi mente la conversación con Val. No quiere cambiar nuestro plan. Pero ¿y si tiene que cambiar el plan de todas formas? Porque sin celebración del solsticio, no hay viaje a la residencia de verano. Sin viaje a la residencia de verano, no hay daga de plata. Y sin daga, no tengo sangre en las manos.

Por ahora.

—Supongo que eso significa que se cancela la celebración del solsticio, ¿no? —pregunto, intentando no sonar demasiado esperanzada. Pero por supuesto que se cancela. Después de que Bonnie fuera asesinada, Benedict mandó bloquear todo el castillo. Es poco probable que lo abandone ahora, y menos para organizar un baile para la alta sociedad londinense.

Pero para mi horror, niega con la cabeza.

—La celebración sigue adelante como estaba previsto.

—¿Cómo? —digo.

—Me ocuparé de tu seguridad —me promete—. Y en el campo habrá menos gente que aquí, incluso con el baile. Eso nos permitirá una mayor vigilancia. Más control.

—Pero... —balbuceo—. ¡No puede ser más seguro que quedarnos aquí! Todos los invitados, el viaje hasta allí...

Benedict da un paso hacia mí y me pone la mano en el brazo con dulzura. Lo más probable es que el objetivo del gesto sea tranquilizarme, pero con las confesiones de hace un momento, solo consigue quemarme bajo la piel.

—Te protegeré, Florence.

—¿Y por qué no puedes protegerme aquí?

Toma aire con fuerza.

—No es una opción.

—¿Por qué no? —Mi voz suena demasiado aguda.

—Porque no puedo romper una tradición centenaria sin darle una buena razón a la gente.

Lo miro fijamente. ¿Solo lo va a celebrar por eso? ¿Para que nadie fuera del castillo sepa lo que sucedió aquí? ¿Va a limitarse a ocultar esta amenaza?

—Quizá sería mejor que supieran el motivo —objeto, pero Benedict niega con la cabeza con vehemencia.

—Cuanta menos gente sepa lo de la Lluvia Roja, mejor. El problema seguiría creciendo si lo alimentamos así. Mi familia ha gobernado este país durante demasiado tiempo. La gente tiene sed de cambio. En parte sin motivo. Ideas sin pies ni cabeza. Y entonces llega alguien y les hace promesas de un mundo mejor. Un mundo más sangriento...

Solo puedo tragar saliva. Sus palabras hacen que un pánico paralizante me suba por las piernas. La idea de que no solo unos pocos individuos, sino tal vez todo el Distrito Interior, puedan volverse contra Benedict es tan incomprensible como aterradora.

—¿Y si les das el cambio que quieren? —pregunto.

Vuelve a negar con la cabeza, esta vez resignado.

—Lo que quieren no se los puedo dar.

Apenas me atrevo a hacerle la pregunta. Sin embargo, consigo hacerla salir de mis labios.

—¿Qué quieren?

Benedict respira hondo.

—Anarquía. Derecho a cazar a cualquier humano. Libertades sin límites. Esta gente quiere gobernar con sangre. Pero mientras yo sea el rey de este país, nunca pasará. Eso te lo prometo.

Al escuchar esas palabras, todo mi cuerpo empieza a temblar.

La mirada de Benedict se ablanda. Me atrae hacia él y me da un beso en la sien.

—¿Sillón o cama? —me pregunta, dulce.

Respiro hondo e intento tranquilizarme. Con un gran esfuerzo, consigo dejar de lado todos mis miedos, todos mis planes, y entierro la cara en el pecho de Benedict.

—Me da igual, siempre y cuando te quedes a mi lado.

Me abraza más fuerte.

—¿Comiste algo?

—No.

—Pues cenamos en la cama. Y si quisieras hablar sobre lo que pasó...

—¿Tengo que hacerlo? —susurro. No quiero hablar ni tener que volver a pensar en ello.

—Para nada —murmura—. Pero si me necesitas para lo que sea... estoy aquí.

CAPÍTULO DIECINUEVE

BECOME THE BEAST

El viaje a la residencia de verano parece un descenso a mi propio infierno personal. A medida que la ciudad se ve sustituida por una vasta campiña virgen tras las ventanillas de nuestra limusina, crece mi desesperación. Ya no puedo ignorar lo que tengo que hacer cuando lleguemos. Ni Benedict ni Valerian van a cambiar sus planes. Y yo ya no sé lo que está bien o lo que está mal.

Confío en mi familia. Sin condiciones, aunque mi propio corazón me odie por ello. Y ellos confían en mí. Dependen de mí. Si empiezo a cuestionar las piedras angulares de nuestras creencias más profundas, los perderé.

La corona debe caer.

Es inevitable. Es el único primer paso posible hacia un mundo mejor en el que los humanos seamos algo más que los tapetes de una sociedad de monstruos. Pero esta idea no es compatible con lo que siento. Benedict se ha convertido en mucho más que el hombre que se sienta en el trono y las dudas no se disipan, por mucho que yo quiera.

Siento que al hacer esto estoy cometiendo el peor error de mi vida. No quiero matarlo. Pero ¿qué otra opción tengo? ¿De verdad puedo permitir que siga en pie este cruel sistema?

¿Puedo dejar pasar la oportunidad de acabar con la opresión de la humanidad solo porque mi corazón me traicionó?

Ya no lo sé.

La residencia de verano es una finca relativamente pequeña situada en medio de los Cotswolds. Se encuentra a unas dos horas en coche de la capital y está rodeada de amplias colinas verdes cubiertas aquí y allá de árboles de hoja caduca.

Por el camino, los pueblos y otras haciendas rara vez interrumpen el idilio solitario.

Los jardines de la finca parecen cubiertos de maleza, aunque seguro que están cuidados con gran esmero. Aquí florecen rosas de todos los colores, entremezcladas con incontables plantas perennes. Es un espectáculo de color con el que el Jardín Rojo no puede competir. El aire se llena del aroma de las flores, el zumbido de innumerables insectos y el piar de los pájaros.

Estar aquí sería maravilloso si la inminente muerte de Benedict no ocupara cada rincón de mis pensamientos.

Mientras en el patio y la cocina se llevan a cabo los preparativos para la celebración del solsticio, yo deambulo durante días por la finca, aparentemente sin rumbo, acompañada todo el tiempo por al menos cuatro guardias. Mis agresores ya se han recuperado, pero se niegan a hacer declaraciones. Y eso a pesar de que estoy bastante segura de que Benedict no se contiene tanto en estos interrogatorios como en los de Phinneas. Especialmente, ahora que le conté lo que pasó en aquella bodega.

Me doy cuenta de que la situación le está afectando. La Lluvia Roja va un paso por delante y él no tiene pistas para llegar a los que mueven los hilos. Phinneas tampoco parece tener nada que ver con el ataque. Lo que significa que los verdaderos culpables siguen sueltos.

En lo que respecta a mi seguridad, Benedict ya no corre ningún riesgo. Por un lado, me siento más cómoda con sus guardias de mayor confianza siguiéndome a todas partes. Pero al mismo tiempo, dificulta mi misión. Al fin y al cabo, tengo que meter una de las dagas en nuestro dormitorio sin que nadie se dé cuenta. Y también tengo que preguntarme cómo planea Val nuestra huida cuando la finca está repleta de guardias.

Pero ya he aplazado demasiado lo de ocuparme de las dagas. La celebración del solsticio es mañana y se me acaba el tiempo. Tiempo para tomar una decisión, pero también tiempo para actuar. Porque no hacer nada tampoco es una opción. Esta noche tengo que decidir qué camino voy a tomar. Y tengo que estar preparada para todo lo que pueda pasar.

Mientras tanto, me he escabullido por la sala de música y el invernadero incontables veces. Incluso preparé un escondite en nuestro dormitorio. Pero hasta ahora no me he atrevido a dar el paso de verdad.

Tengo que hacerlo hoy, porque esta noche es mi última oportunidad para matar a Benedict. Y si no lo hago, se encargará el propio Val en la celebración del solsticio de mañana.

Está todo preparado. La falda que llevo hoy tiene una cintura alta y ancha con nudo en la que puedo esconder el arma mientras vuelvo a nuestra *suite*. Y aunque afuera hace calor, los gruesos muros de piedra justifican que me ponga un suéter fino que me cae hasta la cadera y ocultará cualquier forma sospechosa.

Sin embargo, de camino a la sala de música me tiemblan las manos. Podría salir todo muy mal. Si alguien se da cuenta de lo que estoy haciendo, se habrá acabado todo. Al fin y al cabo, Eris ya desconfía de mí y no dudaría ni un segundo en detenerme. Y sin tener la posibilidad de avisar a Val, mi hermano caería en sus garras en cuanto llegue a la celebración. Si es que no detienen y encierran a mi familia antes.

Con el corazón a mil, me paro frente a la puerta de la sala de música y me volteo hacia mi escolta.

—Me gustaría tener algo de tiempo para mí.

—Como desee, señorita —me contesta uno de ellos. Espero mientras los dos hombres echan un vistazo por la habitación para asegurarse de que no hay nadie dentro. Entonces, me dejan pasar y cierran la puerta a mi espalda.

Me quedo un buen rato en el centro de la habitación sin moverme, mirando hacia el piano. Se me ha hecho un nudo doloroso en el estómago y me cuesta respirar. Trago saliva para combatir el que se ha formado también en mi garganta.

—Contrólate —susurro, cerrando los puños—. Ya sabías que esto iba a terminar así.

Pero no estoy ni un poco preparada para lo que viene.

Con un paso decidido, me muevo por fin y me dirijo al gran piano de cola. Una vez allí, vuelvo a quedarme quieta. Me obligo a respirar.

Me muerdo el labio y me agacho para buscar bajo el taburete. Mis dedos tocan el hueco plano que hay y se encuentran con cuero y metal frío. Se me acelera el pulso.

Si alguien abriera ahora la puerta, se acabaría todo. ¿Se estará preguntando mi escolta por qué no estoy tocando? Hay un arpa en una esquina de la sala. ¿Y si entra ahora mismo uno de ellos para verme?

Toco a toda prisa algunas teclas del piano. No sé tocar el piano, pero quizá piensen que quiero aprender. Igual que todos piensan que solo soy una debilucha, poco más que el ligue del rey. Una florecilla indefensa que tarde o temprano perderá su aroma. No saben lo que significa ser una Hawthorne. Que nuestros pétalos son traicioneros, y nuestras espinas, mortales.

Dejo de temblar. Con cuidado, saco la daga de debajo del taburete. Val la ha enganchado con cinta adhesiva, que vuelvo a pegar debajo del asiento para que no se quede colgando y así evitar que alguien la vea.

La hoja está guardada en una fina funda de cuero, cosa que le agradezco muchísimo a Val. De lo contrario, es probable que hubiera sido difícil esconder el arma bajo la ropa sin cortarme. Estoy a punto de meter la daga en la cintura de la falda cuando llaman a la puerta.

Antes de que pueda contestar, se abre la puerta. Le doy la espalda y me recoloco a toda prisa el suéter, con el arma no tan bien guardada como me habría gustado. Demasiado tarde. Tendrá que bastar hasta que vuelva a estar sola. ¿Y ahora? Me planto delante del piano pasmada mirando fijamente a la pared.

—Aquí estás. —La dulce voz de Benedict me corta la respiración.

«Contrólate, Florence, por Dios. Interpreta tu papel».

Me volteo despacio hacia él y le dedico una sonrisa que hace que seguramente se quede un poco vacilante. Tengo el pulso acelerado. Creo que me muero.

—¿Me estabas buscando?

¿Por qué? ¿Justo? ¿Ahora?

Benedict no responde a mi pregunta. En vez de eso, frunce el ceño, preocupado.

—¿Pasa algo?

Claro que ha notado que me pasa algo. Siempre lo nota. No entiendo por qué no me ha descubierto ya.

—Estoy nerviosa —me esfuerzo por decir, cerrando los puños, mis manos temblorosas. Una verdad. Luego, una mentira. Y espero que se crea las dos—. ¿Y si algo sale mal mañana? Va a venir mucha gente. ¿Y si hay alguien que es de la Lluvia Roja?

A Benedict se le suaviza la cara y yo me relajo un poco.

—No va a pasar nada —me asegura con dulzura mientras se acerca a mí—. La lista de invitados se ha seleccionado con cuidado y Eris lo tiene todo bajo control.

Respiro con fuerza.

—Eso espero.

—Tú quédate a mi lado —susurra. Se inclina hacia mí y me da un beso suave en la frente—. Voy a cuidar de ti.

—¿Y quién cuida de ti? —replico con voz ronca. Pero ¿qué me pasa? ¿En qué me he convertido para traicionar a este hombre tan cariñoso? ¿Para mentirle con tanta facilidad a la cara mientras todavía siento su beso en la piel?

—Créeme —dice con una sonrisa—, no hace falta que nadie cuide de mí. ¿Querías tocar?

Señala con un gesto el arpa y yo niego con la cabeza.

—En realidad, no. Creo que solo quería aclararme los pensamientos y para eso me sirve igual la sala de música que cualquier otra.

Grito por dentro.

Grito porque todo me parece mal.

Grito porque me duele estar así delante de él, con un arma entre nosotros, cubierta por apenas dos finas capas de tela.

—¿Necesitas distraerte? —murmura poniéndome una mano en la cintura. Benedict me atrae hacia él y sus labios me acarician la sien. Me pongo tensa sin poder evitarlo. Siento frío y calor a la vez.

La daga me arde contra la barriga.

—Pensaba que estabas ocupado —susurro.

—Si no te encuentras bien, puedo tomarme un tiempo por ti. —Su voz hace que se me ponga de gallina la piel de los brazos, pero son sus manos las que me hacen entrar en pánico. Las pasa con suavidad bajo el dobladillo de mi suéter y yo doy un paso hacia atrás a toda prisa, huyendo de su contacto.

Su mirada dolida se me clava más hondo de lo que podría ningún cuchillo. Ha habido días en los que he necesitado algo de distancia. En esos días, se lo decía y él lo aceptaba. Pero nunca lo he apartado de mí tan directamente.

Benedict vuelve a controlar sus rasgos.

—¿Preferirías estar sola? —me pregunta. Solamente hay comprensión en su voz.

Asiento deprisa y carraspeo.

—Lo siento...

—No tienes por qué disculparte. Nos vemos en la cena.

—De acuerdo —digo con voz ronca, e intento volver a dedicarle una sonrisa—. Hasta luego.

Él me sonríe a su vez y sale de la habitación. Con el corazón latiendo como loco, lo veo irse y espero hasta que haya cerrado la puerta. Entonces, me dejo caer en el taburete del piano y me tapo la cara con las manos.

La empuñadura de la daga se me clava en las costillas y me suda todo el cuerpo. Ha estado cerca. Muy muy cerca.

Y no ha sido más que el principio.

Consigo volver a nuestro dormitorio sin más incidentes y escondo la daga bajo un tablón suelto debajo de la cama. Hasta que no está a buen recaudo no consigo volver a respirar. Pero el alivio dura exactamente un segundo, porque esta noche me espera la peor parte de mi misión. Y por mucho que intente decirme lo contrario a mí misma... no estoy preparada.

Me paso el resto del día vagando inquieta por nuestra habitación. Tengo que reprimir todo el tiempo el impulso de salir corriendo. Cuando por fin me siento frente a Benedict para cenar, lo único que quiero es gritar. Me resulta imposible conseguir decir algo.

Si lo hago... Si lo hago de verdad, entonces esta será nuestra última tarde juntos. Nuestra última noche. Y él no tiene ni idea. Nunca volveré a hablar con él, y ni siquiera podrá haber una despedida. Se irá sin ninguna última palabra o confesión de mi parte. Me encantaría confesarle todo, aquí y ahora. Ya no puedo soportar mis propias mentiras. Me carcomen por dentro.

La cena transcurre con una verborrea incómoda, la mayor parte a cargo de Lyra. Benedict me mira con el ceño fruncido, obviamente confundido por mi comportamiento, y yo picoteo mi plato sin apetito. Me siento mal y solo quiero llorar. Cuando por fin estamos solos en nuestro cuarto, tengo la sensación de que voy a romperme en mil pedazos en cualquier momento. No queda suficiente de mí misma para mantenerme de una pieza. Mis pensamientos llevan demasiado tiempo carcomiéndome como un ácido corrosivo. Las heridas abiertas en mi corazón son demasiado grandes. Y lo peor es que me las he hecho yo misma.

Benedict cierra en silencio la puerta a nuestra espalda y se detiene frente a ella. Me observa y ya solo la mirada de sus ojos verdes basta para destruirme para siempre.

—¿Hice algo mal? —me pregunta con calma.

No puedo llorar ahora. Tengo que comportarme como siempre, mantener la fachada. Pero me cuesta muchísimo.

—No —consigo decir, reprimiendo las lágrimas.

Pero no se me ocurre ninguna explicación para mi extraño comportamiento. Creo que, después de seis meses con él, ya no me quedan mentiras.

Benedict asiente y parece quedarse pensativo un momento.

—¿Puedo hacer algo? —pregunta entonces—. ¿Te preparo un baño? ¿Un masaje? También te puedo tocar algo con el arpa, si fuera a ayudar de alguna forma.

Tiene que parar. Por favor.

—No, gracias —susurro.

Benedict traga saliva.

—¿Quieres que me vaya? Puedo dormir en la habitación de invitados.

¿Cómo puede ser así de altruista y considerado? Todo sería mucho más fácil si Benedict fuera diferente. Si fuera de verdad el monstruo que lo consideramos, si yo no tuviera estos sentimientos por él... Niego con la cabeza y trago saliva para disolver el nudo de mi garganta.

—Abrázame, por favor. —Las palabras son apenas un susurro, pero Benedict no vacila. Recorre la distancia entre nosotros y me rodea con los brazos. Escondo la cara en su pecho y me aferro con fuerza a su camisa.

Él me acaricia la espalda, suave, y a duras penas consigo reunir lo poco que queda de mi resolución. Una última noche tengo que meterme en el papel que hace tiempo que no parece serlo. Porque mis sentimientos por Benedict son reales. Me atormentan ardiendo en mi pecho de tal manera que no puedo seguir negándolo.

Acerco las manos al cuello de Benedict, le levanto la cabeza y atraigo su cara hacia mí para besarlo. Él me corresponde, pero solo un segundo. Vuelve a retirar con cuidado sus cálidos labios de los míos y me acaricia la mejilla con la punta de la nariz.

—Hoy no haces más que confundirme —murmura, y se me escapa un suspiro de impotencia.

—Lo siento.

—No te disculpes. Es solo que no estoy seguro de lo que quieres de mí. Y de lo que no quieres.

Desesperada, lo abrazo con más fuerza.

—Eres muy dulce —susurro, y Benedict se ríe en voz baja.

—Nadie me lo había dicho nunca.

—Pero es verdad.

Me da un beso en la sien.

—Si tú lo dices, lo creo.

Mis labios vuelven a buscar los suyos, y esta vez nuestro beso es más profundo, más urgente. Apoyo las manos en los hombros de Benedict y lo empujo hacia la cama. Se deja caer de espaldas en el colchón y yo me arrodillo sobre él y le desabrocho los botones de la camisa con dedos inquietos.

Benedict me mira con los ojos entornados y se endereza para que pueda pasarle la camisa por los hombros. Luego me quito a toda prisa el suéter y busco a tientas los cordones de la falda, pero Benedict aparta mis dedos temblorosos para desatar los lazos él mismo. Me pasa la falda por las caderas y yo busco su cinturón.

—Sigo tan confuso como antes —murmura, y yo me quedo quieta. Lo miro interrogante.

—¿Paro?

Le tiemblan los labios.

—No. Puedes hacerme lo que quieras.

Su mirada recorre la tela semitransparente de mi ropa interior y el calor inunda mi cuerpo.

—Quítate los pantalones —le susurro y me bajo de él para que pueda obedecer—. Todo —añado, y él se quita también la ropa interior.

—¿Ahora qué? —Benedict está acostado bocarriba frente a mí, apoyado en los antebrazos para elevar el torso hacia mí. Le acaricio el cuerpo desnudo casi con reverencia. Desde su pecho musculoso hasta el vello bajo el ombligo. Entonces sigo bajando despacio.

Lo oigo tomar aire con fuerza cuando rodeo su pene semierecto con los dedos y empiezo a acariciarlo. Le observo la cara. Le tiembla un músculo de la mandíbula y cierra los ojos un segundo, dejándome tomar el control.

Normalmente es Benedict el que lleva las riendas y nunca he sentido la necesidad de que no fuera así. Pero hoy es diferente. Y como suele ocurrir, me da exactamente lo que necesito. Se encarga de que, al menos durante un momento, no me sienta tan indefensa. Menos dividida.

—Siéntate —le exijo en voz baja cuando lo suelto. Benedict se incorpora y se desliza hacia atrás en el colchón hasta que su espalda queda apoyada en la cabecera de la cama. Me quito la ropa interior y siento su mirada ardiente sobre la piel. Pero él no se mueve. Espera inmóvil mientras tomo un condón de la mesilla, se lo pongo y vuelvo a subir a su regazo. No me toca. Me deja hacerlo todo a mi ritmo.

Me dejo caer sobre los muslos de Benedict, con su erección entre nosotros, y le pongo las manos en mis pechos desnudos. Él los masajea suavemente y yo me deslizo un poco hacia delante, frotándome contra su pene.

—Carajo, Florence —gruñe, pero me deja que siga adelante.

Le aparto un mechón de la frente, lo miro a los ojos y sigo restregándome contra él. La humedad se acumula entre mis piernas. Mi excitación crece, el deseo me nace en la boca del estómago.

Levanto la pelvis y Benedict me pone las manos en las caderas. Me acerca un poco más a él, me besa. Pero sigue conteniéndose, no intenta dirigir mis movimientos.

Muy despacio, me hundo en él y gimo contra su boca conforme me llena, llegando más y más hondo. Se aferra con los dedos a mis costados y siento cómo se estremece.

Su aroma me envuelve. Embriagador y pesado, a bosque

y chimenea, a deseo y seguridad. Quiero parar el tiempo. Quiero vivir en este momento para siempre.

—Creo que te quiero —digo sin aliento.

Benedict se queda inmóvil. Y yo también. Tengo la garganta cerrada y el alma ardiendo en llamas.

Lo oigo tomar aire con fuerza y noto cómo me rodea con los brazos. Me aprieta contra su pecho con tanta fuerza que siento los latidos de su corazón bajo sus costillas.

—Tendría que haber protegido mejor mi corazón contra ti, Florence —dice con voz baja y apoya su frente contra la mía—. Porque hace tiempo que estoy seguro de que yo también.

Aunque ya lo sabía, recibo las palabras de Benedict como un puñetazo en el estómago.

—Por lo visto, a los dos se nos da fatal protegernos el corazón —digo con voz quebrada.

—Puedo vivir con ello.

Sube sus labios hasta los míos y su beso me devora. Empiezo a moverme sobre él, fundiéndome en lujuria y arrepentimiento, amor y tristeza. Una lágrima se me escapa por el rabillo del ojo y corre por mi mejilla, pero Benedict no la ve. No se da cuenta, como tampoco se da cuenta de mis mentiras, y lo maldigo por ello. Si me preguntara ahora mismo por qué lloro, lo más probable es que lo dejara salir todo. Pero supongo que lleva demasiado tiempo confiando en mí como para poder salvarse a sí mismo.

Paso las siguientes horas en los brazos de Benedict, rodeada por sábanas de seda y su familiar cuerpo desnudo. Aprovecho cada pizca de cercanía que puedo conseguir, escucho cada sonido que emite, por silencioso que sea, cada latido de su corazón.

Podría ser como cualquier otra noche que hayamos pasado juntos. Pero esta vez no me duermo a su lado. Me quedo despierta mirando al techo. Espero a que su respiración se estabilice, a que la habitación se oscurezca del todo, pero confío en que nunca lo haga. Sin embargo, una hora después de que Benedict se haya dormido, ni siquiera yo puedo retrasar lo inevitable.

La noche es corta. Ha llegado la hora. Tengo que decidirme. Me levanto despacio de la cama con cuidado de no despertar a Benedict. Su mano me busca a tientas cuando me alejo de él, pero no se mueve y mantiene los ojos cerrados. Está claro que duerme profundamente.

Me arrodillo frente a la cama y saco la daga de su escondite con dedos temblorosos. Desenvaino con cuidado la hoja del cuero y vuelvo a subirme al colchón.

Benedict está acostado frente a mí, con el cuerpo desnudo solo medio cubierto por las sábanas. Su ancho pecho sube y baja en profundas respiraciones. Su rostro parece tranquilo. Relajado. Es una expresión que solo veo en él cuando estamos a solas. No muestra este lado dulce y vulnerable de sí mismo a nadie más, ni siquiera a Lyra. Y ahora podría tratar de convencerme de que no es más que un papel que interpreta para mí. Como he intentado hacer durante meses. Pero no me creería a mí misma. La mentira sería demasiado obvia.

Soy la única a la que deja ver lo que hay bajo su fachada. Soy tan importante para Benedict como él lo es para mí.

Y entonces empiezan las lágrimas. Me caen por las mejillas y gotean de mi barbilla. Se me nubla la vista y un sollozo empieza a brotar de mi pecho. Sin embargo, agarro la daga con más fuerza, dejo que la punta se cierna sobre la piel entre las costillas de Benedict y respiro hondo.

Todo podría salir según el plan. Lo mato y pongo la vela en la ventana. Val me saca. Mi misión habrá terminado y con ella todo lo que ha sido mi vida durante los últimos seis meses también.

Benedict no volverá a beber de mí ni a compartir su cama conmigo. Nunca más comeré con él, nunca más reiré con él, nunca más le tomaré el pelo. Ya no me abrazará cuando no pueda dormir, ya no me acariciará el pelo por la mañana hasta que me despierte. Y todo lo que ha pasado aquí no será más que un recuerdo que se desvanece. Una melodía que se perderá para siempre, sustituida por el silencio.

Silencio sin final.

No puedo ni imaginármelo.

Pero no cumplir mi misión es igual de impensable. ¿Y cambiaría algo, de todas formas? Val intentaría matar a Benedict él mismo. Si lo atraparan, seguro que nos matarían a todos. Si lo consigue, habré perdido a Benedict igual, y posiblemente también a mi familia. ¿Me repudiarían si supieran cómo me siento? No quiero averiguarlo.

Aprieto la empuñadura de la daga, tenso todo el cuerpo y cierro los ojos con fuerza. Tal vez lo consiga si cuento hasta tres. Tal vez así sea más fácil. Tal vez duela menos.

Uno.

Un sollozo se me escapa de la garganta y aprieto los dientes para no despertar a Benedict. De mala gana, abro los ojos, pero los suyos siguen cerrados. Tal vez permanezcan cerrados para siempre.

Dos.

Me zumban los oídos. Ya no oigo la respiración de Benedict y sollozo con más fuerza. Imagino la hoja clavándose en su piel. La sangre caliente mojándome los dedos, un último jadeo lleno de dolor escapándosele y el hombre al que amo abandonándome para siempre. ¿Se despertaría? ¿Me miraría por última vez al darse cuenta de mi traición? ¿O me amaría para siempre al morirse sin averiguarlo nunca?

Tres.

Vuelvo a cerrar los ojos, aguanto la respiración y... retiro la daga. No puedo hacerlo. ¡Carajo, no puedo hacerlo!

Me tiemblan las piernas como si fueran de gelatina cuando me bajo de la cama, con el corazón desbocado, y vuelvo a esconder la daga bajo el tablón.

Tiene que haber otra solución. Otro camino. Sin derramamiento de sangre. Sin perder a Benedict. Sin convertirme yo misma en el monstruo que antes consideraba que era él.

Aunque ni siquiera yo sé cómo podría funcionar.

Me tiembla todo el cuerpo. De frío, de agobio, de miedo. Entre gimoteos, me acuesto junto a Benedict, tiro de la manta para tapar nuestros cuerpos y me pego todo lo que puedo contra su costado.

Me abraza, todavía dormido, y entierra su cara en mi pelo. Su olor familiar me envuelve, me tranquiliza y, aunque todavía no sé si mi decisión fue la correcta o no, algo dentro de mí se relaja. Dejo que su calor inunde mi cuerpo, respiro hondo y siento como si fuera la primera vez que tomo aire en años.

Miro hacia la ventana. Está oscuro tras las cortinas semitransparentes. Ni siquiera la luna ilumina la noche.

En algún lugar ahí fuera, Val espera la luz de una vela que no va a llegar.

¿Cómo haré para explicárselo mañana? ¿Cómo voy a impedir que él mismo siga con el plan? Mi decisión no es el final de la historia.

Pero al menos, en este fugaz momento en los brazos de Benedict, me da igual.

CAPÍTULO VEINTE

YOU?

El patio interior de la finca está decorado con flores para la fiesta. Junto con los vivos vestidos de los invitados, el resultado es un maravilloso juego de colores bajo el cielo de verano, que se oscurece poco a poco. Suena música, se ha montado un gran *buffet* y los meseros sirven bebidas frías en vasos de gran tamaño.

Es una fiesta encantadora. Pero por desgracia no puedo disfrutarla ni un segundo.

Me pasé la noche en vela pensando en el futuro. En cómo podría conciliar los objetivos de mi familia y mis sentimientos por Benedict. Y ahora sé lo que voy a decirle a Val. He preparado mis palabras con cuidado. Argumentos sólidos que prácticamente le obligarán a dejar de lado sus planes anteriores y escuchar los míos.

Al menos, en teoría.

Pero cuando lo miro a la cara por primera vez esa noche, mis esperanzas se desvanecen. Está de pie cerca de la entrada, con dos copas de champán en la mano. Es obvio que me está esperando. Su expresión es tan sombría como la más oscura noche de invierno e irradia una ira inconfundible.

Cuando está de tan mal humor que lo muestra abiertamente, sé que la cosa está fea de verdad. Y creo que no debería sorprenderme. Al fin y al cabo, espera tener que completar mi misión él mismo y con toda probabilidad morir en el proceso. Pero no tiene por qué. Nadie va a salir herido hoy, de eso me aseguraré yo. Siempre y cuando consiga tener una conversación privada con él entre el gentío.

Como siempre, tengo a toda una multitud de guardias pisándome los talones, solo que hoy hay todavía más de lo habitual.

Debido al número de invitados, Benedict no ha corrido riesgos con mi protección. Por suerte para mí, Juanita lidera la tropa. Otras veces he tenido escoltas que no dejaban más de dos metros entre nosotros aunque se lo pidiera, pero ella ha cumplido todos mis deseos.

—Me gustaría hablar con mi hermano —le informo—. A solas.

—Como desee, señorita.

Juanita me conduce a una pequeña zona de asientos al borde del patio y ordena a los demás guardias que aseguren la zona mientras ella misma escolta a mi hermano hasta aquí. Apenas un minuto después, Valerian está a mi lado y Juanita se une al círculo de guardias que han tomado posiciones a una distancia adecuada.

La mirada sombría de Val la sigue, pero hasta que no desaparece, Val no fija sus ojos en mí. Todavía tiene las dos copas de champán llenas en las manos, pero no hace ademán de darme una. Se limita a apretar los labios, obviamente todavía sin tener claro lo que quiere decir.

—Sé que estás decepcionado —me adelanto, y él se ríe sin alegría.

—¿Decepcionado? —repite en tono despectivo—. ¡Florence, carajo, dame al menos una buena razón para que no hayas cumplido tu misión!

Trago saliva. La conversación ya no va por donde yo había planeado que fuera.

—¡Porque hay otra manera, Val! El rey...

—¡Sí, hay otra manera! —me interrumpe—. Yo voy a tener que terminar lo que tú no has querido hacer, y es probable que lo paguemos todos con nuestra vida. ¡Felicidades!

Está tan enojado que me duele.

Tengo el corazón encogido.

—¡Déjame terminar! Nadie tiene que morir, ¿me oyes? ¡Tienes que abandonar el plan, Val!

—¿Y dejar que ese monstruo siga sentado en el trono? ¿Perdiste la razón?

—¡No es un monstruo! —exclamo, y mi hermano pierde el control de la expresión en su cara.

—¿Qué?

—Es un buen hombre. —Hay una nota de desesperación en mi tono, pero también de absoluta convicción—. Siente que debe cumplir con las tradiciones, ¡pero puedo convencerlo de que cambie cosas, Val! ¡Me quiere! Nos apoyará. ¡Solo necesito más tiempo!

Él me mira incrédulo. Niega con la cabeza despacio.

—¿Estás oyendo lo que dices, Florence? ¿De verdad te crees eso? ¿Que te quiere? No eres más que un juguete para él, carajo.

Cierro los puños.

—No es verdad.

—¡Claro que sí! ¡Te está usando! ¡Y está claro que te ha arruinado la cabeza si ya no confías ni en tu propia familia!

Me estremezco. Noto cada palabra como si Val estuviera retorciendo una daga en mi corazón. Ni siquiera me escucha. Desestima todo lo que digo con total facilidad. Y no puede hacerme esto, mierda. No puedo permitirlo. Así que respiro hondo, levanto la barbilla y le miro a los ojos. Mi voz suena cristalina y fría.

—¿De verdad estás tan lleno de odio que ni siquiera puedes considerar la posibilidad de que, quizá, los que están ciegos sean ustedes y no yo? Llevo seis meses viviendo con este hombre. Lo he visto todo de él, Val. Todo. Lo conozco mejor que nadie. No es como pensamos. Al contrario, ¡es nuestra única posibilidad de conseguir un cambio para mejorar! Sus convicciones no son diferentes de las nuestras. Valora la justicia. Nuestra seguridad. Pero si muere, si la Lluvia Roja llega al poder, harán con nosotros, con todos los humanos, lo que quieran. Será un baño de sangre y será nuestra culpa, ¿me entiendes?

Val aprieta los dientes.

—Nuestra familia lleva años esperando una oportunidad como esta, Flo. Preparamos todos estos planes por una razón. Así que créeme cuando te digo que no hay otra opción.

—¡Y créeme cuando te digo que no es verdad, carajo! Además, ¡tener una razón no es justificación para no cuestionar tus planes antiguos! Los ideamos basándonos en suposiciones falsas. —Valerian niega con la cabeza, pero yo le acaricio el brazo—. Siempre me dices que tengo que confiar en ti, pero no va a funcionar si tú no confías en mí. ¿De verdad crees que soy tan ingenua? ¿Tan poco vale mi opinión para ti?

—No se trata de eso —sisea.

—¡Claro que se trata de eso! Nunca he sido más que un peón en su tablero. Y ahora que tengo mi propia opinión y te ofrezco un plan sólido que no coincide con el tuyo, eres demasiado tozudo para siquiera planteártelo.

—Tu plan no tiene nada de sólido —gruñe Val—. Propones que nos limitemos a esperar la clemencia del rey.

—Dios, Val, ¿es que no lo entiendes? Me quiere. Si consigo que me escuche, tendremos el poder de todo el reino en nuestras manos. Es mucho más de lo que queríamos. Pero si acabamos con la corona, reinará el caos. Podría haber una guerra. Tantas muertes... y sin ninguna garantía de que fuéramos a ganar. Sin embargo, Benedict puede cambiar las leyes. Puede forzar el cambio que deseamos, Val. O, al menos, en parte. Sé que va a llevar tiempo, pero es al menos una solución pacífica. No nos convierte a nosotros en monstruos. Porque si acabamos con los vampiros con métodos tan crueles como los suyos de antaño, no seremos ni una pizca mejores que ellos.

Val me fulmina con la mirada, pero, para mi alivio, una expresión pensativa se dibuja en su rostro.

—No te vas a rendir —afirma.

—No —confirmo—. Y voy a ir más allá. No voy a dejar que mates a Benedict. O aceptas mi plan o abandonas esta fiesta de inmediato. Una palabra mía bastará para que te echen.

—¿Me estás amenazando? —me pregunta irritado.

Le sostengo la mirada.

—Si es necesario, sí.

Le tiembla un músculo en la mandíbula y me mira descontento. No dice nada durante un buen rato. Y entonces...

—Está bien —concede al final, aunque con claro disgusto—. Pero voy a pensar en un nuevo plan. Y si no consigues influir en el rey a nuestro favor antes del próximo solsticio, yo mismo me encargaré de que desaparezca del trono. Esa es mi oferta.

Trago saliva. No es exactamente lo que esperaba, pero puede que sea justo. Medio año para conseguir que Benedict me escuche...

Cuando me acuerdo de lo rápido que han pasado estos seis meses, no sé si va a ser suficiente tiempo. Pero tiene que serlo. Realmente creo que Benedict me ayudará. Me escuchará cuando le hable de las injusticias en su reino. Al menos, si lo hago sin escupirle acusaciones. No me decepcionará, lo sé. Es demasiado justo para eso.

Val sacude la cabeza, como si no pudiera creerse lo que está haciendo. Con el ceño fruncido, me ofrece una de las copas de champán.

—Toma —murmura—. Por que tu plan no nos cueste la vida a todos...

Qué palabras tan alentadoras. Reprimo una réplica y choco mi copa con la suya. Val se bebe el contenido como si fuera un *shot*, pero yo me limito a sorber mi champán. Podría sentirme aliviada, pero no consigo evitar las nuevas preocupaciones que me forman nudos en el estómago. Me siento mal.

«No eres más que un juguete para él».

¿Y si Val tiene razón?

«No».

Pero y si...

—¿Cómo se supone que voy a contárselo a nuestros padres? —pregunta mi hermano, y yo, nerviosa, doy un segundo sorbo al champán. Prefiero no imaginarme esa conversación.

—Por suerte, eso es cosa tuya —digo con voz ronca, y me froto los hombros, temblando. Hace un rato que estoy helada. Para la fiesta llevo el vestido rojo sangre oscuro, a juego con los pendientes de rubí. Es precioso, sin duda, pero ojalá me hubieran dado también un saco.

—Nos vemos luego —me despido de Val por ahora y me alejo de él. Mis escoltas me rodean de inmediato, privándole de la oportunidad de continuar la conversación aunque quisiera. Es probable que sea lo mejor, antes de que cambie de opinión—. ¿Dónde está Lyra? —le pregunto a Juanita.

—Creo que está con Briana en el *buffet*.

Comer... Desde luego, es una buena idea. Lo que no tengo claro es si mi estómago va a colaborar o no.

Nos dirigimos hacia allí y vuelvo a dar un sorbo a mi champán, con la esperanza de que el alcohol me haga entrar en calor. Pero el gas me da todavía más náuseas. Dejo la copa medio llena sobre una mesa de camino al *buffet*, me obligo a poner cara de alegría y me reúno con mis amigas. De lo que más tengo ganas es de escaparme a los cálidos brazos de Benedict. Pero antes de poder hacer eso, tengo que sobrevivir a lo que queda de fiesta, para bien o para mal.

La velada se alarga. Pasa una eternidad antes de que Benedict y yo estemos frente a los invitados reunidos y las campanas del campanario de la residencia de verano resuenen por el aire nocturno. Cientos de ojos se clavan en mí, pero me molesta menos de lo que me temía. La parte oficial de la velada está a punto de terminar y pronto podremos abandonar el patio.

Como en el solsticio de invierno, Eris dirige la ceremonia. Hoy lleva un enterizo azul noche con un cinturón dorado y mangas anchas. La mezcla perfecta entre elegante y, sin embargo, lista para pelear. Ahora conozco a Eris lo suficiente para saber que nunca se apretaría en un vestido ajustado que la obligara a renunciar a su libertad de movimiento.

Nos colocamos frente a la multitud, Benedict y yo al frente, Eris un poco más atrás entre nosotros. Intento concentrarme en sus palabras, pero puedo sentir la mirada de Valerian quemándome la piel. Está a solo dos pasos de mí, una posición de honor para la familia de la novia de sangre. Y si no me estuviera mirando tan fijamente, podría alegrarme de tenerlo tan cerca.

Aceptó el nuevo plan, pero sigue pensando que es un error. Hay que reconocer que tampoco le di muchas opciones. Espero que me lo perdone. No me gusta pelearme con él. Especialmente cuando estamos en lados completamente diferentes.

Una brisa fresca recorre el patio y me hace estremecer. Como siempre, a Benedict no se le escapa nada. Me lanza una mirada de disculpa. Me promete en silencio que me abrigará cuando termine esta ceremonia inútil. Le sonrío y me hundo en sus ojos verdes. Por un momento, estamos los dos solos, y toda la tensión de los últimos meses se desvanece de repente. Le quiero de verdad. Mi confianza en él es incondicional. Y ahora que por fin he decidido actuar en consecuencia, todo irá bien. De eso estoy segura.

Eris alza la voz y me devuelve al aquí y al ahora.

—Hoy celebramos el amanecer de una nueva noche —anuncia con solemnidad—. A partir de mañana, los días serán más cortos, los rayos del sol se debilitarán. La luna volverá a brillar durante más tiempo y nuestras fuerzas crecerán. Su rey beberá ahora. Que su poder nos alimente a todos y bañe de oscuridad nuestro futuro.

Se aparta para que Benedict y yo pasemos a ser el centro de atención. Nos acercamos el uno al otro. Le doy la espalda a la multitud y él se coloca frente a mí.

Al menos esta vez no tengo que decir nada. Me callo e intento no dejarme en evidencia mientras Benedict bebe de mí. Pero es realmente incómodo estar haciendo algo así en público, porque sus mordiscos se han ido colando cada vez más entre nuestras sábanas en los últimos meses.

Benedict encuentra mi mirada, una silenciosa súplica de permiso, y yo asiento casi sin que se note. Sus labios se posan en mi cuello y contengo la respiración. Al momento siento sus dientes clavándose en mi piel con un dolor fugaz.

Cierro los ojos y tengo que apretar las manos para mantenerlas bajo control. Me encantaría tocarlo ahora mismo. Apretarlo contra mí y rodear su cuerpo con los brazos. Pero eso también va a tener que esperar hasta más tarde.

Benedict bebe. Pero tras unos sorbos profundos, se detiene de repente y levanta la cabeza. Su lengua no cierra la herida como suele hacer. La sangre caliente me chorrea por el cuello y lo miro interrogante.

Me devuelve la mirada con el ceño un poco fruncido.

Entonces se tambalea.

Y, de repente, todo pasa demasiado rápido. Intento agarrarme al brazo de Benedict para sostenerlo, pero él me empuja. Mientras tropiezo, veo a Val precipitarse hacia el rey. El metal relampaguea en su mano. Una daga de plata se clava profundamente en el pecho de Benedict.

Grito.

Benedict abre la boca y se le escapa un siseo lleno de dolor. Se aferra a la mano de Val y por un momento estoy segura de que va a desplomarse sin vida.

Pero entonces Benedict aprieta.

Oigo cómo se rompe la mano de Val y mi hermano deja caer el arma con un gemido. Apenas unos segundos después, Benedict lo ha tirado al suelo. Su cabeza golpea con fuerza los adoquines y, con otro grito de dolor, Benedict se saca la daga de su propio pecho.

Val ha sido demasiado lento. No le ha alcanzado en el corazón. Y ahora va a pagarlo caro. Benedict lo agarra del cuello, tira de él hacia arriba, y a mí se me hielan las entrañas.

—¡No! —chillo, y corro hacia Benedict. Me agarro a su brazo para detenerlo, pero él vuelve a empujarme.

Unas manos fuertes me agarran por detrás, pero no consigo apartar la mirada de Benedict. De su cara, desencajada por la rabia, y de la expresión asesina de sus ojos. Me imagino cómo se tensan los músculos de su brazo y casi puedo oír las vértebras de Val crujiendo.

—¡Por favor! —grito con todas mis fuerzas—. ¡Benedict!

Se gira para mirarme y yo me alejo de él. Hay tanto asco en su expresión. Tanta ira. Tanto odio desenfrenado. Va a matar a Val. Puedo verlo en sus ojos.

—Tú —gime. Su voz es un rayo que me llega hasta la médula. Y solo en ese momento empiezo a darme cuenta de lo que acaba de pasar.

Lo que significa. El temblor se apodera de mí.

Val envenenó mi sangre.

Me traicionó.

Y ahora, a ojos de Benedict, soy la traidora que ya no quería ser.

—No —digo desesperada, pero antes incluso de pronunciar la siguiente palabra ya veo en su cara que no quiere oír mis explicaciones—. No sabía...

Me apartan de Benedict y Eris entra en mi campo de visión, con expresión dura. Ya sospechaba de mí y hasta ahora Benedict se había interpuesto en su camino, pero ya no. Cuando empiece a buscar pruebas de mi traición, las encontrará.

La primera y más importante, una daga de plata bajo las tablas del suelo en el dormitorio de Benedict. Carajo.

Volteo la cabeza para poder mirar a Benedict.

—Por favor —le suplico—. No tuve nada que ver, lo juro.

Pero no hay rastro del hombre que conozco. Puede que Val lo haya matado al clavarle la daga en el pecho. Y ahora todo lo que queda es la bestia.

El rey suelta el cuello de mi hermano, que cae al suelo resollando. Se voltea hacia mí y me mira fijamente. La sangre sigue manando de la herida de su pecho y ya le empapa casi toda la camisa, pero no parece importarle en absoluto. Solo hay desprecio en sus ojos. Trago saliva con dificultad.

—Benedict...

Arrastran a Val hasta que vuelve a estar de pie. Se tambalea, amenaza con caerse, pero los guardias que lo flanquean lo sujetan, llevándolo hacia delante. Me empujan en la misma dirección con fuerza.

—¡Por favor! —Desesperada, intento encontrar la mirada de Benedict una vez más. El pánico me consume. Las lágrimas caen sin control por mis mejillas. Todo lo que había deseado hace un momento ha desaparecido. Todo. Miro fijamente a Val, incapaz de pensar con claridad. Mis rodillas casi ceden. Creo que voy a vomitar.

—¿Qué hiciste? —susurro. Las palabras suenan entrecortadas y ásperas, tan rotas como me siento yo.

Val levanta la cabeza. Me mira, y en sus ojos sigue ardiendo la misma obstinada convicción que acaba de costarnos la vida. Mi hermano frunce el ceño con desprecio.

—Lo que tú no has podido hacer —me espeta—. Lo que había que hacer, hermanita.

—¿Qué quiere que hagamos, majestad? —oigo preguntar a Juanita.

Vuelvo la cabeza automáticamente y esta vez me encuentro con los ojos de Benedict entre los guardias. Es como si un extraño me estuviera mirando. No es el hombre al que amo, sino el rey al que temo. El monstruo que ha permanecido latente en su interior durante tanto tiempo y que ahora se ha liberado.

—Enciérrenlos a los dos en la Torre —declara. Se da la vuelta. Su tono gélido me hace perder la última esperanza—. Por mí, que se pudran ahí dentro.

Próximamente en librerías la conclusión de la bilogía
Vampire Royals 2. El poder de la reina.